行读大江南北

唐颐 著

海峡出版发行集团 | 海峡文艺出版社

图书在版编目(CIP)数据

行读大江南北/唐颐著. —福州:海峡文艺出版社,2025.8

ISBN 978-7-5550-4117-7

Ⅰ.I267.4

中国国家版本馆 CIP 数据核字第 20255MW733 号

行读大江南北

唐　颐　著

出 版 人　林　滨
责任编辑　蓝铃松
出版发行　海峡文艺出版社
经　　销　福建新华发行(集团)有限责任公司
社　　址　福州市东水路 76 号 14 层
发 行 部　0591—87536797
印　　刷　福建省天一屏山印务有限公司
厂　　址　福建省福州市闽侯县荆溪镇徐家村 166—1 号楼
开　　本　720 毫米×1010 毫米　1/16
字　　数　270 千字
印　　张　22
版　　次　2025 年 8 月第 1 版
印　　次　2025 年 8 月第 1 次印刷
书　　号　ISBN 978-7-5550-4117-7
定　　价　88.00 元

如发现印装质量问题,请寄承印厂调换

总序

半世“行读”为乐事

唐　颐

“诗和远方”是潜藏在每个人基因里的，只是你不知道什么时候被激发出来。

我1953年出生在闽东的一个山城，因为父亲是福州人，从小听父母谈论福州往事，懵懂中的“诗和远方”，隐约就是闽江大桥和烟台山。

13岁时，这种基因突然受到激发。那年中国发生了一场名曰“革命大串联”运动。在班主任带领下，我和初二年级30多名同学一起出发，目标是到北京天安门接受毛主席接见。第一站，福州；第二站，上海；第三站，南京。均乘火车。那时火车拥挤状况，恐怕是中国史上的空前绝后。到了南京，在长江南岸火车轮渡码头等了三天三夜，最终没能挤上进京火车，只好悻悻返乡。但上海外滩和南京中山陵、雨花台景物以及民俗风情，驻入心间，从此挥之不去。这可能就是最初的真实版的“诗和远方”。

1969年的知识青年上山下乡运动，我毫无选择地被插队落户于本地农村，竟然十分羡慕大城市的知青，他们可以奔赴北大荒、内蒙古大草原、西双版纳等远方，甚至可以成为建设兵团的一名农垦战士。“诗和远方”与我无缘，唯心向往之。

1977年恢复高考。我当时是一家农械厂金工车间工人，填报的第一个志愿“哈尔滨工学院”，但名落孙山。1978年改报文科，第一志愿"北大图书馆系"，未被录取，录取于福建师范大学，感觉"诗和远方"再次落空。

1981年秋毕业实习，我受到指导老师影响，按照《徐霞客游记》中《闽游日记》所描述，引导学生游览福建永安桃源洞，撰写读后感。这让我从中受益匪浅，明白了，"诗和远方"其实亦在"读万卷书，行万里路"之中。从此喜欢上徐霞客，萌生了日后沿着《徐霞客游记》的路线，壮游祖国山河的愿望。

感谢邓公，恢复高考和提出"发展是硬道理"的治国理政总方针，让我切身体会到"知识改变命运"，并有机会投身到改革开放洪流之中，为家乡建设和强国富民，尽绵薄之力。几十年基层工作的得失与酸甜苦辣，唯有寸心得知。而今回首，许多次国内外学习培训、考察取经与经贸活动，包括服从组织决定，许多次改换工作岗位，激发了自己努力学习和实践的热情，从个人情结和阅历来看，不就是从向往"诗和远方"到践行"读万卷书，行万里路"吗！

感谢福建省委原副书记何少川，介绍我加入福建省炎黄文化研究会，并在退休之后参加该研究会和省作家协会联合组织的"走进八闽"大型纪实文学丛书采风活动。这项活动在何少川团长带领下，从2007年至2018年，历时12年，为福建省所有县市区（84个）各撰写一册书。该丛书要求体例统一，内容全面，特色突出，文化味浓，每册约20万字，选题三四十篇，由三四十名作者撰写。丛书陆续出版后，受到不同层次读者欢迎，被誉为"通俗版当代县志"。我有幸"走进"70余个县市区，撰写70余篇文章。我以为，这就是"行万里路，读万卷书"最佳的践行方式。

退休之后，喜欢自驾游，不仅驾行祖国各地，也多次出国旅行。由于深受《徐霞客游记》影响，加上"走进八闽"采风模式的调教，养成了边走边读边写的习惯，并从中得到乐趣，乐此不疲。十多年来，不知不觉写下约200万字。我将之整理为《边走边读徐霞客》《边走边读苏东坡》《行读“胡焕庸线”西面风景》《行读闽东山海间》《行读八闽大地》《行读大江南北》《行读五洲万象》《行读人生岁月》，共8册。自以为，游记和“采风体”文章是靠车轮与双腿“写”出来的，先行走，后读写，所以将之定位“行读”。这些文章，大都是因地因时有感而发，随手写来，多为粗粝之作，但敝帚自珍，有劳读者批评指正。将之定位“文存”，其实有写给自己看、为自己作品存档之意。

退休那年，我为自己书房撰写两句话：“行路五千里，读书五千卷，半世行读唯乐事；再行五千里，再读五千卷，余生伴侣逍遥游。”

我当继续努力。

感谢文友邱景华先生为我的“行读文存”撰写评论。感谢老同学周安林、沉洲和文友白荣敏、徐龙近等先生，为我的文稿编辑修订，提出许多宝贵意见，在此一并致谢。

2025年夏

目　录

第一辑　华　东

第二辑　华　南

第三辑　北　方

第一辑

华东

新世纪第一缕阳光

1999 年那年，仿佛全世界人都在躁动不安，这种情绪主要体现在等待、期盼和迎接新世纪降临。特别重视送旧迎新的国人更是如此，大家总想倒腾点值得记忆的名堂出来，按现在时髦说法，叫“创意”，决不能辜负“千年等一回”的亲历过程。于是，我们机关大院几个同学同事几经研讨，最终决定 12 月 31 日清晨出发，去浙江石塘岛迎接新世纪第一缕阳光。

其实这创意的专利属于气象专家。此时的媒体炒得沸沸扬扬，据测定，中国大陆新世纪第一缕阳光将于 2000 年 1 月 1 日 6 点 40 分在浙江省温岭市石塘岛出现。

共 5 个家庭，我与妻与周君、陈君、刘君、申君一起前往。他们 4 家都带上孩子，最大的 16 岁，最小的 8 岁。而我的女儿在外地读高二，我与妻认为高中生读书紧张，一年后考个好大学更为重要，没让她回宁德同行。（后来女儿考上了并不如意的大学，便一口咬定完全是因为没有沐浴到新世纪第一缕阳光。）刘君是个灵快利索之人，充当领队，出面租了辆新出厂的金杯牌中巴。那司机带上他的新婚妻，还请了位副驾驶，总共 17 人。一起迎接新世纪第一缕阳光之后，又渡海朝觐普陀山，第三天返程观光溪口蒋氏故里，接着漏夜驱车，次日凌晨赶回宁德上班。据说那位司机自从第一缕阳光照耀了他两口子以及新车，那一年车开得特别顺畅，生意兴隆。

那时没有高速公路，行车 104 国道，路况不佳又车水马龙，宁德距温岭市将近 400 千米，开了 10 个小时到达。从温岭市区驶向石塘镇途中，被专设的检查站拦住，查看是否持有“中国大陆曙光节”组委会的邀请书（或组委会颁发的通行证加上 100 元一张的门票），我们只能出示工作证、身份证、名片和套近乎，但皆无效。检查人员告知苦衷，石塘镇最多容纳 5 万人，现已逾 6 万人，沿海各个山头人满为患，再随意放人进岛，安全非出问题不可。上头已下了死命令，不是不通人情。

正当无计可施之时，来了一位小伙子，悄悄对我们说，他是石塘人，想搭车回家，可以带路避开检查站。这哪里是蹭车，分明是上天送来一位天使，我们连呼：“请上车！请坐副驾驶座！”小伙子让车调头往城里开，说是穿城而过，绕道而行。车进入市区，天已漆黑，忽然“嘭、嘭、嘭”之声连响，天空绽开一朵朵美丽焰火，绚丽辉煌。我们竟赶上温岭市辞旧迎新的焰火晚会，这在当年可是时髦奢华之举，不得不驻车观赏，算是大开眼界，直呼浙江人太有钱了。

高兴得似乎早了些，当车临近石塘，在一个隧洞口又被拦住。带路的“天使”说，这是进半岛的唯一通道，选这里设卡真绝，“一夫当关，万夫莫开”。但还是有办法，陆路不通走水路。他可以帮助找渔船绕海湾而行，但可能开价较高。事已至此，顾不上心疼银子，大家唯有夸奖“天使”脑子灵，促他快去快回。满怀希望等了半个小时，“天使”却铩羽而归，苦笑：政府把所有渔船封了。他满脸歉意地向我们作揖告别。

再找设卡者理论，晓之我们一行新世纪之理想，动之闽浙两省兄弟之情义，等等，终于得到承诺，待到凌晨五点半放行，不过届时还得买票，每张 100 元。我们只能就地安营扎寨，选在靠近隧道口的民房前，一个宽敞的水泥坪上搭起 5 顶帐篷。这在当年也是时髦之举，4 家小孩子欢呼雀跃，引得一起滞留在隧道口的游客啧啧称羡。

深夜寒气袭人，衣被不足，难以入眠，半夜内急，我起身披上大衣，往旷野而去，忽见一队游客攀登于隧洞的那座山岗，原来是本地人带领游客走山路，徒步三五千米，便可到达“曙光节”辖区之内，便可眺望日出东海。这“新大陆”的发现，使我赢得本次活动的“哥伦布”称号。于是紧急集合，各家小孩背的背，抱的抱，牵的牵，翻山越岭夜行军，冲破封锁线，胜利大逃亡。本来也就是，难道看太阳也要收门票？之后大家为逃票成功开心了好几天，不！好几年。

晨曦中，东海一片灰白，沿海山头林立，山头之上，人头林立，寒风凛凛，悄然无声，大家都在翘首以待。周君说，多么壮观的场面，我们的国人多么有素质，不吵不闹。我告诉他：大家与尔相同，饥寒交迫所致。

新世纪的第一缕阳光果然准时光临，奇特的是，最初冲破云层的阳光，丝丝缕缕都射向天空，壮丽且神秘，有人称之“耶稣射线”。大约过了五六分钟，阳光才照到山头，照到海面，照到六七万游客的脸上。直到此时，港湾内才锣鼓齐鸣，气球腾空，鸽子飞翔，千船竞发，朝太阳驶去。各山头人头攒动，山呼雷动，人人尽情沐浴着新世纪的阳光，洋溢着温暖如愿的笑脸。

人人都感觉好幸运、好满足。

和煦的阳光照耀着古朴的石塘渔村，这里是花岗岩的世界，石屋、石街、石巷、石码头，形成独特的石头文化。石屋一般两三层，没有瓷砖、钢筋水泥和花花绿绿的装潢，依山面海而建，风格统一，颜色一致，酷似一座座欧洲中世纪古城堡，难怪西塘被誉为“东方巴黎圣母院”。

为了迎接新世纪第一缕阳光，家家户户都挂上红灯笼。我们走街串巷，入屋进户，满耳充闻闽南口音，倍感亲切。原来石塘的渔民是福建老乡。明朝末年，惠安县渔民在海上遇到台风，避风至此，见半岛港湾曲折，淡水充足，水产资源丰富，周围山海石环绕，有山有海，便栖身于此。他们开岩凿谷，砌石屋、造石墙、筑石路、垒石塘，特别是石塘海堤在台州府独树一帜，故为半岛名称。我们顿感自家孤陋寡闻，早知如此，应该告诉检查站人员，我们到石塘，原本是走亲戚来的。

许多年后，我在央视上看到，石塘人在半岛的最高山头上建起曙光广场，十分气派。广场中央矗立一座花岗岩石碑，上刻“千年曙光”，还嵌有一颗星星，是中国科学院北京天文台向国际小行星组织申请，把新发现的一颗小行星命名为“温岭21世纪曙光星”。

2000年1月日记

整理于2013年秋

男人山与女人山的故事

仙居是浙江省中部一个县的名字，也是这个县里一个国家级风景区的名字。这名字明白无误地告诉你，这里是神仙居住的地方。

2010年冬，我与妻子慕名造访神仙府。

以奇险清幽、飞瀑云叠为特点的仙居景区令人如入仙境，赏心悦目。但游览之余，甚至若干年后，能在脑海留下痕迹的，估计还是那座男人山和女人山（这是我们为之起的名字）。

男人山即著名的将军岩。侧望山岩，俨然是一尊久经沙场的将军肖像。将军头戴硕大头盔，那岩顶一丛树林恰似一缕迎风飘扬的盔缨。将军脸庞如刀劈斧削般粗犷、棱角分明，双目上扬，注视西方，嘴唇微张，似乎欲说还休。为何如此神态？顺着将军眼光望去，原来不远处是一座女人山，一位斜靠在床头的睡美人，圆润脸庞，柔美颈项，高耸乳峰，微微曲起双膝，丰满匀称、媚态万方的酣睡神态，宛如沉浸于情爱甘露中不可自拔。

导游小丁绘声绘色地讲述一个故事：狼烟四起，兵临城下，军情急迫，将军想唤醒酣睡的夫人，又于心不忍……故事发生在久远的年代。我显摆地说，可以是八面楚歌不忍别姬的霸王和虞姬，可以是马嵬坡下六军不发肝肠寸断的唐玄宗与杨玉环。

小丁见我们唏嘘不已，便笑嘻嘻指向另一座山峰让我们看。只见一根石柱，突兀凌空，酷似男性宝贝，昂指蓝天，无所顾忌，似乎炫耀阳刚之气。小丁笑道："男人一看笑哈哈，女人一看羞答答，故名'羞女峰'。"我笑哈哈之后心想，这名字起得够含蓄了。广东丹霞山有"元阳峰"、福建冠豸山有"生命之根"、阿拉善有"人根"……大江南北，似乎都直奔主题，直白天下，唯有这里如此婉约，可见仙居乃儒雅之地。

更有奇观处，男人山和女人山之间长着一片"情侣林"。碗口粗的杉木竟然都长得成双成对。小丁说是天然形成，大自然产物。我总不大相信，猜想是专挑孪生小树苗人工种植。但即便如此，也见创意者煞费苦心。可钦可佩。穿行在几百对"情侣"之间，感觉仙居天地旷野之间，有一股男人与女人相吸相融的强烈磁场。

小丁是刚满 19 岁的姑娘，两天来与我妻初是相携相伴，继而窃窃私语，之后成了忘年交，妻竟然知晓了她家两代男人和女人那点事。

19 年前，仙居东部一个偏僻的小山村，小丁的父亲和母亲相爱了，爱到非她莫娶非他莫嫁的地步。但双方家长都不同意这门亲事，都嫌对方家穷。最后，小丁母亲拿出私房钱 3000 元给自己心爱的人，小丁父亲便从家中量上一升米（当地提亲风俗），和这 3000 元钱到女方家求婚。女方家尽管不满意终于还是应允了，因为两个青年人的爱情已经结果，小丁在娘肚子里有几个月了。虽然婚礼简朴，但有情人终成眷属，按理和和美美的小日子毕竟有了良好开端，但天有不测风云，一天早晨，小丁的爷爷奶奶吃完早饭就口吐白沫，躺到地上，幸好抢救及时脱离险境，经调查乃老鼠药所致。老人怀疑媳妇投毒，小丁母亲被传唤到派出所，后因证据不足不予定罪。但谁是投毒者，案件最终没告破。从此，小丁父母亲便远走他乡，走南闯北讨生活。

小丁出生永嘉，东北读小学，西安读中学，金华上技术学校。父母先是经营早餐铺（她印象中自家早餐丰盛），继而开干洗店（她说全是手洗后熨干，父母经常通宵洗刷十分辛苦），后来承包澡堂（父母在西安买了一套商品房）。小丁中学毕业后，只身回到金华读书，学旅游专业，去年考到仙居旅游公司当导游。

这位年轻姑娘近来十分苦恼，因为她和当地的一个小伙子相爱了，可父母就是不同意这门亲事，嫌小伙子只是一个模具工人，家里经济条件不好，连商品房都买不起。现在不都说“有情人皆成房奴，有房人才成眷属”吗？父母说他们穷怕了，女儿一定要找个家庭财力雄厚的，何况她还有一个小她 6 岁的弟弟需要培养。我听罢慨叹，当年小丁父母为了自己的爱情，如此勇敢，为什么 20 年后，要对自己的过去背叛和反动呢？小丁说，她也曾经用这样的话质问父母，父母回答，正是因为他们吃过苦、受过罪，才不愿女儿吃二遍苦、受二茬罪。

我感慨颇多，想起 30 多年前李万钧教授上的外国文学课。他在总结爱情这个永恒主题时，讲了一句话：这个世界除了一个男人和一个女人外，什么都没有。

是啊！这世界无论天上人间，都只有男人和女人那点事，还总是说不尽道不清。

2010 年底

为了鲁迅去绍兴

1982年秋，我与妻初莅绍兴，是从杭州乘绿皮火车去的。清晰记得，那列火车称“旅游专列”，杭绍早出晚归一日游。窥斑见豹，足见浙江的旅游产业，一直走在全国前列。

吾辈少年与青年时代，鲁迅作品大量编入中小学课本，而且大都与绍兴有关。比如，三味书屋刻在书桌上的“早”字，百草园的少年欢乐世界，坐在乌篷船上看社戏，闰土手持胡叉在月光下刺向猹的形象，还有咸亨酒店孔乙已“多乎哉，不多也”的喃喃自语，无不让人感觉，绍兴就是鲁迅的绍兴。

那年的一日游，所有耳熟能详的鲁迅作品，几乎都可以在作者家乡找到验证。同时也为绍兴的历史文化底蕴所折服。让我们意想不到的是，鲁迅故居的隔条街便是沈园，陆游的《钗头凤》墨迹犹存廊壁，已成绝唱。城内有青藤书屋，明朝名士徐渭手植的青藤，据说一半给雷击了，另一半在“文革”期间被连根拔去，现在的青藤是后来补种的。城外有大禹陵，庄严气派的古建筑、古石碑、古河道，令人肃然起敬。

1999年国庆节，是我国第一个长假黄金周。读高一的女儿要求去旅游，问她想去哪里，答：杭州与绍兴。那是一趟长途自驾，早上从宁德出发，晚上只能投宿临海市，次日清晨出发，意欲中午到达绍兴。女儿说，最好能到咸亨酒店吃午餐。果然如愿以偿。咸亨酒店熙熙攘攘，一桌难求。我负责找座位，妻点菜，让女儿买黄酒。女儿居然端来三大碗，让我们大为赞叹：豪爽。女儿解释，孔乙己爱的花雕酒，一定好喝。

我以为，女儿想去绍兴，也是因为鲁迅。说明鲁迅的文章，到女儿为止，已经影响了我们三代人（包括父辈）。当然，年轻人喜欢的绍兴，不仅有鲁迅的大块文章，更有沈园的缠绵悱恻、水乡的河网密集、古桥的千姿百态、兰亭的千古一帖，还有用脚划桨的乌篷船、婉转动听的越剧与风味浓郁的绍兴菜。

39年过去，一个春意盎然的日子，我与妻再访绍兴。此番旅行的兴致是领略中国大运河的风情，选择从宁波出发，沿着浙东大运河，一路自驾，进入古越城。

进城前先登吼山。这里古时是越王勾践卧薪尝胆，力图复国大业的根据地；而今是登高远眺，寻觅大运河江阴故水道的最佳处。正值桃花艳丽、杨柳迎风，好一幅花红柳绿的江南水乡田园画图。

运河博物园是绍兴人的杰作。园中的古越照壁、石桥纤道、旗杆碑柱、楼台亭阁，风云际会。这些旧物件斑驳沧桑，矗立在运河两岸，重现历史风貌。然而，当你走进“碧水贯街千万居，彩虹跨河十七桥”的安昌古镇，一定惊叹流淌几千年的运河水，至今还在滋润着古镇民众。

虽然兴致在运河，但我们还是选择下榻在鲁迅故居附近的桔子酒店，还是去咸亨酒店用餐。却不料，在咸亨酒店门口，被候在孔乙己铜像旁的三轮车夫劝阻了。老车夫说，咸亨酒店菜又贵又不好吃，你们进去看看，一盘白斩鸡90多元，两人一餐饭起码300元，里面食客冷冷清清。不如坐上我的车，带着你们去小吃街，点上炒三鲜、白斩鸡、梅菜扣肉、炒田螺，外加半斤花雕酒，花100多元，包你们满意。酒足饭饱后，为你们义务讲解，去看王羲之的画扇桥、蔡元培故居、周恩来祖居、秋瑾就义的古轩亭口、八字桥、鲁迅故居等等，全程坐三轮车，走街串巷，仅收费120元。

老车夫如是说，也如是做，我俩下午的三轮车之旅称心如意。

绍兴不愧是个优秀旅游城市，自然风景与历史人文独树一帜，连老车夫都如数家珍概说“五个之乡”：江南水乡、古桥之乡、黄酒之乡、书法之乡、名士之乡。但在吾辈心目中，“五个之乡”皆在“鲁迅故里”的麾下。所以，鲁迅故居与纪念馆，三味书屋与百草园，虽去过还要去。三味书屋的“早”字依然清晰，可谓朝花夕拾；百草园的皂荚树尚在，只是后来移种的。纪念馆规模已经扩大许多，宏伟壮观，鲁迅的雕像似乎改变了姿势。我们与他老人家几番合影，而后将 39 年前的老相片对照，却异口同声地说：还是当年简约素雅的环境好。其实，也许，只是下意识源于对逝去青春的一声叹息，鲁迅未老，吾辈老矣。

仔细想一想，我们这一代人，还好有鲁迅的作品可读。特别是“文革”的漫长日子，绝大多数中外名著成为“毒草”，唯有他老人家的小说、散文、诗歌、文论，皆可以一读为快，反复诵读。我们这几代人，大概没有人不知道鲁迅，而且所有的中小学生，都学习过他老人家的作品。可以说，这种现象在中国文化史上，是一个奇迹。

大概正因为如此，改革开放以来，鲁迅的作品在中小学课本中逐渐减少。有人深感遗憾，甚至痛心，我却以为正常，因为文学的大花园，毕竟要百花齐放。但有一种观点我始终坚持，那就是，中国现代文学家，最有资格获得诺贝尔奖的，非鲁迅莫属。

绍兴因鲁迅而骄傲，吾辈因鲁迅去绍兴。

2021 年春

嵊州有个越剧小镇

我是茅威涛的“粉丝”，但在越剧小镇称之“茅迷”。

造就一个“粉丝”往往需要一个过程，有幸的是，“粉丝”的成长过程与中国改革开放紧密联系。1978年，被封存十多年、冠名为“彩色戏曲艺术片”的《红楼梦》重新放映。一时间，几乎所有的电影院场场爆满，一票难求；男女老少，争相说红楼。许多人鹦鹉学舌唱越剧“天上掉下个林妹妹”，《葬花》《哭灵》成为雅俗共赏的曲目。观众也记住了徐玉兰与王文娟。我当时正处于昏天暗地学习功课，迎接高考，连吃饭都觉得耽误时间的关口，却仍然抵挡不住这部经典戏剧电影的诱惑。而且从此，喜欢上了越剧。

我以为，越剧《红楼梦》之所以散发着经久魅力，主要是因为这个剧种具有得天独厚的表演形式，那江南灵气、呢喃细语、清悠婉丽、典雅唯美，把才子佳人、缠绵悱恻演绎得淋漓尽致。君不见，越剧《梁山伯与祝英台》《白蛇传》《孔雀东南飞》《陆游与唐婉》等，皆被观众热捧，莫不源于此。

20世纪80年代，买了越剧唱片在留声机上播放，宿舍隔壁住着一位爱好京剧的大叔，教导我，男子汉应该喜欢京剧，越剧太脂粉气。我自然中毒太深，无法易旗换帜，但似乎也找不到有力的证据反驳。后来就喜欢上了茅威涛，而且发现茅威涛扮演的男主角，不仅有缠绵婉约的，也有激昂豪迈的，比如《陆游与唐婉》的陆游、《寒情》的荆轲、《藏书之家》的范容、《孔乙己》的孔乙己等。待到认为有底气与大叔理论时，大叔已带着他钟爱的京剧乘鹤西去了。

确实，茅威涛有着独特的气质神韵。这位尹派传人，她的眉眼与唱腔，让每一个舞台形象入木三分，贾宝玉的风雅清纯，梁山伯的痴情透骨，陆游的剑胆琴心，荆轲的义士寒情，范容的书生抱负，孔乙己的狷狂古怪……皆让观众铭记于心。我以为，中国戏剧界的一个伟大发明，就是男生扮女角，女生扮男角，诠释出了同性难以企及的高度与深度。同理，梅兰芳先生演的虞姬、杨贵妃等，那种雍容华贵、妩媚动人，令多少女演员自叹弗如。这即是，异性最懂得欣赏何谓男神与女神，于是，审视之，体现之，浪漫的、理想的、唯美的，双重审美下的角色一个个诞生了，怎不令吾辈沉醉其中。

辛丑年春风季节，终于有机会来到越剧小镇。小镇崭新气派又古香古色，茅威涛艺术照悬挂在沿街每一根廊柱上，端庄靓丽，让我想起一句诗："你是人间四月天。"这位著名的越剧表演艺术家、中国戏剧家协会副主席、国家级非物质文化遗产代表性传承人、越剧小镇代言人如是说："弘扬传统文化，承继吴越精神，让世界听到越剧小镇的声音，这是我作为越剧人的使命。在这里，一边是艺术，一边是生活。江南的文脉得以传承，越剧的繁盛得以延续，世界级的戏剧生态环境在此形成。"

这里青山屏列，剡溪如练，风水绝佳，原是越剧发源地施家岙，而今占地 3.68 平方千米的越剧小镇横空出世。剡溪穿镇而过，此岸是全新打造的明清建筑风的集镇，彼岸是顺势而为的田园与花园，一条铁索桥将之相连。创意者将之概括为三句话："万年小黄山，千年唐诗路，百年越剧诞生地。"何谓"万、千、百"？究其由来：小黄山文化遗址距今约一万年，比良渚文化、河姆渡文化更早，三者构成了浙江万年文化的主要脉络。剡溪则被称为“千年唐诗路”，嵊州建县时即称“剡”，至今有2150多年历史。东晋以来，有400多位文人墨客，留下1000余首咏剡诗作，李白的“此行不为鲈鱼脍，自爱名山入剡中”，杜甫的“剡溪蕴秀异，欲罢不能忘”，还有苏轼、陆游，直至近代的蔡元培、马寅初等皆留下咏剡诗文。“百年越剧”即越剧界公认，越剧诞生于1906年农历三月初三，在嵊州甘霖镇东王村4只稻桶台上的表演为标志，之后不断传承与创新，嵊州至今尚有100多个越剧团、3000多名演职人员活跃在舞台上，成为当前日趋凋零的戏曲演出市场的一朵奇葩。

于是，女神茅威涛登高一呼，越剧小镇芙蓉出水、清丽可人。

我与妻的半日游兴致勃勃。进入镇区，越剧唱腔不绝于耳，循声而去，一睹戏迷馆里高朋满座，不仅有大妈大爷，也有青年男女，还有黄毛小儿。他们正在论摆座次，一个接着一个上台表演，一旁站着专业教师，指点你的身段与唱腔。

走街串巷，看见三四十个小学生，身着汉服，排成两列纵队，兴高采烈地走进群贤阁。问询工作人员，得知小学生是参加越剧研学。不禁令人笑曰：“越剧应从娃娃抓起。”看到一幢幢“非遗”体验馆，忍不住走进去看看，竹编馆、古沉木雕馆、剡藤纸书法馆、煇白茶馆等等，皆乃嵊州的珍宝，游客通过展示与体验，领略活态传承。

走上垂柳飘扬的河堤，走过心摇意荡的索桥，走进油菜花香的田园，这大概就是女神倡导的“一边是艺术，一边是生活”……

逛了许久，看是街旁挂着“嵊州十大小吃”招牌，胃口马上被吊起，点一份嵊州汤包，端上来是一碗热气腾腾的馄饨，以为端错了，老板娘说：没错。我们称馄饨为“汤包”，漂浮在汤里的小肉包。还是炒年糕可口，嵊州年糕切成一片片，小指头大小，佐以肉丝与豆芽，爆炒，韧劲足，有嚼头。

古戏楼最是令人赞叹不已。它模仿北京故宫畅音阁而建。两层戏台，翘檐斗拱；两层观众席，精致环廊。整座戏楼金碧辉煌、气势恢宏，被誉为“越剧金色大厅”。古戏楼供着的“梨园神”竟是唐明皇李隆基。剧场可容纳二三百位观众，分贵宾席、楼下席与楼上席。每天上下午各演一个小时折子戏，票价 150 元、100 元、50 元。工作人员建议我们坐贵宾席，可以品茗听戏，很是惬意。我观察，进场的不过三五十名观众，便说，我们喜欢坐楼上，一边观戏楼全景一边听戏。当然，如果茅威涛亲自登台，可以考虑买贵宾席的票。工作人员笑答：今年春节期间，茅威涛登台演出，贵宾席一票难求，价格达3000多元，一位四川来的“茅迷”大妈场场不漏，连看 3 场。

检票处工作人员是一位年轻女士，那身材气质显然是个越剧演员，待人接物让你如沐春风。问：哪里可以买得到茅威涛唱片。她耐心指点，接着干脆带领我们前往。途中与之相聊甚欢。我告诉她，福建芳华越剧团一位古田县籍的演员扮演贾宝玉，今年上了央视春节晚会。闽东的福鼎市至今还有越剧团，颇受当地群众欢迎，好几位老演员是嵊州人。20 世纪 90 年代初，该团创作的《孩子剧团》晋京演出，获得嘉奖，誉满京华。我还说，最喜欢茅威涛塑造的陆游形象，那曲《书剑飘零三长载》堪称经典，只是唱词中“当日应邀福州去，问婉妹，可愿展翅远飞开”有误。其实，陆游当年是赴任宁德县主簿一职，只是当时宁德县属福州府管辖而已。年轻女士笑曰：看来你们是高段位的“茅迷”。她拿起手机，帮我们多方询问，何处还有茅威涛亲笔签售的《茅威涛从艺四十周年特辑》。

虽然最后只能购买到没有茅威涛亲笔签名的《茅威涛从艺四十周年特辑》，但越剧小镇之行自始至终春风拂面、春意盎然。

2021 年春

桥梁集会神仙居

浙江有个县名“仙居”，有个景区叫“神仙居”，前者源自后者，后者属于前者辖区。望文生义，它们皆是神仙居所。

辛丑芒种之日，我与妻重游神仙居，大吃一惊，因为面前的AAAAA级景区，与我们12年前所见，除了将军岩、美女山、羞女峰等几座山峦依稀可记，整个景区可谓旧貌变新颜。就如某个华侨，几十年后回到某座城市，高楼林立，车水马龙，哪里还认得曾经的街巷与老厝。

神仙居与武夷山同属丹霞地貌。据地理专家考证，神仙居的丹霞地貌更趋于晚期，因此，峰峦的泥质经亿万年风化，脱落干净，剩下的山骨更加崔巍嶙峋，再加上山中奇险清幽，飞瀑云叠，恍若仙境，自然只堪为神仙居所。

而今，不知哪位高人奇思妙想，又砸入大把银子，再让强大的科技力量加持，使得人间凡人百姓造访神仙居所，轻而易举，以至蜂拥而至。君不见，或成双成对，或呼朋唤友，或携妻带子，甚至推着轮椅、搀扶颤巍巍高堂，也前来一睹新奇。我们造访之日恰逢周末，出租车司机告诉我，今日游客，超过1万人。

景区北门与南门分别安装了索道，与登山步道并驾齐驱。乘缆车者排起长龙阵，徒步攀登者则凤毛麟角。看来懒人还是居多，舍得花银子的人还是居多。那日，我与妻乘南门索道上山，接后踏入南天梯（露天扶手电梯），继续电动爬坡。两段电梯总长近百米，可以转过身，观看山下村庄，渐行渐远，过眼山峰，越来越矮。伫立摘星台，极目远眺，你便发现，每座峰峦绝壁上，几乎都蜿蜒着一条栈道，观之险峻，履之平坦。而此时，最靓丽的风景映入眼帘，即是各式各样的桥梁，一条条飞架两峰之间，如巨龙出山，似彩虹卧波。

桥梁在这里集会，桥梁才是神仙居的主角。

铁索桥最多，达四条，但除了一条可供年轻人在高空摇摆尖叫声声外，其余的铁索桥皆稳如泰山，可容列队行走。桥的颜色五彩斑斓，桥的名字充满诗意，如“南海桥”“南天桥”“鸿蒙桥”“卧龙桥”“圆梦桥”“如意桥”。

卧龙桥不妨别名“乌龙桥”，四根乌黑发亮钢管，水桶粗的口径，相拥相携，三起三伏，一起飞跃彼岸。桥面架于其中，让你闲庭信步之时，仿佛上下左右，乌龙为你舞动，一种奇妙的感觉。

如意桥是众桥之王，是神仙居景区的新地标。称之“如意”，因其造型像一柄玉如意，架在两峰峡谷之间，西高东低。桥身由两条交错起伏的钢构与玻璃组成，形成上下两层拱桥。全长一百米。横看，它是双曲线，中间交叉汇合处犹如一只睁开的大眼睛，“上眼皮”是凸拱桥，位居中间；“下眼皮”是凹拱桥，分设两边，游客可随意行走。两条凹拱桥的中间，有一条玻璃栈道相连，可前往探险。当然，如意桥光是远眺，就能令不少人腿软，行走其间，可能每走一步都如履薄冰。据说，如意桥的设计师，参加过“北京鸟巢”的设计，大师级人物。

栈道大都平坦，高挂于环山绝壁，四通八达，其间延伸出不少观景平台，如莲花座，似彩云台，玻璃铺设，战战兢兢踏入，仰观天象，俯临深渊。

徒步近三个小时，赏心悦目，又连连惊艳，不觉得疲劳。忽然想起，当年游览神仙居时有两座山岩留下深刻印象，若不是我发问，导游大概忘记了介绍。

将军岩俨然是一尊久经沙场的将军肖像，他头戴硕大头盔，脸庞线条粗犷，双目注视西方，嘴唇微张，似乎欲说还休。顺着将军眼光望去，不远处是一座“睡美人”，美人斜靠床头，圆润脸庞，柔美颈项，高耸乳峰，微微曲起双膝，一副仪态端庄的酣睡神态。两座山讲述一个浪漫故事：狼烟四起，兵临城下，军情急迫，将军想唤醒酣睡的夫人，又于心不忍……

羞女峰的名称十分含蓄。一根石柱，突兀凌空，昂指蓝天，无所顾忌，似乎炫耀男人的阳刚之气。于是，“男人一见笑哈哈，女人一见羞答答”的俗语，由此而来。

神仙居山水依旧，全新打造。让我想起一句赞誉浙江人的词语：敢为天下先。

2021 年春

去杭州看运河

杭州城是水流淌出来的。君不见，有“浓妆淡抹总相宜”的西湖，有“壮观天下无”的钱江潮，有“小桥流水人家”的西溪湿地。但也许你忽略了，杭州还有一条运河，蜿蜒曲折，穿街入巷，达 52 千米。杭州段运河是京杭大运河的开端。京杭大运河则是世界上最长、最为古老的人工运河，总里程 1700 多千米，南起杭州，北至京城，不舍昼夜，流淌了 2400 多个春秋。

2009 年，中国邮政发行特种邮票《京杭大运河》，首发式即选在拱宸桥东面的运河文化广场举行。这套邮票共 6 枚，图案分别选取运河沿线 6 个城市的代表性景观：北京的燃灯塔、天津的天后宫、山东的山陕会馆、淮安的清江闸、扬州的文峰塔、杭州的拱宸桥。小型张为高邮镇国寺塔。

如果沿着京杭大运河来一趟旅行，那么，6 枚邮票以及小型张的 7 处景点就是最好的导游。辛丑惊蛰季节，我与妻自驾至杭州，下榻拱宸桥畔一家酒店，开启了京杭大运河的旅程。拱宸桥头有一块石碑，上书“京杭大运河南端终点”，并镌刻着大运河沿线 18 个主要城市名——这不就是现成的自驾游攻略图吗？

拱宸桥敦厚朴实，气势宏伟，一入眼帘，便令人过目不忘。它是杭州城最高最长的石拱桥。桥长 92.1 米，高 16 米，最宽处 12.2 米，为三孔联拱的驼峰桥。有趣的是，桥两旁拱墩前的水中，各建有两个防撞墩，每个墩上趴着一只活灵活现的螭吻。相传螭吻是龙的第九个儿子，平生好吞，当然可一口吞下滔滔洪水。

“宸”的词义是帝王宫殿，“拱”即拱手，两字相合意为对帝王的欢迎与敬意。可见拱宸桥是古代迎接帝王之桥。地方史料记载，康熙乾隆两帝爱好沿着运河下江南，每次巡幸杭州，拱宸桥必张灯结彩，成为迎驾桥、接待桥。那时节，杭州城万人空巷，运河两岸看客如织。但杭州百姓万万没有想到，拱宸桥有朝一日竟成为两军对垒的桥头堡。太平天国夺取杭州，见拱宸桥之孤高、之险要、之坚固，遂修筑为碉堡抗敌。左宗棠率兵攻打，炮轰枪击，两军激战于此。这座始建于明末的石拱桥终于经不起如此折腾，损毁严重，之后坍塌。光绪十一年（1885）重修，即现在的拱宸桥，屹立两岸之中达两个甲子年，直至2005年第一次大修，最大限度保持原貌。足见清末工匠之强、工艺之精、质量之好。2007年拱宸桥被列入全国重点文物保护单位。

我们迫不及待地登上拱桥之巅，极目远眺，运河水依然浩浩荡荡，南来往北的航船依然穿梭不息；远处高楼林立，现代化气息浓郁。所幸的是，古桥西岸古厝修旧如旧，粉墙黛瓦历历在目。遥想400百年前，拱桥最高处离地面约6层楼高，伫立桥巅，可将杭州城尽收眼底。彼时的拱宸桥应与西湖之畔的雷峰塔，并列为杭州城的地标，享尽多少崇敬的目光。

1982年初秋，我与妻初莅杭州，从无锡乘船，傍晚启航，穿越太湖与运河，次日清晨进入杭州。依稀记得穿越一座又一座石拱桥，令年轻人惊喜惊叹，想必拱宸桥位列其中，只是现在的记忆与40年前的风景有如一首朦胧诗。但记忆犹新的是，当年杭州运河水已污染严重，有一股难闻的气味，加上两岸居民早炊，家家户户提着蜂窝煤炉到运河边，煽风点火，燃煤烟味相伴运河臭味，吸入脑海，至今挥之不去。当时杭州的朋友告诉我们，当地百姓称之：“美西湖、破杭州、臭运河。”

而今，运河水虽达不到清澈见底，却也干净且丰盈，西湖更加美丽，杭州城市扩大到了钱塘江边，高楼鳞次栉比，现代化气息浓厚。我似乎明白了一个道理，生态保护与经济发展很难齐头并进，极容易陷入“先发展，再保护”的怪圈。所幸的是，我们现在总算有魄力、有能力，再投巨资保护生态，保护文物。

运河文化广场是创意者用心打造的杰作，五万平方米之地被缀以“功德碑坊”“烟柳画桥”“市河人家”“戏台庙会”等八景，成为平民百姓的漫步休闲广场。京杭大运河博物馆独树一帜，不妨走进去看看，了解这条人造河流的丰功伟绩，感叹其悠久深厚的文化内涵。

香积寺始建于北宋年间，是护佑京杭大运河南来北往船舶平安的圣殿，被赋予“运河第一香”。前些年重建，金碧辉煌，唯有门前的石塔为清代旧物，还能记取昔日繁华。

在大运河与胜利河交汇处，有一排青瓦木构建筑，是晚清时期著名的富义仓。当年大运河的主要功能是漕运，漕运的主要物资是粮食。富义仓可储存谷物四五万石，被誉为“天下第一粮仓”。而今，富义仓已被打造成了一个传统与时尚兼收并蓄的文化创意园。

桥西历史街区保护尚好，可逛上小半天。这里有中国刀剪、扇子、铁路等各式各样博物馆。沿街还可看到，1896 年浙江省亮起的第一盏电灯泡，1897 年在此创刊的杭州第一份日报《杭报》样版，1898 年中国最大的自办纱厂建成投产的遗址，等等。

杭州大运河最北至塘栖古镇。俗语：“六十里水路到塘栖。”当年杭州至塘栖需要一天的航程，现在驾车只需半个小时。塘栖南岸属杭州辖区，北岸则属湖州，广济桥连接起两岸江南富庶之地。

拱宸桥与广济桥堪称杭州古桥南北双骄。广济桥始建时间至少在明朝之前，比拱宸桥始建时间早。桥的长宽高比拱宸桥略小一点，但广济桥有七个桥孔，造型秀丽，如长虹卧波。广济桥造型是运河上的“唯一”，现也列入全国重点文物保护单位，完全可与拱宸桥相媲美。据传，

2009年确定《中国大运河》特种邮票时，拱宸桥与广济桥究竟哪一座代表杭州，让选题组左右为难，斟酌许久，最后拱宸桥以微弱优势胜出。

流经塘栖古镇的运河，河面与拱宸桥那里一样宽广，河水也一样丰盈。站在拱宸桥上，俯瞰舟楫南来北往，百舸争流，一派生机勃勃的场景；然而，站在广济桥上，只见两岸街市熙熙攘攘，运河却冷冷清清，不见船舶往来，与古镇热闹形成强烈反差。

问询当地人，答：还不是因为要保护广济桥。前些年，船只到此拥挤不堪，把桥墩给撞坏了。起初也设立了防撞墩，还是解决不了根本问题。后来政府下决心，新开一段运河，现在这条老运河成了纯粹的景观河了。我坐在运河旁的长廊上看风景，左边是人来人往、叫卖声声、烟火味浓郁的生活气息，右边却是空空荡荡、水自枉流的运河，和那座寂寞的乾隆御码头，心里总感觉欠缺点什么。

到杭州看运河，许多风景固然在运河两岸，比如塘栖古镇，也和拱宸桥的东西桥畔古街区一样，有许多可圈可点之处，但印象最深刻的还是两座古桥。中国自古有“桥的国度”之称，建于2000多年前的西安灞桥、1400年前的赵州桥、900年前卢沟桥等等，不胜枚举，仅中国邮政发行的中国古今桥梁专题邮票就达五六组几十枚，它们都是中国桥梁建筑的精华。

曾观看一部尘封已久的纪录片：“文革”期间，南京大桥建成通车，许世友将军指挥几十辆坦克一起开上桥面碾压，以检验大桥质量。令人赞叹不已，这即是中国工匠精神。但我以为，有一个问题不得不承认，现代科技水平再高，钢筋混凝土等建筑材料之寿命，总长不过一块块天然石头。于是，千年灞桥、赵州桥、卢沟桥与百年的拱宸桥、广济桥等古代桥梁，一定会再静候百年千年，与现代桥梁们较较劲，看谁的寿命更长。

2021年春

又去丽水　又见创意

一

浙南有两个风景区很容易被混淆，即仙都与仙居，一个是仙人荟萃之都，一个是仙人居住之地，两地直线距离约60千米。仙都是丽水市缙云县属下的AAAAA级景区，仙居是台州市仙居县属下的AAAAA级景区。

20多年前，仙都风景区比仙居风景区名气大（现在仙居风景区名气似乎盖过仙都）。2001年“五一”节尚有“黄金周”，我与妻久闻仙都名气，便自驾去缙云游览几天。

仙都，古称“缙云山”，相传是黄帝升天之地。景区很大，峰岩奇绝，山水神秀，融田园风光与人文史迹为一体。印象深刻的是鼎湖峰，一山飞峙大江边，状如春笋，直刺云天，高达170.8米，因而被誉为“天下第一笋”。那貌似尖尖的峰顶面积竟有710平方米。峰顶有个水池，清澈如镜，四时不竭，据说轩辕黄帝在此用鼎炼丹，鼎重达千斤，把山顶压成了凹形，形成一个湖，故曰“鼎湖”也。轩辕黄帝就是从这里升天的。唐代诗人白居易有诗为证：

黄帝旌旗去不回，片云孤石独崔嵬。

有时风激鼎湖浪，散作晴天雨点来。

2023年“五一”假期，各地传来皆是景区人满为患的消息。但女儿与她上小学四年级的儿子，要想外出旅行也只能选这个时间。女婿加班，不能陪同他们，我便建议自驾去仙都。

22年过去，鼎湖峰依然巍然屹立在大江边，饱经沧桑又活力四射，继续让人高山仰止。他老人家不动声色地俯瞰芸芸众生，当然不记得我俩仰止它第二回了。我惊喜地发现，鼎湖峰身边的一条峡谷里，拔地而起一座“皇城”，同样巍然屹立，名曰“天下第一祠”。记得2001年来访之时，这座“皇城”，才建起一幢大殿，说是东晋时期即有缙云堂，之后更名“黄帝祠宇”。它是江南人民祭祀轩辕黄帝的最早建筑物，明末毁于战火，1998年在原址重建。据地方史料记载，唐代诗人李白的族叔李阳冰任缙云县令时，数次祭拜黄帝，并亲书“黄帝祠宇”，刻石立碑。李阳冰是书法界大腕，被称为“篆圣”。他题刻的碑，据说比陕西黄帝陵现存最早碑刻“栽种松柏圣旨碑”的时间还早，于是成为缙云祭祀黄帝文化悠久历史的重要物证，所以有了“北陵南祠”之说。既然道理说得这么充分，重建就必须建一座巍巍宫殿是也。

我们来得正是时候，“天下第一祠”里刚刚开始《轩辕赞》实景祭祀祈福表演。演员观众济济一堂，气氛热烈。表演共分击鼓鸣钟、净手上香、施礼祭拜、恭读领文、乐舞献祭5个场景，可谓阵容庞大、场面壮观、古风悠悠、余音袅袅。我突然发现，演员把台阶当作舞台且歌且舞，视觉效果更好。

难得的是，11岁的外孙小龙猫看得津津有味，问：“我们真的都是黄帝的子孙吗？”得到的答复是肯定的。但遗憾的是，我们在黄帝祠宇的怀祖堂查找“姓氏树”上的姓氏，很快找到“唐”，却一直没找到“萨”。小龙猫很失望，我只好劝他：“没关系的，中国姓氏太多，很多小姓都没挂上树，反正大家都是中华儿女。”

二

岩宕书房是仙都景区新景点。“石宕”，就是废弃的采石场，浙南地区比比皆是。前些年，吾辈游览过龙游石窟和长屿硐天，前者可追溯到公元前212年甚至更加久远的时间，共有5个石窟，犹如5个巨大地宫，堪称世界上最大的古代人造地宫。后者是南北朝以来人工开采石板留下的景观，硐内削壁成廊，天窗顶空，石架悬桥，宛若迷宫，达几千米长，可谓“人力无意夺天工”。它们的规模简直让人难以置信，不免发问：这真的是古人一锤锤凿掘而成的吗？！

仙都导游介绍，缙云自宋代伊始，有人工采石遗存石宕3000多个，大小不同，形态各异。仙都景区有石宕数个，其中一个被编为8号，而今8号石宕成了网红打卡地岩宕书房。

这个高不过四五十米、面积也就六七百平方米的石宕，若与龙游石窟和长屿硐天相比，实在不值一提。但不知哪位高人的手笔，因地制宜，顺势而为，在石宕内盖成一个充满书卷气、洋溢着现代文化气息的书房，一下子就吸引了众多年轻人，包括我们这些老夫老太，蜂拥而至。

当我走进狭长的书房大门，触摸两旁粗犷的岩壁，总感觉那一条一条采石留下的纹理，与一册一册书籍似乎有相通之处。洞内一个个采石平台被改造为一个个书房，错落有致，逐级而上。当年工匠行走的自然石阶，则被搭建成一条长达二三十米的“之”字形的钢构阶梯，贴壁而上，与书房凌空相对。我抓紧时机教育小龙猫：“书山有路勤为径”，赶快去登登书山吧。

太阳从天窗缝隙漏下，照在书桌上，你可以低头看看书，抬头看看蓝天白云，感觉这个书房挺温馨。其实不仅温馨，甚至“小资”洋溢，你看，楼下还配置了一间小巧玲珑的咖啡屋，女儿正带着小龙猫排队买咖啡。我观察了一下，发表谬论：“尽管我认为岩宕书房里的藏书太少了，但喝咖啡的人比看书的人多得多。”

衷心为岩宕书房点赞，它的创意堪称“化腐朽为神奇”，如果这个评价太夸张，至少也是“化寻常为神奇”。

三

石仓契约博物馆坐落在松阳县的石仓村，较偏僻，丽水市区到此70多千米车程，其间得行走20多千米弯弯曲曲的山道，但我们到此一游，都觉得值得。小龙猫也游玩得不亦乐乎，认为这个博物馆像钻地堡一样有趣。

石仓契约博物馆让我想起一个成语“买椟还珠”。成语故事讲述了一个楚国商人把珍珠装在漂亮的木匣里，一个郑国人买下了这个漂亮的木匣，却把珍珠退还给了卖主。郑国人认为木匣比珍珠漂亮。我以为，石仓契约就像珍珠，收藏契约的博物馆就像匣子。我与郑国人审美观一样，认为博物馆比契约更漂亮。

首先介绍一下“珍珠”：清康熙年间，阙氏先祖为躲避战乱，从汀州（福建龙岩）迁徙到石仓。他们通过挑矿砂、洗砂炼铁等积累了大量财富，开始大兴土木建造大屋，同时也带动了一方土地市场、经贸往来的活跃，由此产生了众多的契约文书，大至数千亩之山场、十几亩的水田，小至一个棚屋，甚至一棵树，在进行权利转移时，无论是否有血缘关系，当事者都会订立契约。前些年，上海交通大学曹树基教授在石仓专门设立了古契约课题组，经收集整理了契约1万余份，其中7000多份已出版成册。

接着介绍“木匣”：著名建筑师徐甜甜以深化“基石”为概念，使用当地建造堡垒的石材作为博物馆建材与进入周围配套路径，在省级文物保护单位古民居善继堂东南角新建石仓契约博物馆。建筑及周边景观延续梯田的地势而建，从远处看去，就像河岸或山上梯田的挡土墙，与环境融为一体，也暗喻契约精神坚如磐石。

博物馆占地面积2500多平方米，建筑面积674平方米。室内空间参照当地古民居天井形态，顺着水渠线性展开，形成3个展区。最具特色的是，通过水渠上方屋顶排水沟女儿墙高度和角度精确设计，正中午直射阳光垂直落在水渠上，此时可以看到阳光照射水帘上形成的彩虹。

石仓契约博物馆由一位阙氏后人管理。这位老先生是位内行人。我对他说："福建周宁县也有个契约博物馆，它的藏品比你的还多、还丰富，但博物馆没有你这么有特色。"老先生听了很感兴趣，说一定找机会去周宁参观学习。

我们因为还想去杨家堂古村看看，没能等到正午阳光带来的奇景，感到遗憾。

四

丽水返程那天，高速路经过景宁县。它是中国唯一的畲族自治县，我们拐入县城去参观中国畲族博物馆。大约用了四五十分钟时间，在图文并茂的展框中大致了解了畲族的起源、迁徙、变化与发展的历程。值得一提的是，馆内有互动场景，比如，可以用自己的肩膀试试畲族山民柴火担的重量。小龙猫一试，挑起了80斤的柴火担。

时间尚早，女儿提议去看看千年古刹时思寺。此行虽然车程50千米，其中20多千米是蜿蜒山道，直达千米海拔的高山，但时思寺确实值得一看。我认为，它是中国一座留得住乡愁的寺院。

古树名木是时思寺的地标。

时思寺坐落在海拔1040米的白象山上，远远望去，青绿难分，如冠似盖的古树掩映着沧桑斑驳的古寺。走进寺门，两株刺柏，一立一卧，铜枝铁干，相倚相扶，其形犹如一对老伯仲。继续前行，需从卧柏树身之下而过，此时敬畏之情油然而生。柏前竖有木牌，上曰：祠门古柏（指直立的一株）高 17 米，胸围 4.1 米，树龄约 1500 年，经浙江省科技信息研究院鉴定，确定为全国最大最古老的刺柏。

寺中还有 4 株柳杉，树龄皆在千年以上。与寺门遥遥相对的山岗上，矗立的一株老柳杉，威武形态犹如一位率领千军万马的大将军。树前立木牌介绍，称其“柳杉王”，名列全国同种柳杉胸径之冠（4.47 米），胸围达 13.4 米，树龄 500 余年。该树原来身高 50 余米，因遭雷击折断，现高 28 米。树干已空心，树洞可容纳 30 余人。

古朴建筑是时思寺的魂魄。

时思寺始建于南宋绍兴十年（1140），距今 900 余年。难能可贵的是，它至今仍保存着悠悠古风，如果通俗地说，仍保存“破旧”的原汁原味面貌。大殿是宋朝的，钟楼是明朝的，马仙宫是清朝的，皆乃原木构建，没有雕刻，没有彩绘，更没有司空见惯的金碧辉煌的殿宇。导游告诉我们，时思寺属于全国第四批确认的重点文物保护单位，前些年在修缮问题上有过争议，但最后本着严格的修旧如旧原则，没有任何“锦上添花”的动作。真是万幸。

当我步入鹅卵石铺设的青苔斑驳的路径，触摸碎石垒起的乌黑凝重的照墙，踏上自由生长的青翠欲滴的草地，在古树名木的呵护下，仿佛穿越千年，领悟到一尘不染的乡愁。

云中大漈为时思寺加持。

云中大漈距离时思寺约 500 米。沿着一条流水潺潺的溪流之畔而行，两岸田园里生长着绿油油的茭白苗，女儿与小龙猫竟然才知道，像鲜竹笋一样好吃的茭白，是种在水田里，幼苗与稻苗长得一模一样。穿越一片以柳杉为主的树林，空气特别新鲜，有广告牌提示：这里的森林浴道负氧离子每立方厘米含量 12000 个（世界卫生组织认定：清新空气的负氧离子浓度每立方厘米1000到1500个）。再下行石阶约400级，便走到云中大漈雪花瀑脚下。

仰面观瀑，瀑高70米，水流顺崖斜扑而下，散落成无数朵洁白的水花，纷纷扬扬，酷似雪花。清人张琢到此吟诗：

叠雪喷珠景最奇，我来相对却相宜。

胸中尘俗多如许，借与清泉一洗之。

云中大漈与古人诗词都为加持时思寺而尽心尽力。

浙西南归来，“五一”节旅行收获满满。我历来钦佩浙江人，他们干一件事，成一件事，似乎总是值得我们福建人学习。事实也确实如此，30多年前我们就开始学习“温州经验”。有那么一个年代，我们闽东地区几乎每年都组建党政代表团，到温州、台州、宁波等地考察学习取经，皆有收获。

女儿听了我的感慨，夸奖我是浙江“粉丝”，是“浙江通”，特别是为浙江旅游事业发展扔下大把银子，做出杰出贡献，浙江理应授予我“荣誉市民”称号。这显然是调侃之言，但我听了仍然很高兴。

2023年5月4日

定海访乡贤

上一次去舟山群岛，还是16年前，必须从宁波海岸将车驶入轮渡，人与车同进舟山本岛。自从2009年3座跨海大桥（长达20多千米）建成后，可驾车直驱舟山本岛。2021年，舟山本岛至岱山县跨海大桥（长达17千米）又建成。从此，驾车进入舟山群岛，不仅便利，还成了自驾者欣赏中国最长最美跨海大桥的打卡地。

我与妻此行目的原是想体验一下天花板级的跨海大桥，再感受一下连续举办十多届“岱山杯”全国海洋文学大赛地的文化氛围。但没想到，舟山三日游，意外收获：他乡遇老乡，定海访乡贤。

一

第一位乡贤是福鼎秦屿（太姥山镇）人，名曰张朝发，清朝著名抗英名将。

定海鸦片战争遗址公园（又称“竹山公园”）广场上竖立着4根伤痕累累、残缺不全的红色花岗岩石柱，象征着中华民族宁为玉碎、不为瓦全的气节。穿过石牌坊拾级而上，踏入“百将题碑”园，一座座黑色石碑镌刻着张震、迟浩田、洪学智等百位将军题词。石牌坊上的一副对联写得好，通俗且深刻：

那六天洒流五千人英雄血，

这一仗打痛每一颗中国心。

舟山市人民政府1997年6月在公园广场立碑铭文《竹山公园志》，摘录一段：

公元1840年（清道光二十年）鸦片战争爆发。同年七月五日，英军炮轰定海，守军英勇反击，定海镇总兵张朝发负重伤，知县姚怀祥等官兵殉难。1841年9月26日，英军再次进犯舟山。定海镇总兵葛云飞、寿春镇总兵王锡朋、处州镇总兵郑国鸿率5800名将士，与敌浴血奋战六昼夜，相继壮烈殉国。是役为中国近代史上抗击英军入侵最激烈的一战。

定海鸦片战争纪念馆坐落在竹山公园高高的晓峰岭上，馆名为全国人大常委会原委员长乔石所题。现为全国爱国主义教育基地。馆内摆放有张朝发目光炯炯、视死如归的半身铜像，与一起殉国的姚怀祥知县并排。

张朝发身受重伤，临终前仍嘱咐部下拼死守城（鸦片战争中第一个殉国的将领），岂料接替他指挥的两个部将难堪重任，面对强敌，弃城而逃。定海沦陷后，两江总督伊里布将责任全部推在张朝发身上，污蔑他“愎谏撤守，丧师失城”。道光皇帝受蒙蔽，下诏严斥张朝发，甚至不允许其灵柩返回家乡安葬。直到咸丰皇帝即位后，张朝发冤情才得以昭雪，被封为武显将军，灵柩由儿子护送回福鼎安葬。

张朝发出生于福鼎市秦屿镇一个贫苦渔家，年轻时投军闽浙总督府麾下水兵，膂力过人，善使板斧，水性极好，特别擅长潜泳，以“水鬼”绰号而闻名。由于作战勇猛，屡立战功，被福建水师提督李长庚擢升为百总。后在剿灭威震闽浙粤三省的大海盗蔡牵战役中建立奇功。传说他潜入海中，将蔡牵指挥船底凿个大洞，使之船沉炮熄，由此升为参将。之后调任台湾水师协副将。道光十九年（1839），调任定海镇总兵。这样一位久经沙场的老将，岂会贪生怕死，撤守失城。

福鼎人民历来以张朝发为荣，太姥山下有多处他的遗迹和纪念物，仍保留尚好，后来也有新建。张朝发故居建于19世纪初期，占地3亩多，属于闽东当年常见的三进台阶式建筑。大门楣上有青石阴刻“金鑑传徽”4个大字。你若仔细观看，在青苔遮掩的墙沿处，尚可发现一些清代的琉璃瓦片。值得一提的是，故居主人把水井建在后门外，显然是为了方便邻里用水。

瓜园村岩角亭的浙江定海总兵张朝发墓，呈“凤”字形，砖石垒砌，做工精细。有石狮子和望柱各一对。墓园草木青翠，墓碑前有与张朝发同时代的福鼎名士王学贞撰写的挽联：“已归大海心何负，未斩长鲸死不休。”应该道出了这位抗英名将的最后心愿。张朝发墓为省级文物保护单位。

福鼎市博物馆保存着一柄张朝发使用过的关刀，为其后裔捐赠。看看那柄沉甸甸的关刀，极容易让人联想起手持关刀的关云长，张朝发的义薄云天与其一脉相承矣。

21世纪初，秦屿民众在通往太姥山景区的虎头岗下，发掘出跨越明、清、民国3个历史时期的古义冢群，冢内掩埋着395具舍身殉国的民族英雄遗骸。秦屿耆老筹资，将之建成纪念园，树立一组不同时期代表人物石雕。张朝发一身戎装，右手握刀，左手抚炮，大义凛然之形象，伫立最前。该义冢群2013年被国务院公布为第七批全国重点文物保护单位。

二

定海古城里有一座蓝理纪念馆，设立在西大街89号清代大院（蓝理后人宅院），纪念清康熙年间的定海总兵蓝理。

蓝理是福建漳浦县赤岭乡畲族人，自幼习武，精通刀、枪、矛、盾各种兵器，身材魁梧，双手能举800斤，赤足能追千里马，还能拽马尾让马倒行。更难得的是，他年少时就胸怀大志，常言："丈夫不封侯拜相，非人也。"其一生功勋卓著，是一个地地道道的草莽英雄，但显然比那些武举、武进士出生的武官更厉害——高手出自民间。

蓝理一生平藩乱、收台湾、治定海、修普陀、经营福建、镇守海疆，善战善治，是康熙年间的平乱名将。最为传奇的一战是康熙二十二年（1683）六月，施琅发兵东征台湾，蓝理担当先锋，在澎湖海战中腹部受伤，肠子外露，仍冲锋陷阵，克敌制胜，赢得"破肚将军"威名。康熙四十年（1701），皇帝赐其孔雀翎及冠服，并御书"所向无前"匾额。

令人赞叹的是，蓝理任定海总兵12年，任职时间最长，留下的口碑最好——草莽英雄最接地气。

蓝理纪念馆的序言半文半白，朗朗上口，写得太好了，不知出自哪位高人之手笔，让我反复诵读。且摘抄一段如下：

> 舟山展复之初，疮痍满目，百废待兴。蓝理总镇定海，建牙滃洲，修文庙，筑码头，扩祖印，弘普陀，孜孜矻矻，一十二载，不避风涛，不遑宁处，普济、法雨得以中兴，山海大观自兹崇立。蓝理沾溉定邑之恩，可谓深矣；定邑眷恋将军之情，岂亦浅哉！蓝理以翁山、漳浦无有轩轾，定邑视将军岂能异于漳人？昔时蓝公生祠，已略表拳拳之心；今日蓝家大院，再致思源之意。

这个序言就让我看到了：蓝理胸怀博大矣！定海人民胸怀更博大矣！！

三

与竹山公园毗邻的是柳永文化广场，修建于2019年。广场内3座仿宋式建筑依山而建，中间一座为柳永纪念馆，两旁则是三毛纪念馆和三毛书吧。广场还建有朗读亭、朗读墙、朗读廊等。我很是喜欢那条同样是仿宋风格的诗词长廊（朗读廊），能把两个纪念馆和一个书吧连接起来，让你漫步其间，来回拜谒古代文豪和当今才女，倒有几分梦回宋代又梦醒今朝的感觉。

柳永，原名三变，福建崇安（今武夷山市）人。北宋著名词人，婉约派代表人物。

柳永的科举之路太艰难。他20岁出头进京科考，踌躇满志，自信“定然魁甲登高第”，岂料名落孙山。此后，再考、三考、四考，皆落榜。关于柳永的科举之路，最为人津津乐道的是：柳永词作，为时人传诵。宋仁宗是洞晓音律的儒雅皇帝，却认为柳永好作艳词，颇多不满，在其试卷上引用其词“忍把浮名，换了浅斟低唱”批示：“既然要‘浅斟低唱’，何必在意虚名。”遂刻意划去柳永之名。还传说，有人向宋仁宗推荐柳永，宋仁宗回复：“且去填词。”从此，不得志的柳永郁郁寡欢，遂出入歌馆酒楼，自号“奉旨填词柳三变”。坊间甚至传说，柳永在汴京城成为填词大咖，以妓院为家，放旷不检，最后死于妓院，身无分文，歌妓出钱为他安葬。出殡之日，全汴京城歌妓为他送行，哭声震天，数里可闻。

关于柳永的这两个传说，前一个可信，有史料支撑；后一个完全虚构，小说创作而已。历史上真实的柳永科场屡败屡考，终于晚年金榜题名，认认真真做官去了，填词从此成了业余爱好。这一点后来的冯梦龙和他极其相似。现在看来，柳永和冯梦龙都是以文学奠定了他们在中国文学史上一代文豪的地位。但当时，这两位老人大概都认为自己的文学成就不过是下里巴人，难登国学大雅之堂。都认为，文人正道，就应参与治国理政，当然是做官。于是，柳永近知天命之年及第，官授睦州团练推官，十分欣喜赴任去了。几百年后，61岁的冯梦龙也屁颠屁颠赴任寿宁县令。有趣的是，出仕前的冯梦龙编撰《喻世明言》，其中《众名姬春风吊柳七》，杜撰的就是汴京歌妓筹资安葬柳永的故事。柳永在天之灵有知，一定会破口大骂冯梦龙。

定海柳永纪念馆内容简洁明快，突出了宋仁宗宝元二年（1039），56岁的柳永来定海晓峰盐场任职，写下诗篇《煮海歌》和《留客住·临远眺》。踏入纪念馆，迎面一面墙是一块大屏幕，展示大海之畔一片茫茫古盐田，30行律诗《煮海歌》书写其上：

煮海之民何所营？妇无蚕织夫无耕。
衣食之源何寥落，牢盆煮就汝输征。
年年春夏潮盈浦，潮退刮泥成岛屿。
风干日曝盐味加，始灌潮波塯成卤。
……

其余三面墙上展示柳永的经典词作，如“奉旨填词柳三变”的《鹤冲天》，“杨柳岸晓风残月”的《雨霖铃》，“误几回天际识归舟”的《八声甘州》等，自然有“晓峰盐场留客住”的《留客住》。

1000年前，那可是“凡有井水饮处，皆能歌柳词”；而今，幸好还有经典流传。

该纪念馆前言强调，《煮海歌》深刻反映了盐工生活艰辛，清人朱绪称此诗：“洞悉民瘼，实仁人之言。”《元大德昌国州图志》将柳永与王安石、史浩、葛洪同列为昌国的4位名宦。《明天启舟山志》称柳永：“尝摄昌国县事，理盐课，区划有方，纤悉不为民病，登阜赢余。寻以（治）最闻，潇洒脱尘，弗为物累。”

大文豪不当官也罢，若让你当，就当最好的。

四

三毛虽不是八闽人氏，但她是吾辈学生时代的女神，亲切有如乡贤。记得当年学子们在宿舍争辩，少数人说，三毛文笔漂亮，人也漂亮；大多数人说，三毛文笔漂亮，人不漂亮。于是少数人被佐证为“情人眼里出西施”。

三毛本名陈懋平（后自改为陈平），原籍定海。1943年出生于重庆，1948年随父母迁居台湾。定海三毛纪念馆用不少篇幅展示三毛的“归根之旅”：1989年4月，三毛走在了祖国大陆的苍天厚土间。在上海，见到了漫画家张乐平，夙愿得偿。4月20日，三毛踏上故土浙江定海，就像一个迷路的孩子见到了母亲，尽情地发泄着大喜大悲的情绪。在祖父坟前，三毛抱着坟碑哭喊：“阿——丫，阿——丫，魂魄归来，平平来看你了。”喝着故乡井水，三毛心说：“从此不会生病了，走到哪里都不再水土不服。”此后，三毛又多了一个名字——“小沙女”。次年4月，三毛再回祖国大陆，她沿丝绸之路西行到了新疆。而后不到一年，三毛用一条丝袜结束了自己多彩传奇的一生。

就像纪念馆《尾声》所言：“三毛，给人们提供了一种生活方式：自由，浪漫，纯真，浪迹天涯却情有归宿。”

就像著名作家白先勇评说：“三毛创造了一个充满传奇色彩瑰丽的浪漫世界；里面有大起大落生死相许的爱情故事，引人入胜不可思议的异国情调，非洲沙漠的驰骋，拉丁美洲原始森林的探幽——这些常人所不能及的人生经验，三毛是写给年轻人看的，难怪三毛变成了海峡两岸的青春偶像。”

走出纪念馆，我对妻说：“吾辈这么热爱旅行，多多少少有三毛的影子。”

2024年元月初

当你老了

——泰康之家的甬杭考察记

一

2018年，著名作家周大新的新作《天黑得很慢》出版。似乎一石击起千层浪，迅速引发社会热议。这是中国第一部全面关注“变老”话题的长篇小说，主要情节是通过一位陪护员用亲身经历讲述陪护老人的故事，揭示了中国当下社会的种种问题：养老、就医、亲子关系、黄昏恋、失能失智、临终关怀，等等。作者是要告诉读者，变老就像夏季，天黑得很慢。其实，20年前，著名女作家曲兰创作的报告文学《老年悲歌——来自老父老母的生存报告》，读来更是心潮难平。她把笔墨重点放“空巢”老年人身上，据统计，全国“空巢率”达26.4%，即意味着有1/4的老年人身边没有子女照料。

文中描述：陈教授是一名著名大学教授，播撒下遍地芳菲之后，渐渐从人们视线中隐去了。自从老伴离世，他一个人与孤灯相伴。一年春节，他的一个学生来看望恩师，却怎么也敲不开门。当设法打开门时，发现老人躺在地上。他还活着，有气无力地说：“我三天没吃饭，起不来了。”

80岁的刘老太太生活不能自理，靠女儿照顾，女儿上班，就把她锁屋里。听说居委会要来家访，刘老太太高兴得睡不着，天天盼着……

有一位父亲晚年寂寞，很想和儿女说说话，可儿女们始终很忙。父亲去世前，对着聚集在床边的儿女们说个不停。儿女怕他累着，劝他别说了。“好吧，不说了。”然后，他就永远闭嘴了。

报告文学中，诸如此类的故事很多很多。

人大穆光宗先生对“孝道”有一个很现实的评价：“在现代社会，要做孝子非常不容易，成本非常高。老人病了，子女们24小时守在身边几乎不可能。因为竞争很激烈，时间是非常稀缺的资源。”

北大人口研究所陈功博士更是语出惊人：“在社会发展愈快的时候，也是老年人危机最深重的时候，他们常常是牺牲品，而且他们也只能牺牲。因为社会要保证整体的发展，实际上对高龄老人处于无能为力的状况。”

确实，就如捷克作家米兰·昆德拉所言：“老人是对老年一无所知的孩子。”很多老人并没有做好面对老年的准备，他们以为这段路与以前走过的童年、少年、青年、中年的路没有什么太大不同，殊不知，这段路上，孤独是必须品尝的苦酒。还有，一路险情环生，各种稀奇古怪的病都可能缠住你的身子。再有，当这段路的光线逐渐暗淡并终将没入黑暗之时，特别渴望温暖的爱之光来照射。《天黑得很慢》和《老年悲歌》告诉已老的、将老的和终要老的人，人老之后，需要的东西太多了，但最重要的是爱——来自亲人的、他人的、单位的、集体的、社会的爱。

中国老龄化速度快、规模大，举世罕见。官方统计数据公布，1999年60岁以上人口占总人口10%，2000年65岁以上人口占总人口7%，中国以此为标志进入了老龄社会。到了2022年底，60岁以上人口达到2.8亿，占总人口19.8%，65岁以上人口达到2.09亿，占总人口14.9%。而且以每年1000多万的数量增长。

首先应该认识到，老龄化是社会发展进步的标志之一，不是洪水猛兽，近几十年来，我国预期人均寿命，每过几年就增长1岁，不能不说是件大好事。但随着高龄老人队伍不断壮大，老年人整体健康问题越来越突出，对医疗与养老相结合服务的需求不断加大。对于我们这一代人（50年代出生）来说，到了疾病缠身和不能自理生活时期，只有一个独生子女，靠传统的“养儿防老”方式，拖累儿女，于心不忍；请个保姆照顾，很难称心如意。况且子女与保姆对医护知识也不专业，遇到紧急情况大都乱了阵脚。于是，医养结合成了一种最具有前景的养老模式。

何谓“医养结合”？即是医疗资源与养老资源相结合，实现社会资源利用的最大化，实现“有病治病、无病疗养”的养老保障模式创新。即老人在养老机构里得到的不仅是生活上的照顾，而且能够得到定期的医疗检查，生病了可以得到及时医治，并有专业护理人员进行照顾。近十多年，名列世界500强企业的泰康保险集团，探索出一条医养结合的“泰康之家”模式，得到社会认可度越来越高。2023年12月中旬，我与妻自驾车考察甬杭两地“泰康之家”，体验“养老（享老）”生活，收获感触颇多，予以记述。

二

宁波“泰康之家”坐落于鄞州区，距离高速路口才3公里车程，车下高速口，转两个弯，一眼便看到一幢30层高楼，墙面镶嵌着“泰康之家甬园”六个大字，在高楼林立的新城区颇为醒目。步入大堂，宽阔气派，布局圆中有方，巨幅水彩画为标志性装潢，画面是几只金色海鸥翱翔在蓝色大海泛起白色浪花之上，给人以宁静致远的感觉。环壁多是甬园“居民”丰富多彩的生活剪影，其间悬挂着一块大屏幕，名曰“泰康之家长寿社区智慧平台”，许多数据适时更新，一目了然。

甬园工作人员为我们解读：到今日（12月17日）为止，泰康之家在全国33座城市布局38个项目，20个项目已运营。泰康居民入住11333人，其中90岁以上占9.4%，81岁至90岁54.%，71岁至80岁27.8%，70岁以下8.7%，平均年龄80岁。男女比例41/59。影响力大的居民1181人（如参加开国大典33人，院士38人，获得共和国70年勋章的265人）。适时更新数据甚至详细到，今日安全预警达1058人（如拉绳报警3102人，跌倒报警120人）。让我们在甬园，就能随时看到全国10多个城市泰康居民生活概况。

我在《泰康之家通讯》看到：2023年10月15日，泰康之家居民正式突破1万人。从2015年6月第1户居民入住燕园，到2021年8月迎来第5000位居民，再到如今第1万位居民入住，泰康发展速度越来越快。

甬园一期入住居民250多户，二期已封顶，开业在即，明年将有更多新居民。园区共有5幢高层大楼，围绕着中间独幢的大堂和活动中心，布局合理。让人称道的是，旁边是一座新建的3级脑科医院，一条百余米长廊将甬园与医院完全在室内对接。更值得称道的是，非常时期的3年，泰康之家近万名居民无一人因感染而离世。

泰康之家将居民分为独立生活、协助护理（一级护理和二级护理）、专业护理（三级护理和四级护理）、记忆照护（五级护理）四个类型。我俩考察重点是独立生活型，现又誉之为活力生活型。

甬园一期居民有三种房型，一是29平方米，只住1人，月收费7900元；二是40平方米，单人住，月收费1万元，夫妻双人住，月收费1.2万元；三是套房60平方米，月收费1.5万元。居民按自己经济实力各取所需。

我俩在20层楼40平方米双人铺房间体验一晚。房间入门处，一边是简约灶台，另一边是洗手间，比较宽敞，同时安放洗衣机（带烘干），淋浴间配有座椅。室内有大衣橱、小圆桌、长沙发、冰箱、电视等家具，一应俱全，可拎包入住。阳台也较大。床头与洗手间配有红色按钮，供紧急状态呼救，救护人员 3 分钟内到达。

甬园居民生活堪称丰富多彩，确实充满活力。大堂里挂着一块“宁波老年大学教学实践基地”，便是很好的注释。墙上挂着本周“甬园乐泰学院活动课程表”，日程满满，各种讲座，有古代文化史、时尚服饰穿搭、高血压健康、调理慢性病等；各种俱乐部，有走秀、非洲鼓、合唱、交谊舞、钢琴、中国风编织等；各种团训课，有益智运动会、防跌倒弹力带训练、椅子普拉提等。真是让你看得眼花缭乱，心生狐疑：这是养老院还是大学校园？墙壁上还挂着 10 多位居民的“人生第一次”剪影，有 68 岁第一次学游泳，有 78 岁第一次登台主持，有 79 岁第一次做直播，有 88 岁第一次办画展，有 90 岁第一次打非洲鼓，有 92 岁第一次做讲师等等，让人叹为观止，心想：若没有一点特长，还不好意思入住泰康之家。

次日和甬园居民一起用早餐，参照居民标准收费 18 元，自助餐。体会是，伙食虽没有五星级酒店豪侈，但花色品种并不比之少，而且更符合老年人健康和胃口。

三

上午驱车前往杭州泰康之家——大清谷。大清谷园区坐落于西溪湿地和之江国家旅游度假区之间。进入大清谷园区，满目山林青翠，茶园连绵，流水潺潺，建筑错落有致，掩映其间，让你身心一下子得以放松。如果说甬园是现代城市的高楼林立，那么，大清谷则是江南园林式的小桥流水人家。妻赞叹：“好喜欢这里，就是一个世外桃源，可惜离家乡太远了。”

大清谷园区由日本著名建筑师隈研吾设计，以“回到宋朝”为理念，折山为脊，折树为庭，打造与自然共生，与青山绿水融合的建筑，追求自然与人文和谐相处的人居环境。园区共投资近10亿元，占地面积4.4万平方米，建筑面积4.6万平方米，现有居民400多户，配置一座有30张医疗床位的一级综合医院。

工作人员带领我们参观居民样板房和“活力中心”（文化体育娱乐设施）。样板房和甬园大同小异，只是更具风雅。遗憾的是这里所有房间住满了居民，我们不能入住体验，只能投宿不远处“浙里有约”小酒店（也属泰康管辖）。据介绍，大清谷的“活力中心”建筑面积7000多平方米，是所有城市泰康之家中人均面积占比最大、配置最高的“活力中心”。逐项考察后，我对恒温游泳池和健身房最为赞赏，前者设施考虑到了不同年龄段包括残障人员的需求，后者的健身器材可谓应有尽有。而且都配有指导老师。这里的设施与环境之好，当你身临其境，不想运动、不激发活力都不行。

采访张阿姨，是我此行的满意收获之一。张阿姨今年80岁，哈尔滨人，与她丈夫退休前都在浙江省水利厅工作。他们原先家住在西溪公园附近，地段好，周边空气也好，但是最终还是选择了大清谷。她说自己曾两次被120抢救到医院，险象环生，心有余悸；又经常感冒，药不离身。丈夫因公伤造成后遗症，还有糖尿病，经常跑医院。

前些年，张阿姨又耳闻目睹几个老朋友皆因突发病，抢救不及，走了，触动很大，就开始留意医养结合的养老院。2017年，她丈夫参加上海同学会，听到同学介绍泰康之家——申园，动了心，俩人便到申园入住体验几天。这一体验，就喜欢上了泰康之家。回家后就对儿子说，想去申园养老，儿子了解后也说好，但就是上海离杭州远了些，探访不便，有所顾虑。想不到，不久就传来泰康在大清谷开工建设好消息，于是耐心等待，一开园马上报名入住。

张阿姨悄悄告诉我，自从申园入住体验后，她就开始关注泰康。泰康创始人陈东升，1983年毕业于武汉大学经济系，经济学博士，被评为“改革开放 40 年百名杰出民营企业家”。至今，泰康保险集团连续 6 年荣登《财富》世界 500 强榜单，位列 431 位。最重要的有一点，陈东升是李敏的女儿孔东梅的丈夫，毛主席的外孙女婿。这样的人能不是一个有家国情怀的人吗？

一晃，入住已 3 年，张阿姨越来越满意这里的生活。首先，大清谷餐厅菜品多样化，每日变换，老两口根据营养师的要求，对饮食习惯进行了控制与改善，后来就极少感冒，糖尿病也好转了。其次，与积极锻炼也是分不开的，张阿姨听从健身教练建议，“老人要想健康，肌肉一定要保持”，经常到健身房锻炼，现在双手向下拉的力能达到 60 斤，水平的推力达到 50 斤，扩胸运动达到 10 斤。这对 80 岁老人来讲，算是不错了。张阿姨还学会了游泳和台球。现在老两口感觉身体比入园前好多了。第三，坚持为社区做义工，每天忙得不可开交，但很开心，日子过得很充实。

那天晚餐，我们 3 人（其中一位工作人员）借用张阿姨的饭卡，去体验居民日常餐饮。餐厅宽敞温馨，橱窗上挂着一周每日三餐食谱，每餐都有蛋白质（海鲜、荤菜），维生素膳食纤维（时蔬、水果），碳水化合物（点心、广式点心、甜档、主食），流质食物（汤类、奶制类），半流质食物（营养粥），软食（面食）计 20 余种。我们 3 人一起点了 10 余种菜肴，共收费 74 元，吃得津津有味。

我揣测，伙食费用明显低于成本，园区应该有所补贴，大概住宿费收得较高，将之挪一点补贴伙食费吧。

四

第三日，驱车 30 公里，去参观“径山竹茶园如意陵园”。这座占地 1400 亩的陵园是泰康之家的配套项目，距离杭州径山寺约 10 公里。径山寺名气很大，它始建于唐天宝元年（公元 742 年），曾被列入江南“五山十刹”之首，是日本临济宗祖庭和茶道之源。我与妻十年前拜谒过径山寺，曾赞叹不已，这也是吸引我们去参观径山竹茶园如意陵园的动因之一。

我俩2015年的俄罗斯之旅，曾参观莫斯科新圣女公墓，留下美妙印象，至今记忆犹新：那一处处构思独到、雕刻精美的墓园与墓碑，犹如一件件艺术珍品，让人们在肃穆敬畏中唏嘘动容。

如，《钢铁是怎样炼成的》作者奥斯特洛夫斯基临终前的半身石像：右手抚按书稿，饱受疾病折磨的身体微微抬起，已经失明但仍炯炯有神的双眸凝视远方。肖像前的石台上，摆放着一顶红军帽和一柄军刀。

又如，普希金坐在靠背长椅上的塑像，是最为人们熟悉的姿态。诗人满头卷发，聪慧额际，特别那双忧郁眼神，让人不敢与之对视。

再如，赫鲁晓夫的墓碑是由黑白两色的花岗岩石几何式交叠一起，赫鲁晓夫圆圆的脑袋从黑白石块之间探出，笑容可掬，仿佛在倾听后人对他褒贬不一的评价。等等。让人们竟对一座座墓园如此顾盼流连，不舍离去。

当时心想，这样的公墓，在中国大概是寻找不到的，想不到，今天却在“径山竹茶园如意陵园”，似曾相识。

径山竹茶园如意墓园借助当地原生的几百亩整齐茶田和翠玉竹海，依山顺势，遵循“是墓不见墓，见墓不识墓，识墓不惧墓”的理念，打造出以书院文化为核心的生态艺术墓园。

一座宋朝风格的书院坐落于茶田与竹海之中，踏入大门，置身于古香古色的书院文化氛围里，让你很难与陵园服务中心联系起来。乘坐电瓶车，穿行于一垄垄茶田之间，向竹海深处驶去，远眺湖光山色，让我冒出一个赞语：“世外桃源”。妻笑曰：“这回用语最贴切，安息这里的人本来就是世外。”

工作人员讲解：这里与径山一脉相承，左有青龙高耸，右有白虎相拥，前有秀水日照，后有玄武山靠，目前是国内唯一的以书院文化为核心的千年福蕴之地。

拜谒生态艺术墓，仿佛进入空山新雨后的宁静，层峦意朦胧的致远，挺立的青松与翠竹，便是墓园忠诚的侍卫兵。一座座墓园，隐示着一个个家庭乃至家族的追求，有菩提的叶落归根，有雅致的书香世家，有形象的生命年轮，有爱情的莲开并蒂；还有永恒之石，梅兰竹菊，星月拂晓，忆江南，等等。让你脑海不禁冒出一句时髦词汇：诗和远方。

一位女画家的铜像坐在自己的安息地，正在一手拿着画笔，一手托着颜料盘，专心注目作画。旁边的墓碑刻着“敬爱的母亲”。

一座典雅的墓园，黑色墓碑嵌在大地上，刻着夫妻俩姓名，丈夫生卒年月详尽，妻子只刻着出生年月，墓碑上是一本汉白玉雕刻的、打开的书，书上放着一副老花镜和一支老式钢笔，旁边是一张石凳。工作人员告诉我们，那位妻子经常来这里，坐在石凳上，为丈夫读一段书。

此刻又让我想起莫斯科新圣女公墓，不同的是，那里是名人公墓，这里是平民百姓墓园，也许，后者更难能可贵。

五

我们这一代人，是看着“春晚”慢慢变老了。这些年，尽管一边骂“春晚”越来越没有看头，一边仍然在看。但说句公道话，“春晚”有两首歌曲甚得人心。

一首是《常回家看看》，平实如话的歌词和款款攀谈般的曲调，唱出了老年人的心声：他们要求不高，常回家看看而已。

还有一首是《当你老了》。2015 年“春晚”由著名艺人莫文蔚深情演唱，好评如潮，被称为年度最走心歌曲：当你老了，头发白了，睡意昏沉；当你老了，走不动了，炉火旁打盹，回忆青春……

古往今来，生老病死，无人可以避免。唯有期望：当你老了，迎接你的是一个安全、温馨和有尊严的晚年。

2023 年 12 月 28 日

大哉！燕子矶

南京的燕子矶是由一块矶石伸入长江，三面临空，其势如展翅欲飞的燕子而闻名于世的。燕子矶高于江面 36 米，小巧玲珑得如大江边的一个盆景。兔年初夏，我慕名前往，只逛了一个多小时，就将这个险峻轻盈的小景点细细走遍，很是喜欢，很受启悟，感觉燕子矶虽“小”，却处处见“大”。予以“四大”记之。

大名气贯古至今。据说长江南岸大小共七十二矶，燕子矶号称“万里长江第一矶”，并与安徽采石矶、湖南城陵矶并称“长江三大矶”。它最初的名气记载于东晋年间，斯时矶头就建有揽江亭，从此名气日大。名气大与名人是分不开的。清初康熙、乾隆二帝下江南，均泊舟于此。乾隆帝更是情有独钟，六下江南，五登燕子矶，连登矶石道也被命名为“南巡蹬道”。其中第三次登矶时，御笔亲题“燕子矶”3 个行书大字，时江宁知府特造亭刻碑于矶顶，现御碑已成为南京市保存较好的文物。乾隆的一首诗刻于碑后：

当年闻说绕江澜，撼地洪涛足下看。
却喜涨沙成绿野，烟村耕凿久相安。

其实，乾隆的诗情画意很是一般，比起早他几百年登矶的唐、明两位前辈，稍逊风骚。

大气魄溢满矶石。唐代大诗人李白出蜀云游，东下金陵，登燕子矶，见江边矶石一块挨一块倾斜朝江，中空如杯，有如酒樽石，联想自己官场失意，到此把酒吟诗，望滚滚长江东逝水，奇想顿生，以此石为樽，长江为酒，痛饮长江，挥毫醉书“吞江醉石”。真是豪气挟带着酒气，一并冲天。

浪迹江湖、无意仕途的诗仙尚如此，孤家寡人的皇帝老儿更有理由气吞山河。相传明朝开国皇帝朱元璋登燕子矶，正遇几位进京赶考的举子在此吟诗，其中一位以矶为题，曰：“燕子矶兮似秤砣。”众举子被“砣”住了，结结巴巴续不下去。朱元璋见罢，张口续来：“长江做杆又如何？天边弯月是钩挂，称我江山有几多！”朱元璋的气魄之大吧！大到只能是当皇帝了。

大慈爱流芳千古。月明星稀之夜，伫立燕子矶头览胜，水月皓白，澄江如练。是“古金陵四十八景”之一。如今，为了游客安全，临江矶石上安装了铁栏杆。在最险处，竖立一石碑，乃20世纪30年代著名教育家陶行知所立，碑上题有六个字：“想一想，死不得。”原来是块劝诫碑。当时常有失意之人选此地轻生，旧称“一仰一个”。陶行知时任教晓庄师范学校，对此非常痛心，遂行善举。那通俗、简洁、深刻的“六字真言”，当年挽救了不少轻生之人。如今陶公尊重生命、热爱生命的大慈爱之心，愈发显现出人性光芒。

大悲愤永驻矶石。燕子矶还是国人耻辱的见证。鸦片战争爆发，英帝国主义者一路烧杀掠抢，在此登陆，攻陷南京，迫使清王朝签订丧权辱国条约。1937年12月，侵华日军攻陷南京，发生了震惊世界的“南京大屠杀”，当时3万多名被解除武装的国民党士兵和2万多名平民，逃亡于燕子矶江滩，以求北渡，遭日军舰炮封锁，和惨无人道的机枪扫射，杀害我同胞5万多人，尸遍江滩，血染江流，惨状举世罕见。

1985 年南京市政府在此立“遇难同胞纪念碑”，慰奠死者，铭记悲愤，勿忘国耻。

我发现碑亭上系一条红绸带，带子上写着：日本鬼子滚出钓鱼岛！红绸带系在这里有些时间了，风吹日晒，黯然失色。

仰望纪念碑和红绸带，祭奠之情油然而生，当以长江为酒，当以长江为泪，祭奠大悲愤，为的是悲愤不再重生，耻辱的历史不再重演。

燕子矶虽小，却怀揽大江东去之胜景，积淀中华民族传统文化，承载国人大情感，不愧为“万里长江第一矶”。

2011 年夏

江南诗山敬亭山

“山不在高，有仙则名。”

宣城的敬亭山并不高，海拔才320多米，但从唐朝开始声名鹊起，而后名声远播1000多年，如今干脆称为“江南诗山”。央视举办的《中国诗词大会》（第三季），便选择敬亭山为外景拍摄地。

如果说敬亭山有仙，最权威的是诗仙李白。敬亭山的地标是诗仙的一首五言诗：

众鸟高飞尽，孤云独去闲。
相看两不厌，只有敬亭山。

诗仙独坐山巅，极目远眺，有感而发，随口吟诵4句大白话，却成了千古绝唱，撺掇多少人为这首诗去看敬亭山。

我俩便是“受害者”。8点从铅山出发，导航宣城桔子敬亭山酒店，全程450千米。下午1点下高速路口，到达酒店后欣喜发现，抬头便可看到敬亭山。今天仍然万里晴空，宣城气温高达36摄氏度，只能傍晚去看山。

太白独坐楼矗立山顶，5层木构楼阁，巍峨壮丽，视野极好。吾辈登斯楼，仰望蓝天白云，远眺城市河流，近观茶园森林，努力体验诗仙当年心境。我们是乘电瓶车上山的，一路所见登山者众多，想来敬亭山应是宣城市登山健身者乐园，没错，连山下广场也被命名“登山广场”。

登山健身者三五成群，伫立太白独坐楼前，一边拭汗歇息，一边指点风景，他们是城市的主人。我问一对比我俩起码年轻一轮的伴侣：“你们经常来登山看风景吗？”答：“是的。”我笑曰：“相看两不厌。”他们也笑了。

太白独坐楼下有一片茶园，青翠茂密，在阳光下绿得发亮，在树荫下绿得凝重，似乎让你闻到茶香。一看指示牌，写着“敬亭绿雪”，倍觉亲切，因为“绿雪”后少了个“芽”，要不，就和福鼎白茶“绿雪芽”的名号一样一样了。据说李白就是品啜着“敬亭绿雪”，思如泉涌，但太白独坐楼大厅里，有一尊李白独坐木雕像，为何不让他手握一杯“敬亭绿雪”呢？

下山走石阶路，林荫蔽日，修竹摇曳，顿觉凉爽。敬亭山有许多玉真公主的遗迹。如皇姑泉、望姑桥、望姑亭等，还有一尊现代艺人雕刻的玉真公主石像。

宣城人喜欢把李白的《独坐敬亭山》演绎为爱情诗。说是当年唐玄宗召见李白入翰林院，是因为亲妹妹玉真公主极力推荐，李白才得到皇帝赏识。李白感念公主的知遇之恩，又仰慕公主的才情容貌，就害上了相思病。玉真公主后来受到唐玄宗冷落，看破红尘，到敬亭山静心修道，直至香消玉殒。李白为此感伤至深，写下《独坐敬亭山》，蕴涵着对公主的绵绵情意。

当然，这只是民间传说。但这样的传说很接地气。

下山途中，我与妻为此热议，各抒已见。妻认为，“相看两不厌，只有敬亭山”就是李白的爱情表白，从热烈爱情发展到长久情意。我调侃：当然可以理解为爱情，若是一对情侣历经长长久久，激情没了，剩下“左手摸右手”了，但仍然不讨厌，这其实是伴侣的最高境界。

我似乎有所感悟："相看两不厌"不仅对爱情，对友情也是最高境界。比如，当我们步入老年，回首儿时伙伴、青少年同学、工作同事等等，后来不知不觉中走散了、走丢了，但偶尔相遇，还是"相看两不厌"，岂不是最高境界？

将李白这首千古绝唱仅仅理解为爱情写照，未免狭隘。我以为，诗仙不仅与亲人爱人对话，更与千里江山对话，与天下万物对话，充满了宽广的相敬、相爱、相怜、相惜的审美哲理。

当然，《独坐敬亭山》是"江南诗山"最高峰，但莫忘了周遭还有60余座山峰，它们如众星捧月，衬托起李白高峰。

自从南齐诗人谢朓任宣城太守，写出"余霞散成绮，澄江静如练"与"兹山亘百里，合背与云齐"等佳句，敬亭山便成了"吟无虚日"的"江南诗山"。李白十分崇拜谢朓，就像现在我们崇拜李白一样。据说李白7次来宣城，为敬亭山写下50多首诗。

继李白之后，白居易、杜牧、韩愈、刘禹锡、王维、孟浩然、颜真卿、苏东坡等慕名登临，吟诗作赋，绘画写字。关于敬亭山的诗作就达1400多首。清朝画家石涛更是驻锡于敬亭山脚下的广教寺，以敬亭山风光为背景，留下名作《石涛罗汉百开册页》。

抗日战争的艰难时期，"将军本色是诗人"的陈毅率部东进，来到宣城，写下《由宣城泛湖东下》七绝一首：

敬亭山下橹声柔，雨洒江天似梦游。
李谢诗魂今在否？湖光照破万年愁。

古往今来的大诗人总是惺惺相惜，"江山也要才人捧"，敬亭山离不开文化高峰，也离不开文化高原。

2022年夏

绩溪胡　天下知

一

龙川，顾名思义，貌似一条巨龙蜿蜒奔腾的河流。

龙川是国家 AAAAA 级风景名胜区，又是全国重点文物保护单位。

其实，龙川就是一个古村落，属绩溪县所辖。

导游小胡解说龙川，甚是动人：我们祖上老胡是东晋一个大官，为朝廷镇守歙州。一日，登高俯瞰，发现一块平坦之地，北有澄源溪，穿越其间，汇入南面的龙川河，东有龙须山，西有凤山，地形就像一艘大船。老祖宗看上这块风水宝地，决定举家迁于此。但因姓胡，读音与“浮”相近，若在形状如船的地方安家，担心飘浮不定，经高人指点，邀请一位丁氏人家一起定居，丁即“钉”也，可钉牢胡氏家族安居乐业于龙川，千秋万代。

胡氏宗祠现为龙川的地标，始建于宋朝。明嘉靖年间，里人兵部尚书胡宗宪倡导并捐资扩建。后历经修葺，其主体结构、艺术雕饰，仍保留明代风格，建筑面积达 1564 平方米，古朴气派，尤以木雕精致著称。有趣的是，胡氏宗祠左面，相傍着丁氏宗祠，建筑面积不足 200 平方米。小胡说，龙川的胡姓 300 多户，占绝大多数，丁姓才几户。

我笑曰：钉子有几根足够也。

胡宗宪是个大人物。老戏骨王庆祥在电视剧《大明王朝1566》扮演胡宗宪，他与陈宝国演的嘉靖皇帝、倪大红演的严嵩、黄志忠演的海瑞，可谓群星荟萃，都把人物演活了。胡宗宪虽是大奸臣严嵩门生，但始终以国事为重，忍辱负重，领导与支持戚继光的抗倭斗争，青史留名。

我在少保府胡宗宪抗倭纪念馆旁，还参观了胡富纪念馆，倍感亲切。为何呢？因为发现了胡富与闽东的往事。现将“亲切”往事摘录如下：

胡富于明成化十四年（1478）考中进士，早于胡宗宪60年，后累官至兵部尚书。胡富于成化二十三年（1487），以福建按察司佥事官职巡视福宁州。他一到福宁州境，就遇到当地百姓五六十人拦马喊冤。随行吏卒要挥鞭驱赶，胡富制止之，随即下马，告诉众人，他无权包办地方案件，但凡冤假错案，可以督促州县官员重新审理。明日，有冤情者可以前往州衙大堂申诉。胡富到州城，不去驿馆，径直到州衙会见知州，谢绝宴请，顾不上休息，立即审阅案卷，直至通宵。次日，知州请胡富主审。胡富正色道：“下官来福宁是奉命督查，怎能越俎代庖。”并表示可以帮助指出疑点，仍由知州重新审理。知州并不是贪官，只是有些迂腐和懒政，看到胡富毫无以上压下架子，真心维护他的官声，很是感动，也就放手审理。不久，在胡富督促与帮助下，知州审清了70余件冤案与积案。当地流传开一首《滩头水》歌谣：

滩头水，急又清，河底卵石色分明；胡按察，爱民心，出巡路上访民情。

滩头水，急又清，污泥浊水无法停；胡按察，爱民心，不宿驿馆不吃请。

滩头水，急又清，穿山越谷除肮脏；胡按察，爱民心，通宵理案到天明。

滩头水，急又清，峰回路转出山林；胡按察，爱民心，冤假错案全辨明。

山重水复滩头水，一路急流一路清；天高地厚胡恩公，千年再世一包拯。

提起令人亲切的大人物，胡锦涛无疑是龙川最为之骄傲的人。胡锦涛祖父胡炳衡故居保存尚好，但不知何故，闭门谢客。隔壁的老屋倒是开辟了徽商绩溪代表人物展示馆。馆内让吾辈兴趣的是胡锦涛之上的四辈先人，皆是赫赫有名的茶商。高祖父胡沇源是胡氏茶庄在三泰（泰州、泰县、泰兴）开拓者；曾祖父胡树铭发起成立徽州旅泰商人同乡会，被推任为首任会长；祖父胡炳衡毕业于国立工业学校，是三泰地区绩溪胡氏茶业承前启后关键人物；父亲胡增钰肄业于上海大夏大学经济系，1956 年率先参加私营商业改造，任泰县茶漆销售商店门市部副主任兼会计，曾当选为泰州市城北区人民代表。

胡锦涛是在泰州生泰州长的，直到 1959 年考上清华大学才离开泰州，但他的籍贯始终填写“安徽绩溪”，据说是他父亲的要求。胡锦涛工作后从未回过绩溪，直到 2013 年 9 月 13 日，才第一次踏上故乡的土地。

凑巧的是，我与妻也是这个月这一天来到龙川，真是荣幸。导游小胡对 8 年前的那个日子记忆犹新：胡锦涛夫妇拜谒了胡氏宗祠。龙川村已有 1600 多年历史，传至“锦”字辈已有 48 世。胡锦涛在祖居待的时间最久，当地领导给他们端上家乡“金山时雨”茶，胡锦涛让夫人不要站着，坐下来，一起喝杯家乡茶。当工作人员从院中水井打上水，胡锦涛主动将水接过去，用脸亲水，用水洗手，并连喝三口。

还是凑巧得很，我们下榻的龙川迎宾馆，正是胡锦涛“六菜一汤”邀请乡亲和当地干部代表共餐的地方。宾馆宽敞整洁且消费不高，我们住的标间价格210元。

龙川有着浓郁的徽风古韵：穿越村庄的水街流水潺潺，清澈灵动；散落四处的古廊桥、古牌坊、古祠堂、古渡口、古树名木，古意盎然；还有鳞次栉比的高高马头墙，再听着胡锦涛返乡的故事，不禁让人想起那句时髦词语：记得住乡愁。

二

上庄是胡适故里，位于县城西北30多千米。有趣的是，上庄与位于县城东南10多千米的龙川隔着一座徽岭，这座不高的山岭，竟是绩溪县域中长江与新安江的分水岭，上庄属长江流域，龙川属新安江流域。因此，上庄的胡称“北胡”，龙川的胡称“南胡”。

驾车行驶在弯弯曲曲公路上，临近上庄，见路旁设有观景台，便停车俯瞰，将上庄尽收眼底。这是青山环抱，一水襟带，阡陌纵横，绿树掩映，“粉墙矗矗，鸳瓦鳞鳞”（胡适语），确属钟灵毓秀之地。

上庄村口矗立一尊胡适铜像，中式长衫的老学究模样。故居的院子里是一尊坐在靠椅上的铜像，西装革履，完全是洋博士的风范。莫非寓意斯人学贯中西？胡适应该是中国人获得博士学位最多的，故居里将他所获得的荣誉博士逐一排列，一共36个。我认真数了数，其中25个法学博士、9个文学博士、1个哲学博士、1个人文博士。

胡适故居门前楹联是：大胆假设小心求证，认真作事严肃做人。横匾：兰蕙书屋。该楹联有趣，胡适风范大约如此。

故居是晚清徽派建筑的典型，占地面积约2亩，而今，秉承“略施雕刻以存其朴素”的审美情趣，古朴素雅大方温馨。胡适在这里度过了他的童年，1917年又遵母命在这里与江冬秀完婚，前前后后达11个春秋。故居陈列布展分文化厅、慈母厅、胡适厅、友谊厅。

其实，慈母厅准确地说是“慈母与爱妻厅”。厅正中是胡适《我的母亲》摘录：

> 我在我母亲教训之下度过了少年时代，受了她的极大极深的影响。我14岁就离开她了。在这广漠的人海里独自混了20多年，没有一个人管束过我。如果我学得了一丝一毫的好脾气，如果我学得了一点点待人接物的和气，如果我能宽恕人，体谅人——我都得感谢我的慈母。

胡适父亲胡传是清同治年间岁贡出生，任过地方官吏，因病去世，留下“糜儿（胡适小名）聪明，要他好好读书”遗嘱。从此，23岁守寡的母亲着力培养才4岁的胡适读书，既是慈母，又是严师。展板上描述了母亲教育胡适求学与为人的事例，令人读罢感叹唏嘘。如，1913年，母亲患了重病，她担心自己一病不起，因此，特地照了一张相，收藏起来。为了不影响儿子在美国读书，她嘱咐家人说：“我若一病不起，不可将此事告诉我儿子，仍要请人按月写信给他，做出我还活着的样子。待他学成回国时，把我的相片给他看，就如同见到我本人一样。”

1918年11月，母亲病逝，悲痛欲绝的胡适回家奔丧，写下《先母行述》：

> 生未能养，病未能侍，毕世劬劳未能丝毫分任，生死永诀乃亦未能一面。平生惨痛，何以如此！

胡适是个大孝子。我以为，他最孝顺的一件事就是无条件遵从母亲为他定的婚事，这在胡适写给族叔胡近仁的信中说得十分明白：

> 吾之就此婚事，全为吾母起见，故从不挑剔为难（若不为此，

吾决不就此婚），今既婚矣，吾力求迁就，以博吾母欢心。

所以，作为洋博士与北大最年轻的教授，又因提倡白话文，在国内名声大振，面对众多有文化又年轻漂亮的追求他的姑娘，胡适选择了听任母亲包办，这桩婚姻是母亲在他 14 岁时为他聘定的。尽管他内心想拖垮这场定聘 13 年之久的不美满婚姻，最终还是和大字不识几个、五短身材的小脚村姑江冬秀完婚。因此，胡适婚姻被好事者列入“民国历史七奇事”之一。

展厅中相当多的内容描述江冬秀如何相夫教子，被坊间誉为“胡适家中女汉男子”。如，抗日战争爆发后，江冬秀避难到天津，将胡适 150 箱书籍搬至天津，存放天津兴业银行。胡适夸她：“北平出来的教书先生都没有带书，只有我的书搬出来了，这是你的一大功劳。”又如，江冬秀一贯支持胡适做学问，反对他从政做官，说那是一条“烂泥路”。胡适出任驻美大使瞒着她，觉得对不起她，写信说：“国家抓夫抓到我头上，为了民族命运，只好奉命抗日，战争结束后，我一定回到教育上去。”“你总劝我不要走上政治路去，这是你帮助我，若是不明大体的女人，一定巴望男人做大官。”再如，江冬秀还做得一手徽菜，最拿手的是“徽州锅”。胡适一生喜食家乡菜，成名和出使美国时，经常让江冬秀下厨做“徽州锅”招待宾朋显要。

展厅分明告诉参观者，这段母亲包办的婚姻，由于胡适的高尚人品，江冬秀出色的相夫教子，夫妻俩始终不离不弃，白头到老，和谐相处一辈子。

展馆“为圣者讳”，可以理解。但是，这个展厅内容起码对一个人是不公道的，读过《胡适传》的人都知道，这个人姓名曹诚英。

曹诚英是胡适的三嫂的同父异母妹妹，还是胡适和江冬秀结婚时的伴娘。两年后，曹诚英也嫁到上庄，夫君名胡冠英。婚后三年，曹诚英没有生育，她婆婆让胡冠英娶了个小老婆。曹诚英与胡冠英离婚，在其兄鼓励下，到杭州浙江女子师范学校读书。1923年，胡适来杭州，在烟霞洞休养，曹诚英去看他，一来二往，两人相爱了。胡适像陷入恋爱的小青年一样，写了不少诗给爱人，流传甚广的有《多谢》：

多谢你能来，
慰我心中寂寞，
伴我看山看月。
过神仙生活。
匆匆别离便经年，
梦里总相忆。
人道应该忘了，我如何忘得！！

曹诚英在胡适的烟霞洞住了一个暑假。之后胡适常来杭州，每次两人都去住旅馆。胡适也让曹诚英去上海相会。

胡适要与江冬秀离婚，但江冬秀不肯。据说，夫妻俩为此大吵大闹，江冬秀从厨房拿出菜刀，咆哮："你要离婚可以，我先把两个儿子杀掉。我同你生的儿子不要了。"

胡适再也不敢提离婚了。

曹诚英怀孕了，胡适只好劝她堕胎，送她去美国留学。胡适去台湾后，曹诚英始终孤身一人，留在大陆，曾执教于复旦大学、沈阳农学院，后遭受政治冲击，孑然一身病逝于故乡。坟墓就在毗邻上庄的旺川村，面向上庄，朝朝暮暮。

旺川、旺川，望眼欲穿吗？！

胡适的一句名言挂在友谊厅："容忍比自由还要重要。"

这是外交感言吗？我以为更适合婚姻与家庭。

三

绩溪县博物馆是我见过的县级博物馆最好之一，徽派建筑元素融入现代材料工艺，外形气派典雅，内涵丰富厚重。尤其是让人高兴的是，博物馆隔条街，有座古朴的文昌殿，已开辟为胡雪岩纪念馆。

胡雪岩是徽商的标杆式人物。当年的徽州府所辖的是今天皖南与赣北 6 个县：黟县、歙县、祁门县、休宁县、婺源县、绩溪县。

有两句诗很浪漫“一生痴绝处，无梦到徽州。”

有一首顺口溜很悲凉：“前世不修，生在徽州；十三四岁，往外一丢。”

有一曲民谣很形象：“黟县蛤蟆歙县狗，祁门猢狲翻跟斗；休宁蛇，婺源龙，一犁到头绩溪牛。”

胡雪岩与胡适溯源同宗，属“北胡”。胡雪岩是中国历史上唯一的红顶商人，是白手起家的典范，是经商者心目中的圣人，是富可敌国的徽商代表，是抵御外侵收复新疆功不可没的能吏。

胡雪岩出生在绩溪湖里村，自幼聪颖好学，读私塾时是好学生。他父亲胡鹿泉看孩子的眼光与胡适父亲一样稳准狠，临终前说：“欲兴吾家，其惟顺儿（胡雪岩小名）乎。”当时胡雪岩才 12 岁，便到杭州信和钱庄当学徒。

胡雪岩三年师满，成了正式伙计。一天，收账回来，路过茶庄买了碗茶喝，见一位茶客不时叹气，与之攀谈后知道，那人名叫王有龄，是一位候补官吏，打算北上“投供”加捐，却无钱。胡雪岩凭直觉认定他日后定有出头之日，便把收得一笔账即 500 两银票送他进京“投供”。胡雪岩此番讨回的是一笔“死账”，如果不吭声，老板未必知晓，但他生性诚实，从不藏奸，如实禀告，并立下借据。当然，他被开除了。胡雪岩毫无怨言，在朋友帮助下开了米行。不久，王有龄当上了浙江海运局官员，他上任后的第一件事是让胡雪岩到海运局做事，协助筹办解运糟米。按例，海运局借支 20 万两银，作为周转资金，而胡雪岩则办成了长期周转，借鸡生蛋，开张了自己的阜康钱庄。这即是胡雪岩白手起家第一步。而后，生意越做越大，胡雪岩有一句经商名言："八个坛子七个盖，盖来盖去不穿帮，就是会做生意。"

左帅宗棠是何等厉害人物，他骨子里深藏"无商不奸"的观念，胡雪岩求见，他本爱理不理，但谈着谈着，竟然越谈越投机，并听从建议，让他帮助解决军饷，从而有效打击了太平军。之后，左帅挥戈西征，胡雪岩筹粮械，借洋款，功劳颇著。在左帅极力保荐下，胡雪岩被朝廷授予一品顶戴花翎，终成富甲天下、显赫一时的"红顶商人"。此后，胡雪岩周旋于红顶子、黄马褂、生意场之间，构筑了以钱庄、当铺为依托的金融网与商业网，开设了胡庆余堂国药号。晚年则外受洋商排挤，内遭权贵落井下石，终成钦犯，遭抄家充产，郁郁而终。

但以胡雪岩为代表的"以诚待人""以信接物""以义为利""口不二价""顾客乃养命之源"等徽商精神，至今仍然熠熠生辉。

纪念馆展板剪辑了电视剧《胡雪岩》中许多画面，丰富生动，让人看着顿感亲切。20 世纪末，陈道明在电视剧中扮演的胡雪岩，和刘欢作词谱曲并演唱的主题曲，给观众留下深刻印象。我忍不住上网搜索，再看一看影片尾声中，那个老态龙钟，手颤巍巍，依然目光如炬的胡雪岩，再听一听那曲酣畅淋漓、柔肠百转、绕梁三日的《情怨》：

每一次无眠，你都浮现；
你驾你的小船，云里雾间。
每一次危难，你都相援；
你无私的体贴，暖我心田。
……

四

绩溪之行，收获甚丰，启示有三：

1. 绩溪大人物皆出自草根。草根出身的小孩聪颖、能吃苦、励志，头悬梁、锥刺股，无论是科举朝代，还是高考制度下，他们皆是学霸。十年寒窗无人问，一举成名天下知。草根出身的大人物最接地气，无论身处政坛、学界，还是商海，他们皆能知行合一、砥砺前行。

2. 大人物也是普普通通的人，也有挥之不去的乡愁，也愿意寻根问祖，也喜欢吃家乡菜、品家乡茶，也同样有着缺点、弱点和隐私。正因为如此，才是有血有肉的可爱的大人物。

3. 从此之后，遇到胡姓人氏，需问一问是不是绩溪人，相看时，需刮一刮眼睛。

2022 年 9 月

第二辑

华南

海南高高椰子树

每当看到高瘦、挺拔，叶片像羽扇的椰子树，脑海便冒出“羽扇纶巾，英姿勃发”这首词，不知道是喜欢椰子树还是喜欢周公瑾，大概他们很相似，都是高蹈人士。

海南被称为“椰岛”，处处可以欣赏椰树风姿，但要真正领略椰林风韵，还是要去东郊椰林走走——这里有句绕口令：“海南椰子半神州，文昌椰子半海南，东郊椰子半文昌。”

从文昌县城去东郊，到清澜港乘快艇，既便捷，又可穿越著名的椰林湾。2011 年金秋季节，我们登上快艇，迎风疾驰，由远及近观赏东郊半岛。远眺一片墨绿椰树林，好像在蔚蓝的海天中飘荡，椰林之间透出的一条白色曲线，乍一看，疑是海市蜃楼；再观察，原来是洁白的沙滩让椰树衬托得虚虚实实。

20 世纪初，为纪念中国和古巴建交 40 周年，两国联合发行特种邮票一套二枚，主题《海滨风光》，邮票图名分别为古巴拉德罗海滨和海南椰林湾。巴拉德罗海滨位于古巴马坦萨斯伊卡伊科斯半岛，有蓝色浩瀚的海滨浴场、洁白平缓的沙滩、奇特的海底世界，被称为“人间伊甸园”，是古巴旅游之都。而你踏入东郊椰林湾松软沙滩，眼前是一望无际的椰林王国。蓝天、碧海、阳光、沙滩，不也是人间伊甸园吗！如果往两棵椰树之间的吊床上一躺，睁一只眼闭一只眼，便感受到什么叫“椰风海韵”。

钻进椰林深处的农庄，顿时感觉走进了椰子王国。密密麻麻的椰子树，椰林深处的小木屋，堆成几座小山的椰子壳，还有千姿百态的椰子树。有一棵横着长在池塘上的椰子树，有如一条独木桥，可以小心翼翼走到池塘中央。还有一棵椰树，树干上写着“椰树王”。树身不高，树干也不粗，凭什么称“王”？农庄的大姐笑着说，你们抬头往树梢看。原来笔直的树干到树梢分成了两支。这在“一心一意”的椰子树王国里异常罕见。我笑曰：此树只可算叛逆之子，怎能称“王”！

农庄椰子特别清香爽口，一粒出售四元人民币。大姐手持砍刀，三刀就砍出水口，干净利索，让我们啧啧称赞。大姐笑成一朵花：“这是我们黎族人的看家本领。黎族小伙子上门提亲，姑娘家人便捧出一个椰子，小伙子挥刀劈椰，如果三刀砍不出，这门婚事就别想往下谈。”围观人听了哈哈大笑。

据说，东郊人谁家生了孩子，就种一棵椰树，精心呵护着椰树和孩子一起长大；丈夫外出谋生，妻子种一棵椰树，只要椰树茁壮成长，丈夫在外一定健康顺利，人称“望夫树”；新婚夫妇必须一起种两棵“夫妻树”；家里遇到重大事情也去种一棵椰树以志纪念。

我从大姐那里还了解到，椰树生长 10 年才能结椰子。她家的椰林有 2000 多棵，平均每棵年产 50 粒椰子，产量高的椰树可产 100 粒。大姐还经营一个椰雕工艺品店，用普通椰壳，雕出娃娃、胖猪、猴头等和各式的杯碗、果盒。

那天，到海口凭吊海瑞墓。墓园大门有一座石牌坊，上书“粤东正气”4 个大字。墓前一条近百米墓道，两侧挺立着几排高高椰子树，使陵园显得格外庄严肃穆。那笔直朝天、铁骨凛凛的椰子树，让我联想起坦荡桀骜、全无媚骨的笔架山故事。历史记述年轻的海瑞任学台时，曾以身在学府，不拜前来视察的上司，被讥为瘦骨嶙峋，两个肩膀扛一个脑袋的笔架山。

明朝万历十五年（1587），74岁的海瑞病逝在吏部右侍郎任上。朝野对海瑞一片赞扬之声，皇帝追封其太子少保，赐谥忠介，指派钦差大臣，翻山过海，归葬其家乡海南。不幸“文革”期间，全国批判历史剧《海瑞罢官》，陵园受株连，海瑞被掘墓鞭尸，惨不忍睹。所幸如今修葺尚好，椰子树有幸陪忠骨。

满眼风光的还有文昌县宋氏祖居里的椰子纪念园。宋氏祖居1985年按原貌重修，邓小平为其题名。这里人说，宋耀如夫妇是中国最牛的老爸老妈，他们养育三男三女，出了“两后一相”（宋庆龄、宋美龄和宋子文），对近现代中国历史产生巨大影响。宋氏祖居东南边，有一座灵气氤氲的祝吉亭（据说宋耀如远涉重洋前在此所祈之愿，日后皆灵验），周围生长着一片椰子林，排行整齐。每棵树前都有一块大理石碑，上刻种植人姓氏。我察看之，应是康克清大姐所植之树最早（1987年4月），而后带出一片郁郁葱葱的椰树林。一阵清风掠过，羽叶沙沙作响，它们仿佛在合奏一曲宋氏家族的励志歌。

走进西沙群岛“将军林”，令人肃然起敬。1982年元月，时任中国人民解放军总参谋长杨得志上将到西沙群岛视察，在永兴岛亲手种下一棵椰子树。此举开风气之先，遂成如今著名的“将军林”。胡耀邦、江泽民、李鹏、杨尚昆、乔石、李瑞环等领导都来了。到目前为止，已种下200多棵椰子树。也许是永兴岛土壤太肥沃了（20世纪30年代，日本人入侵群岛，岛上鸟粪就有一米多厚，被掠夺走三四万吨制造磷肥），再加上日照之强、雨水之多、空气之好，驻岛官兵精心呵护，虽然也屡屡经历狂风暴雨袭击与洗礼，椰子树依然高大挺拔，队列井然，威武俊逸，有如披甲肩戈之将士，镇守在中国南海前哨。

曾看到一篇介绍椰子树的文章，说云南人从海南移植来椰子树，长势喜人，以为这下可以吃到新鲜的椰汁和椰肉。但是，事实让云南人失望了，海南椰子树在云南只长个头，不结果。经专家诊断后找出了“不孕症”的病因，原来海南四面环海，土壤中盐分充足，椰子树只有“吃”上又苦又咸的盐，才能结出又香又甜的果实。苦咸本是一种营养。

2011年冬

千年盐田莆田人

莆田人的勤劳智慧在八闽乃至全国鼎鼎有名，有“中国犹太人”之美称。如今，全国各地诸如木材营销（含高端红木类），承包大小医院等等，莆田人为翘首。2011 年底，我与妻子走了一趟海南，方知晓 1200 年多年前的唐末，莆田人开发海南盐田，大有作为。

那时，有一批莆田人漂洋过海，迁居到海南岛西部古儋耳郡（后来宋朝大文豪苏东坡也流放至此），在洋浦半岛建立家园。他们见海边遍地都是大大小小的火山岩，就将这些天然石块的顶部削去，打磨出平面，并留以半寸高的边缘，使之成为大小不一的砚式盐槽。每月两次大潮淹没这片田地，田里泥土吸足海水里的盐分，等到海水退去时，便用铁耙将盐泥耙松，经太阳暴晒后投入盐田，浇入海水，再过滤成一池浓浓卤水。然后将卤水装入大大小小火山岩的盐槽内，即可晒出白花花的盐巴。据说太阳大的日子，一个盐槽一天能晒出两三次成品盐。这片七八百亩盐田，最高时年产五百吨食盐。

“煮海为盐”是中国古代制盐的主要工艺，洋浦莆田盐工这种依托自然地理优势的高产制盐法，开创了“日晒制盐”的先河。后来，清乾隆皇帝知道莆田人在海南岛的作为后，亲笔御书“正德乡”牌匾，赐给这里的盐田人。

那日，我们在洋浦互通口下高速路，沿着十多千米宽阔气派的大道，进入洋浦工业开发区。开发区内高楼林立，不知楼内都是如何高端的工业。然而，到达千年古盐田不到1000米的道路却坑坑洼洼。景区没有人管理，没有围墙，不用购票。我们站在山坡上，远眺七八百亩的古盐田依然依偎在大海边，如一畦畦精耕细作的农田。近观1000多个形态各异黑黝黝的盐槽散落于田间，在夕阳照耀下闪着银光，沧桑之感油然而生。不远处是车水马龙的城市和喧嚣冲天的港口，眼前是寂寥破落的古董和夕阳西下的余晖，古代与现代，历史与现实，一个犹如老态龙钟者，一个犹如生龙活虎壮汉。他们能好好相处吗？除非壮汉尊重老者。

1000多年后的盐田又是什么样的呢？沿着西线高速路继续往南走，我们来到乐东县莺歌海盐田。“莺歌海”，多么诗情画意的名字。据说这个“海”，排名中国南方最大的“盐海”。它建在一片3000公顷的滩涂上。我们看到的依然是利用自然地理优势而建起的盐场，它背靠主峰海拔1412米的尖峰岭，连绵的群山挡住了来自东北的风雨，造成长年烈日当空、高温干旱的气候特征。而这里高达3.5%含盐度的海水也有别于其他海域，缓坡状的滩涂更有利于各个盐池顺势过滤和晾晒。大自然为莺歌海带来了得天独厚的传统海盐生产条件。

当我们走进这年产原盐20多万吨的盐场时，着实惊诧于那一座座巨大的盐山和一望无际的盐田。数不清的盐池被一条条水渠隔开，井然有序；一座座盐山在太阳照耀下，银光闪烁；铁路穿越整个盐场，足见当年的气派与繁忙。可如今，偌大的盐场毫无人气，空蒙蒙海天一色中，锈迹斑斑的铁轨延伸处尽是茅草丛生。

刚好来了10多个工人，在一座盐山前为一辆8吨汽车铲盐装包。我们上前攀谈，方才略知一二，原来近几个月台风雨水不断，靠天吃饭的盐场只能歇工。国有盐场现有1000多名工人，经常每月领取基本生活费。今天只来一辆装盐车，按许多年前的定价，100公斤装运费3

元 2 角，他们今天每人收入还不够一包烟钱。当得知我们来自福建时，竟有两人自称莆田人氏。我说你们可全无莆田口音啊？他们说是祖上来海岛当盐工的，哪个朝代来的也不清楚。他乡遇老乡，自然十分亲热。我了解到这种依靠自然地理优势的传统盐场已经跟不上现代化制盐业步伐，只能等着被淘汰。莺歌海盐田许多工人几代人都是盐工，这千年传统盐业大概会在他们这一代人身上被抛弃。

世事大都如此，当它逝去时人们才悟其弥足珍贵。许多年前，福建沿海县市的传统盐田也随处可见，中国现代易经宗师黄寿祺的出生地就叫“盐田乡”，如今闽东一个颇具规模的工业园区就建在当年的国有盐场上。闽东已无盐场了，八闽之地也少有所闻。据说台湾的盐田从前也随处可见，现在已经绝迹，只保留了七股盐场作为旅游观光。他们只好不远万里从澳洲运来 8000 吨海盐，和盐场遗留下的产盐一起堆成 3 座大山，供游人照相和攀爬。这里的悠久历史让人回味，传统文化让人景仰，莆田人在海南岛的盐业辉煌让人感叹。

那天，我到博鳌镇留客村，参观海南侨乡第一宅——蔡家宅。留客村蔡氏四兄弟 20 世纪 20 年代去了印度尼西亚，闯荡数年后，老大蔡家森成为印尼侨领。1934 年兄弟四人一起回家乡各建一宅，风格基本相似，远看酷似四座城堡。其中老四住宅规模最大，保存最完好。院子里既有中国古钱币和古宫灯雕塑，又有西方的立体花盘和古罗马人头像雕塑，独特的中西合璧建筑风格，被列为全国重点文物保护单位。那天，坐在村头 75 岁的余老先生听说我们来自福建，十分热情地陪我们游览。他告诉我们，留客村蔡、余等 11 个姓氏的祖先都是福建莆田人.

来海口市的游客，大都会到号称“海南第一楼”的五公祠走走。我去的那天，正好海口市博物馆和五公祠管理处举办“寻根问祖——海南人的由来”展览。从西汉始，在各姓氏中选择最早迁琼始祖 66 人介绍。我大略一数，近 30 人为福建籍，其中大部分为莆田人。

那天，我从高高的盐山上，悄悄地抓一把晶莹剔透的粗粒海盐，装入小塑料袋，带回去留个纪念。把它装入小玻璃瓶中，挺好看的。

2011 年冬

看潮观云海南岛

阳光、大海、沙滩和椰树，皆是海南岛的概念。这里的阳光四季温暖，所以冬季游人特多，据说东北人最多，都是冲着温暖阳光去的。这里的大海五彩缤纷，五彩缤纷的前提是必须清澈，所以可以一览无遗地看海底的艳丽珊瑚和快乐鱼儿。这里的沙滩平坦连绵又洁白柔和，如男人的宽广胸膛和女人的细腻肌肤。这里的椰树个个玉树临风，似乎不食人间烟火，椰子长在半空中，吸天地之精华，自然谓之奇物。试想，躺在沙滩椰林吊床上，吸吮着沁人心脾的椰子水，让零零碎碎的阳光撒落脸上，剩下唯一的一件事，不就是看潮起潮落云卷云舒了吗?

看潮观云的前提是放松心情，恬适心态，如果带来烦恼，感觉浮躁，也不打紧，那就到三亚的南山走走，可伫立观海平台，极目远眺，一望无垠的南中国海。海上观音像108米高，比纽约自由女神像还高出许多。前些年，我乘船从曼哈顿入海口前往拜谒，那尊高举火炬，代表着西方世界自由、平等、追求个性解放的女神像，随着船由远及近，逐渐清晰，我的心情顿时激动无比。而此番面对一体三尊高大的白衣观音像，同样令人油然而生崇敬之意。但奇怪的是丝毫不觉得激动，大概因为面前的观音大士敛眉垂目，太慈祥可亲了，感觉的是智慧、慈悲、平和等心情。当你久久注视她时，刹那间，觉得整个外在世界消失得无影无踪，脑海达到空灵的境界，真切感受到身心安详带来的清凉和宁静。

据佛教经典记载，观音菩萨曾立下十二大愿，其中第二愿为“长居南海愿”。所以在三亚南山之畔、碧波万顷南海之上，塑立观音像，无疑是为了慰菩萨大愿。有趣的是，前些年，三亚市把南山原10.8米的观音像送给了“中国北极”——漠河县，请她面朝南方站在中国最北高山上。于是一南一北的观音像，智慧慈悲和平之目光凝视神州大地，无一遗漏。

海南历史上是朝廷的贬官流放之地。“海口第一楼”——五公祠里有一副对联幽默并深刻：“唐宋君王非寡德，琼崖人士有奇缘。”因为被贬谪的大都是有作为的官员，他们带来了中原文化，受益的是海南岛民众，唐朝李德裕、宋朝李纲等五公是代表人物，但最著名的还是五公祠旁的苏公祠。

苏东坡实在是一位人见人爱的人物。他一生被贬3次，60岁那年被贬到海南儋佴郡，即现在的儋州市，过着“食无肉、病无药、居无室、出无友、冬无炭、夏无寒泉”（苏轼《与秀才书》）的苦日子。然而，东坡超凡之处在于他总能在逼仄窘迫困境中寻找新的出路和乐趣。他对自己的一生评价：“问汝平生功业：黄州、惠州、儋州。”居儋3年，他设宴劝学，开坛教徒，倡导汉黎团结，为百姓抓药治病，并寄情山水，闲云野鹤般四处云游，吟诗作赋，与这方水土和黎民百姓结下深厚情谊。遇赦北归时写下《别海南黎民表》：“我本儋耳人，寄生本蜀州。忽然跨海去，譬如事远游。平生生死梦，三者无劣优。知君不再见，欲去且少留。”把海南岛视为故乡。东坡先生应是海南看潮观云第一人。

海南岛还是黎族唯一聚居地。有120多万人，占全省人口1/7。黎族人淳朴、善良、率性。他们住在深山里，直到20世纪八九十年代，还视经商为不道德。平时互相帮助，互相馈赠，偶尔以物易物，互通有无。有时急用钱，就把打来的猎物放在路边石头上，然后躲进树林，远远看着，如果路人想买下猎物，就随意放下一些钱，等买东西的人走远，猎人才跑出来，抓起钱，不管多少，都高兴而去。听朋友讲述黎族人故事后，十分稀奇。那日到五指山，专程拜访据说是最原生态的黎族村寨——初保村。不料，小车离村子1000米处陷入泥潭，我们弄得筋疲力尽，正束手无策之际，路过3位黎人，一起把车推出泥潭。我十分感激，欲以钱谢之，黎人全以拒收。

初保村依山而建，村前潺潺溪水，面山层层梯田，房前屋后高高的椰子树和槟榔树，用竹子、木板和茅草建成的吊脚楼，底层中空，上层住人。少则三四间，多则七八间。屋外竹架的空中阳台，有乘凉老人、嬉戏小孩和织锦妇女。与之攀谈，他们问的第一句话："你们是从大陆来的吗？"怎么和台湾人问话一样？一下子让你感觉遥远起来。村人的生活简单而充实，阳光和快乐，就像潮水那么有规律，像云彩那么舒展自如。

海南休假归来，又面对一个繁弦急管、锱铢算计、浮躁心高的世界，令人不时回味，那停下追逐的脚步，屏息静气地去看潮起潮落云卷云舒的日子。

2011年10月

西沙，我可爱的家乡

20 世纪 70 年代中期，八一电影厂出品一部电影《南海风云》，描述西沙海战。那年代的年轻人莫不看得热血沸腾，向往驰骋海疆的军旅生涯。三四十年过去，现在记得的电影故事情节已不多，但《西沙，我可爱的家乡》这首主题曲却久唱不衰，想必是除了军旅情结，那一半是海水、一半是神秘的西沙群岛，就像一支魔笛，不时吹奏着诱惑的笛声。

兔年的金秋季节，我与妻备好了晕船药、晕船贴，准备次日乘船，去披风斩浪，颠簸 15 个小时，即使连晕带吐，也要上西沙。可能是一片诚心可嘉，更是朋友的热情费心，临时竟有机会搭乘空军运输机，仅用 45 分钟飞到西沙永兴岛。

我国南海疆域可谓大矣！西沙群岛共有岛礁 41 个，分布在 50 多万平方千米海域上，与东沙群岛、中沙群岛和南沙群岛组成中国南海诸岛。永兴岛是西、南、中沙群岛的首府，是南海诸岛中面积最大的岛，但只有 2.1 平方千米。

飞机快抵达永兴岛时，鸟瞰海面，仿佛进入梦幻世界。灿烂阳光下，海水五光十色，深蓝的、淡青的、绿的、浅绿的、杏黄的，一块块一条条交织盘缠，色彩斑斓。七个大小不一、形状各异的岛屿连在一起，那就是著名的七连屿。它们在海水里更是璀璨亮丽。同行的军人告诉我们，七连屿变幻莫测，每次台风过后，岛屿会生出新的沙洲来，而又有几块沙洲消失得无影无踪，甚是神奇。

石岛是观赏海水的胜地。著名的老龙头是海浪与礁岩旷世之恋的杰作，看似柔软的海水经年累月，便把坚硬的礁石看似抚慰、实是雕塑成一条狰狞的卧海之龙。柔软战胜坚硬，女人改变男人，这是老龙头留下的铁证。

伫立老龙头，把目光投到脚下，海水是杏黄色的，你会感觉自己似乎与巨龙一起在清澈的海水中浮漾，就要飘到何方仙岛去了。极目远眺，深蓝色的海面上一层层涌来的浪花洁白如云，此时海面蓝如天，浪花白如云，突然冒出“天高云低”的形容词，甚为得意。都说“九寨归来不看水”，何不改为“西沙归来不看水”。

石岛原本涨潮是个小岛，退潮有一条小路与永兴岛相接。如今，那条小路已被沙土填高，建成1000米长的海中路，石岛变成半岛。沿路两旁是绿莹莹的海水，浪花诗情画意般地拍打着路基，让你感觉好像是行走在一艘乘风破浪的舰艇上。

绿色是永兴岛的主色调，绿化率已达80%。椰树、香蕉、木瓜等果树遍地皆是，瓜果飘香，让人很想随手摘来享用。岛上军民引以为豪的是“西沙将军林”。1982年元月，时任中国人民解放军总参谋长的杨得志，到西沙群岛视察，亲手种下一棵椰子树。之后30多年来，无论是党和国家领导人，还是大小将军，都把亲手种下一棵椰树作为西沙之行的最好纪念。如今，已有200多棵威武挺拔、队列齐整的椰子树成林于此。

就如这些忠诚的椰子树，1974年1月19日，18位年轻的水兵永远镇守在了西沙前哨。这一天的西沙海战，战争场面并不是很大，但影响了近半个世纪的南海格局。在军事档案记述中，这是一场传奇之战，中国海军远离大陆海域作战，首开击沉外国军舰的记录，也是以劣胜优的经典海战。战斗中，我389号舰上的官兵把所有炮弹打光之后，无所畏惧地冲向并撞击南越大吨位的10号舰。我舰官兵用冲锋枪扫射，甚至把手榴弹抛向敌舰。班长郭玉东身负重伤后，为不使舰沉没，用身体死死堵住被穿甲弹打穿水舱的弹洞，不让海水涌入，至死保持着这个姿势。后来郭玉东被授予“海上黄继光”称号，并追记一等功。最后389号舰抢滩搁浅在深航岛。这一战，我军负伤67人，牺牲18人，其中15名烈士是389号舰的。而南越75人阵亡，被我军俘虏48人，其中还有一个美军顾问。海战的第二天，我军海陆空一起反击，夺回金银岛、甘泉岛和被南越侵占18年的珊瑚岛。至此，西沙群岛完全收复。

大约海战后30年，389号舰舰长肖德万带一家20多口人，专程到深航岛，祭奠18位烈士。老舰长在墓前整整守了一个晚上，给那些牺牲的战友上好烟好酒，独自一人，一杯又一杯酒与战友对酌，一支又一支烟在墓碑前点燃。30多年的生死两茫茫，都凝缩在一个个空酒杯和一支支烟蒂中。

第二次世界大战期间，日本侵占了西沙和南沙群岛。日本投降后，中国政府于1946年底指派高级官员，乘护航驱逐舰“太平号”、驱潜舰“永兴号”、坦克登陆舰“中建号”和“中业号”等4舰，分赴群岛进行接收，并以4舰名字为4个主要岛屿命名，永兴岛的名称由此而来。如今，上岛的旅人大都会去拜谒一块著名的纪念碑。碑正面刻着“海军收复西沙群岛纪念碑”，背面刻“南海屏藩”，旁署“中华民国三十五年十一月二十四日张君然立”。时任国民党海军总司令部海事处上尉参谋的张君然担此重任，接后被任命为海军西沙群岛管理处第一任主任，在永兴岛驻守了3年。历史总是耐人寻味的，张君然调防后在香港秘密参加了中国人民解放军，又返回广州策动国民党海军起义，后来还参加了解放海南岛战役。1986年11月，中国人民解放军海南军区，为纪念收复西沙和南沙群岛40周年，邀请张君然重返西沙。

遥想那年，白发苍苍的张老先生，抚摸着这块刻着繁体汉字的纪念碑，一定百感交集、老泪纵横。而今天我们站在这碑前，向南放眼千里之外，南沙群岛最大的岛屿——太平岛，同样竖立着一块刻着繁体汉字的收复纪念碑，那里至今仍是台湾海军驻守地。同是中华儿女，同样担负着守卫中国南海疆土的职责，遥遥相对，心心相印。

那天，我们到岛上渔民家串门，才知道西沙群岛的渔民大都来自海南琼海潭门和文昌清澜。早在唐宋时期，他们的先民就靠一个罗盘、一本棉纸抄的《水路簿》、一叶风帆，过海漂洋，远航西、南、中沙群岛捕捞作业。在攀谈中，我对一种“讨海”的作业赞叹不已，这不就是三亚西岛花费 400 元才潜海 2 个小时的项目吗？穿着紧身的彩色蛙衣，背着氧气瓶，戴着潜水镜，在清澈的海水里，触摸着绚丽的珊瑚，和快乐的鱼儿游来游去。但真正了解之后才知道，那诗一般的潜水作业有着巨大风险。他们下海刺海参、拾海螺，往往潜入 10 多米深的海底，因为由浅入深带氧深海作业，身体逐渐适应海底巨大压力，但当从深海浮到海面时，一定要有个渐渐缓慢过程，如果直线迅速上浮，身体在瞬间一下子不适应海水压力急剧变化，后果重者血管当场爆裂，气绝身亡，轻者也落下终身残疾。看来与美丽职业相伴总有风险，越是美丽风险越大。

当告别永兴岛时，邓少校见我们意犹未尽之神态，便说，军人对西沙群岛评价三句话：“上岛一天是天堂，一个星期是人间，一年便是——”他故意拖长了声音，我脱口而出“地狱”。他笑了笑：“还是说奉献吧。”

解放军驻守西沙群岛 7 个岛屿，长年生活在高温、高湿、高盐和多台风的环境中。有的小岛在台风季节就成了孤岛，要靠空投来保障生活物资。有一位坚守东岛 16 年的老兵，终于接到退伍通知，但却因台风锁岛，两个月船难靠岸而走不成。待到风平浪静的那天，离岛的老兵大哭了一场，久久不愿登船。

我们上岛就一天，朝至晚返。当运输机从永兴岛腾空而起，心中涌起的旋律是那首《西沙，我可爱的家乡》。

2011 年冬

冬日海陵岛

一

“南海一号”博物馆的外形让我过目不忘。冬天的太阳从海面升起，照射在五个椭圆体连环相扣组成的建筑上。我们迎着刺眼的太阳望去，首先想起奥运会五环标志。待到参观好博物馆，走到沙滩上，从太阳照射的正面看“五环”建筑，发现面前的“五环”大小不一，整体造型既像汹涌起伏的波浪，又似展翅飞翔的海鸥。专家说，它还像古船的龙骨。

这座地标性的博物馆投资数亿元，建筑面积达 1.75 万平方米，位于海陵岛中部南海滨。海陵岛是“中国十大美丽海岛”之一，2015 年被评为国家 AAAAA 级景区。窃以为，单凭这座博物馆，海陵岛就该评上 AAAAA 级。

为了一条沉船建造一座如此壮观而且造型独特的博物馆，足见这条沉船的分量之重。专家说，沉船发掘的宝藏太丰富了，比广东省博物馆藏品还丰富，考古界称之“海上敦煌”。

要从 34 年前说起。1987 年，广州救捞局与英国海洋探测公司合作，在距海陵岛 30 海里的海域搜寻一艘 18 世纪沉船，意外发现了一艘南宋木质沉船，并打捞出一些精美文物。经鉴定，这艘有 800 年历史的古船从中国泉州驶出，赴新加坡、印度等东南亚地区进行海外贸易时意外遇险沉没。沉船被命名为“南海一号”。

经探测，这艘古船沉没在30米水底，又被2米厚的淤泥掩埋，简直完好无损，但我们当时没有能力将它完整打捞，为此一等20年。2007年8月，“南海一号”博物馆全面封顶。同年12月21日，“南海一号”沉船才正式启动打捞起吊，运用沉箱将整艘古船整体打捞，而后移置“南海一号”博物馆。整个过程紧张有序，堪称完美。

为此等待并准备20年？！是的。有的事情只有让时间积蓄实力，才能大功告成。

还需要上苍佑护，让沉船就在家门口，肥水不流外人田。

博物馆最大的椭圆体建筑即是为沉船量身定做的家园——水晶宫。游客可以通过巨大的玻璃窗看到古船规模，长30.4米，宽9.8米的尖头木质船——标志那个年代世界造船技术的巅峰。

沉船藏入水晶宫后，准备了一年才动手挖掘，挖掘工作进行了两年。这艘沉船一共挖掘出了18万件珍宝，主要是金器和瓷器，价值2万亿元人民币。而今，这些珍宝摆满了4个展厅。据说时不时有普通游客，在展厅一待就是一整天，不舍离开。

解说员说镇馆之宝是一条长1.73米的金腰带，价值连城，可能是东南亚某个皇家贵族订制的。许多金项链、金手镯、金戒指、金臂钏等装饰物做工精细，充满波斯风情。由此专家推定，这艘船是开往波斯开展贸易的。更多的货物是宋代瓷器：青釉菊瓣碗、绿釉印花碟、白釉四系罐、青釉划花纹碗等，琳琅满目。

又是专家推定，沉船原因可能是船底舱运载了130吨的佛山铁锅。这艘船从泉州出发，经过广东佛山时走私了一大批铁锅（宋代限制铁制品出口），估计遇上风浪，船超载，铁锅容易移位，船体失去平衡而沉没。

我如果是专家，一定推定，这艘船是福建造船厂制造的，老板、船长和水手都是泉州人，他们才是“南海一号”博物馆的奠基者。

二

一座狼牙交错、危耸于海湾的石崖，经过高人创意，2020年被打造成为海陵岛旅游网红点。它的名字也挺有噱头：“秘境悬崖无边泳池。”我们下榻酒店的年轻服务员说：“非常漂亮，是许多年轻人选择拍婚纱照的地方。你们应该去打个卡。”

大约10年前，祖父辈就移民到马来西亚的表兄一家回到中国，聊起新加坡旅游景点，外甥女对金沙酒店最高层的无边泳池赞叹不已。几年后我与妻到东南亚探亲，女儿帮我们预订金沙酒店，竟然满客，订不到（其实也让我们没有花费昂贵房费而松口气）。好在金沙酒店57层对外开放，买一张百来元的门票便可上楼顶观光，俯瞰滨海湾公园和城市美景，但只能远远地望着无边泳池。即使如此，那天，无边泳池带来的视觉效果，确实让人感觉奇妙无比。

金沙酒店应是新加坡建筑地标，3座50多层高的大楼间隔几十米，顶层酷似一块冲浪板盖着。无边泳池位置在微微翘起的冲浪板前端，离地面200余米，堪称新加坡最高的泳池。泳者浸泡在一池碧水之中，俯瞰整座城市。

悬崖泳池给我的感受有别于金沙酒店泳池。悬崖前面冠以“秘境”二字，大概是泳池未建之前，陪伴悬崖的，唯有海天一色和浪涛声声。至于“无边”，泳池的安全设施配套后，“无边沿”让泳者视觉更开阔，游泳不仅是一项运动，而且增添了赏心悦目的休闲。我以为，悬崖泳池最大的特色是：北洛山绿树成荫，风光优美，建在悬崖上的泳池就如一叶方舟，航行在翠绿陆地与深蓝海洋之间，泳者畅游其间，放眼碧波荡漾，海天一色；俯瞰泳池下方，惊涛拍岸，卷起千堆雪。

这种感受很特别。导游辩解“秘境”不是噱头，解说得让你心旷神怡：待到秋高气爽之夜，仰卧泳池，可将璀璨星河尽收眼底；亦可倾听涛声阵阵，耐心等待一颗流星划过天际，坠入海面……

悬崖泳池的奇妙还在于，一条栈道蜿蜒直至海边，穿行于海蚀崖礁之间，尽头是著名的大角湾沙滩。行走于此，欣赏被海浪花咬得千姿百态的海蚀地貌，亦让行者感叹：不虚此行。

海岛的魅力自然离不开美丽沙滩。海陵岛有大角湾、马尾岛沙滩、十里银滩和金沙滩等。这些沙滩开发的项目不外是水上快艇、升空伞、冲浪、海上水球、沙滩骑马、沙滩足球、情侣车等。但有两处沙滩不同凡响，一处是十里银滩，它位于海陵岛正南面，粗犷壮阔，长达 9.5 千米，宽 60 至 250 米，1994 年被上海大世界吉尼斯总部评为中国最大的海滨浴场，入选大世界吉尼斯之最。十里银滩腹地平坦广阔，“南海一号”博物馆即建于此。现还开发了一个仿古建筑群，名曰“皇宋螺城”。

马尾岛很值得一去。它位于海陵岛西南端，三面环海，实为半岛突出部。伫立海岛最西角，是观日落的最佳选择。我与妻造访之时乃辛丑大雪季节，冬日高照，蓝天无云，暖意融融，18：05，橙红色的太阳落至落至，海面上，欲坠未坠，天边一片通红，海水一片通红，映照着几十艘大小船舶，还有一架高高的海轮起吊机。眼前大海落日画面令人印象深刻。

三

海陵岛文化底蕴深厚。关于它的得名有两种说法，一说来自海上丘陵的地形，这片“海中丘陵”，极像横摆着的一只海螺壳，旧名“螺州”。最高峰草王山，海拔 300 余米，上有磐石，而粘蚝壳，可见这片丘陵是渐渐从海中升起的。它是广东第二大海岛，面积 108 平方千米（约是“中国十大美丽海岛”嵛山岛的 3 倍），海岸线长达 123 千米，现为阳江市经济改革实验区，设有海陵、闸坡两镇，常住人口9万多。

另一说，因抗元名将，与陆秀夫、文天祥并称“宋末三杰”的张世杰，先后被宋帝封为太傅、枢密副使和越国公。他在新会崖门之战后，退守阳江，面对3次招降，拒不投降，于南宋祥兴二年（1279）在海陵岛海面“飓风坏舟，溺死于平章山下”，葬于岛东部力岸村南，建有陵墓，故称“海陵岛”。

那日，我们驱车前往力岸村，凭吊太傅墓。陵墓规模甚大，藏于山体，坐西朝东，面前的广场颇为气派，山上林木葱郁，山下碧海浪花，大概寓意墓主永远注视东来之路，壮志未酬，死不瞑目。青石墓碑题刻为清朝年间，经历几百年风雨，依稀可辨，右上署“清朝乾隆壬戌年修”，中署“宋太傅枢密副使越国公张世杰之墓”，左下署“北平王之正立石”。

太傅墓1986年列入阳江市级文物保护单位，但显然缺失管护，整座墓园芳草萋萋，满目萧瑟，墓顶两株大树倒伏在拜台，枝叶干枯，已有些时日了。墓园只有我们两个凭吊者，更显空旷寂寥，唯有冬日照在陵墓上，尚有些许暖意。

20世纪50年代末，主政广东的陶铸视察海陵岛，写下一首七律《访海陵岛》：

帝子南来竟不回，海陵荒冢对斜晖。
涛声漫诉兴亡恨，风啸空增洋海威。
且喜望天勤水利，更惊穷垌养鱼肥。
千斤亩产期明日，一道长堤接翠微。

陶铸就像陈毅一样，“将军本色是诗人”。他思古颂今，感叹南宋张世杰的兴亡恨，讴歌焕然一新的社会风貌。“一道长堤接翠微”的背景是：1958年，陶铸首访海陵岛，体察渔岛交通不便是发展的最大瓶颈，下决心修筑 4000 多米长的海堤，连接孤岛与大陆。那年代全靠人山人海战术，直至 1966 年才完工通车。

辛丑年大雪季节，我与妻自驾游海陵岛，从 2018 年建成的海陵湾大桥进岛。海陵湾大桥 3800 米长，时速允许 100 千米。我们在大桥头停车，远眺海堤，心想，这条海堤使命业已完成，估计也会像厦门岛和东山岛海堤一样，迟早被拆除，恢复海水环岛的生态环境。但即使如此，也不应该忘记它的功绩。

专家给海陵岛入选“中国十大美丽海岛”的评语是：“3S”（阳光、沙滩、海水）的完美结合。其实，“3S”只有和悠久的文化历史相结合，才能魅力无穷。

2020 年冬

汕头印象

1989年秋，我曾参加福建省直部门的一个活动，来到闽粤交界的诏安县。东道主热情周到，安排一天时间早出晚归出省考察，于是让吾辈便有去过汕头市的经历。那时的汕头名气比潮州大，因为它与深圳、珠海、厦门是中央改革开放之初圈定的首批4个经济特区。

20世纪80年代初，4个经济特区起步时，深圳才是一个小渔村，但深圳区位与“深圳速度”独一无二，终难攀比，于是随着时间推移，其他3个经济特区被远远甩到后头。而作为粤东百载商埠的汕头，民国初期工商经济成就便有突出表现，20世纪80年代又重振雄风，但遗憾的是，40年过去，就经济总量来衡量，如今的汕头市，比与之毗邻的福建漳州市，还差一大截，甚至被宁德市赶超了。所以，世事变幻，世事莫测，果真应了那句老话：三十年河东，三十年河西。

早上8：30从福州出发，导航汕头市海滨长廊附近的桔子酒店，495千米，5个半小时到达。当车驶入汕头市区时，映入眼帘的是中国比较发达沿海城市千篇一律的风貌：高架桥凌空飞跃，摩天楼鳞次栉比，街道车水马龙，城市生机勃勃。妻问：你对34年前汕头市有什么印象？我回忆了一下，说：建筑有特色的只记得汕头大学图书馆，但有一件新鲜事物印象深刻，就是我第一次见识“卡拉OK”。

记得那日午后，我们考察商贸街，发现一家电器商铺里歌声嘹亮。

循声而去，原来是出售一种新奇的娱乐电器，它可以在电视荧屏上播放有伴奏的歌词与影像，让每一位想唱歌的人，边看着歌词边持麦克风唱歌。围观者与试唱者众多。确实，这种形式给歌唱者带来极大的方便和愉悦，许多人似乎突然发现，自己原来会唱歌，而且唱得挺好。这套电器有个奇怪的名字“卡拉 OK”。

后来才知道，“卡拉 OK”诞生于日本，“卡拉”是日本语，意思是“空”；“OK”并不是“好”的意思，而是“交响乐”意思。全文意思就是说：你不管唱得有多难听，美妙的伴奏永远是动听的。“卡拉 OK”是日本对于世界的三大发明之一，发明人井上大佑（另外两个发明是泡面和动漫）。

话题一打开，我与妻便一路津津乐道，例如：讨论“卡拉 OK”先从营业厅的包厢，如何发展到单位的会议室，再泛滥到家庭客厅的脉络；检索谁谁一唱起“卡拉 OK”，那麦克风就舍不得递给别人；最后感叹唏嘘 20 世纪 90 年代“卡拉 OK”最为鼎盛，也是我俩最为年富力强的年代，随着“卡拉 OK”逐渐衰落，我俩也逐渐衰老。

所以汕头在我印象中是喜欢接受新生事物，引领风气之先的。那天下午，我们逛完汕头小公园，对这种判断更加确定。

小公园其实算不上公园，类似现在的道路中心环岛，环岛矗立着一座中山亭。但 20 世纪 30 年代，这里是汕头最繁华的商业中心。围绕着中山亭，安平路、升平路等 5 条路呈扇形放射状分布，建筑多是骑楼，特色鲜明。有一座高 7 层的百货大楼，是 1932 年华侨集团集资创办的南生公司，属于中西合璧产物，至今醒目。而今，以小公园为核心的老城区得到修旧如旧的保护，让游客徜徉其间，仿佛穿越百年前的民国城市。

老城区的汕头开埠文化陈列馆值得一看。这座建筑的前身是日本台湾银行汕头支行，后曾作为汕头西医院、报社、法院等机构办公地点。

陈列馆展出的西洋旧电器、老照片和一封封侨批，带领我们寻访汕头埠昨日足迹。20世纪二三十年代是民国经济与文化最辉煌时期，可以说，生机勃勃的汕头埠就是引领风气之先的一个缩影。

中山公园在全国各地屡见不鲜，但我以为汕头中山公园应属于同行中的佼佼者。它于1928年建成，总面积20多公顷，是汕头市现有建园最早、规模最大的综合性公园。公园中的牌楼、假山、九曲桥被誉为园中“三绝”。牌楼巨柱碧瓦，气势雄伟，正面镶有谭延闿手书“中山公园”4个浮雕金字，背面为孙中山先生手书“天下为公”。牌楼后面矗立着孙中山先生全身铜像。假山为3层，占地1700平方米，怪石嶙峋，曲径通幽，底层保留了一幅《汕头商埠图》浮雕壁画，现已列入市级文物保护单位。九曲桥则是当年我国造园规模最大的一座九曲桥。我们今天游览汕头中山公园，还为这“三绝”赞叹不已，可想百年之前，它们怎能不让汕头民众倍感骄傲。

汕头大学于1981年经国务院批准成立，是教育部、广东省、李嘉诚基金会三方共建的省属综合性大学。校园占地2000多亩，靠山面水，建筑风格优雅，被誉为“高校建筑之花”。想起34年前东道主安排吾辈参观，应该是认为，汕头大学的办学体制与建筑特色引领风气之先，是值得学习借鉴的。之后，2009年落成的由李嘉诚基金会投资2亿元兴建的新图书馆被誉为“亚洲最美丽的大学图书馆”。吾辈闻之，大吃一惊：那座老图书馆的风格足以让人赞叹不已，留下深刻印象，但它20多年后居然被新图书馆取而代之。所以，我与妻一定要去看看。但非常遗憾，我们被保安挡在汕头大学大门之外，左说右说好说歹说均无效，只能在校门口照张相，悻悻离开。

妈屿岛位处海湾中间，面积才0.2平方千米，古榕参天，就如海面上的一个小盆景。架设海湾大桥，把妈屿岛当成一个桥墩，虽然有点与自然景观不大协调，但大桥两旁加宽了一个车道，专门通往岛内，交通便捷了，久而久之，大家也感觉大桥与妈屿岛融为一体，挺协调的。岛上有两座建于元、清的天后宫，故称“妈屿”。海边有一块黑褐色浮石，据说是妈祖入岛普度渔人时留下的，叫“妈印石”。岛上有座观海亭，因1962年陶铸登岛倡建，又称“陶铸亭”。刘海粟87岁时留下“好屿碧海飞白浪，天风海涛曲未终”题词，刻于雕塑上。而今的妈屿岛就是一个海上小公园，沿着海边木栈道漫步到沙滩，观看三五成群的沙滩玩耍男女，海水中的游泳健儿，他们不亦乐乎，我们不舍离去。

此番下榻的桔子酒店，距离海滨长廊颇近，傍晚最适合去那里散步。这是一条生态绿带，全长3.8千米，徒步其间，极目眺望，一边是内海湾，南海的水湛蓝无际，船帆穿梭不息，礐石山、妈屿岛尽收眼底，静中有动；一边与人民广场融为一体，景观不断扩展。长廊上古老的榕树、精致的雕塑，相互衬托着绿树红花，赏心悦目。我们走累了，便坐在路旁的靠椅上小憩，晒着太阳，吹着海风，看着海景，假装自己就是汕头人。

住了两个晚上，似乎喜欢上了汕头，忽然感觉一个地方是否宜游宜居与GDP关系不大。

2023年2月

华南第一大湖

驾车从汕头往广州，有一条高速公路经过河源市。河源市名列榜首的旅游景区是万绿湖。查阅度娘，万绿湖简介便让我心驰神往：该湖原名“新丰江水库”，是华南地区第一大湖，湖面面积370多平方千米，蓄水量高达140亿立方米，水质一级，湖中360个岛屿，属国家AAAA级风景区，正在鼎力争创AAAAA级。

我从小就喜欢湖泊，因为6岁那年，自己出生的那座县城一夜之间沉入水底，取而代之的是一个水面37平方千米、蓄水量6亿立方米的人工湖。依稀记着，我懵懂地坐在装满全部家当的人力板车上，父亲拉着板车，带领一家人移居到距离老城4000米的新城。从此，我们和4万多名老城人多了个身份：“库区移民”。该湖初名“古田溪人工水库”，后更名“翠屏湖”。

到了佩戴红领巾年代，老师带领我们参观地下发电厂，才知道古田溪发电厂工程是共和国第一个五年计划的重点项目，名列101号。蓄水大坝和地下发电厂都是在苏联专家援助下建成。党和国家老一辈领导人朱德、陈毅、董必武、谢觉哉等曾慕名而来，视察发电厂，游湖吟诗。

吾辈青少年时代，由于毛主席的喜好和推动，游泳成为时髦且普及的运动，古田溪水库属于他老人家提出的“到大江大海去锻炼”的场所，所以无书可读的年代，倒是在湖里练就了一身游泳本事。后来作为县游泳队成员，跟随整支队伍一起到距离古田溪水库不远的山村当知青，那是一伙青春又好高的快男绿女，若一高兴或一不高兴就下湖显摆，击水 3000 米游回县城。

因为太熟悉家乡的那一湖水，所以对比万绿湖，让我大吃一惊：万绿湖水面面积是翠屏湖 10 倍，蓄水量是 23 倍，水质是 1 级和 3 级。

今天游览万缘湖很方便，下高速进入河源市区才 2000 米车程。市区到万绿湖景区也很近，一条宽阔的湖滨大道，6000 米车程。景区的停车场有足球场大，车一驶入，便让游客有了景区规模之大配套完备之印象。

我与妻选择游览镜花缘景区。“镜花缘”是个创意，来自清代文人李汝珍的《镜花缘》。该小说前半部描写了唐敖、多九公等人乘船游历海外的故事，其中有女儿国、君子国、无肠国的游历；后半部写了唐朝武则天科举选才女，由各路花仙子托生 100 位才女应试考中，其中百花仙子唐小山即托生为唐敖女儿，这些才女在朝中都有所作为的故事。其神幻诙谐的创作手法数经据典，奇妙地描绘出一幅绚丽斑斓的天轮彩图。

镜花源景区就是沿着湖畔约 10 千米的山峦开发而成的，女儿国为核心，有仙缘桥、迷缘阵、红颜洞、凝翠谷、立红亭、码头、沙滩等景点。有趣的是，每天在古色古香的戏台上定时演出的演员全是漂亮姑娘，有一个互动节目，让观众中的小伙子报名上台，共同演一出“娶媳妇入洞房”，报名者众多，演出场景热闹诙谐。

伫立山谷俯瞰万绿湖，美不胜收。湖畔连绵起伏的青山，湖中形态各异的岛屿，称“万绿”不为过，但我以为，湖中的水翡翠般的绿，才是地道的绿。

走到一座廊桥连接成的半岛，走进一个人工堆成的湖边沙滩，去亲近湖水。静静地眺望几艘游船在岛屿中穿梭不停，湖水波浪涌动，水面光滑起伏，就像一匹匹展开的绿色绸缎，让人心里发痒，忍不住伸手抚摸，捧起而饮；恨不得纵身一跃，击水而欢。

南方的早春二月是个好季节，不冷不热，在太阳底下晒久了，便坐到湖畔凉亭或小食店里，喝一碗豆腐脑或一杯鲜榨甘蔗汁，继续眺望湖景，也可仔细看看《万绿湖风景区全景导览图》。

对照导览图，眺望分别冠名“镜花村”“龙凤岛”“水月湾”“万绿谷”的远近岛屿，绿树掩映着古今中外风格的亭台楼阁和娱乐休闲设施，应有尽有。让人未免担心这一湖生态之水会不会因为旅游过度开发而受损。

湖畔矗立一块石碑，上刻“饮水思源”4个大字，署名“香港市民”。导游告诉我们，万绿湖1958年筹建，1969年建成，平均深度40米，最深度90米，湖面最宽达12千米，素有“山中海洋”之美称。湖水清澈纯净，水质达到国家一类地表水标准，可直接饮用。如今，万绿湖水不仅供给东江中下游民众饮用，还通过东深供水工程，间接供往深圳和香港。早在2005年，万绿湖水就被“农夫山泉”这家知名企业看中，在此建立了饮用水生产基地。此时让我想到农夫山泉那句有趣的广告词：“我们只是大自然的搬运工。”

万绿湖的蓄水量太丰富了。据测算，如果按全国14亿人口分配，人均可分到10吨水；只用来饮用的话，足够14亿人喝13年6个月。关键水质好，“天上瑶池水，人间万绿湖”。

看来我的担心是多余的。和电瓶车司机攀谈也让我得到许多信息。司机是位50岁左右的汉子，自称是新丰江水库移民。他指着湖畔与沙滩岛两座高耸的桥塔说：“那本来连接着一座玻璃桥，去年建好后游客蜂拥而至，但才运行一个多月就被拆除了，因为它破坏了万绿湖的生态。”还有，他很是担心河源市源城区今年2月11日10：41发生的4.3

级地震，与万绿湖有关，说:“你说巧不巧，2013年河源市东源县发生4.8级地震，也在2月，是22日11：34。万绿湖的蓄水量太大了，改变了地质结构，我认为水位变化是诱发地震的原因。”

不知道这位土生土长的库区移民，是凭经验还是推理，得出这个结论。我虽然纯属外行，但听得入耳入脑。

次日到广州，参加广东省福鼎商会10周年庆暨年会活动，遇见闽东乡贤丁将军。与之聊起万绿湖和翠屏湖，他竟然都如数家珍。原来丁将军的故乡是古田县，他父亲20世纪50年代初就参加了古田溪水电站建设。作为新中国首座梯级电站，古田溪水电站成为培养中国水电人才的摇篮。1956年，丁将军父亲和一大批古田人，被组织派往广东，支持广东的新丰江等多个水电站建设。13岁的丁将军也是这一年来到广州，在广州读书、参军，参加过对越自卫反击战，屡建战功，后来被授予中将军衔。丁将军告诉我，古田溪水电站工程培养了一大批水电技术和管理人才，他们为广东的多个水电工程都做过贡献，可以说，万绿湖的建成和发挥效应，古田人功不可没。

旅行的收获，往往在意料之外，我的万绿湖之旅在与丁将军的攀谈中不仅产生共鸣，而且还得到升华，包括感情和思想。

2023年3月

荔枝之都高州府

小时候吃荔枝，感觉天下最好吃的水果就是它。长大后读到“一骑红尘妃子笑，无人知是荔枝来”“日啖荔枝三百颗，不辞长做岭南人”之类诗歌，始知小孩子口味最是真实。而今更加羡慕苏东坡，他被流放惠州时，已是一介老夫，居然一天中还会大嚼荔枝三百颗，足见食欲之好身体之棒。而我，同样一介老夫，对荔枝早已不觉好吃了。

妻笑道：“那是因为你没吃到极品荔枝。”此时我们正在高州，观看中国荔枝博览馆展出，有个专栏介绍2020年高州贡园古树荔枝拍卖盛况，一株600多年树龄的荔枝树“千手观音”，当年采摘权被138万元拍下，预计产量600斤，估算每斤2300多元。

“认真看看，尝尝这二三百元一颗的荔枝，你还是会找回小时候的感觉。”

高州现为茂名市所辖。隋代置茂名县，明代为高州府治，20世纪50年代茂名设市，80年代茂名升为地级市，原来的茂名县级市只好叫“高州市”。就像福建宁德县级市一样，把自己的名字让给地级市，自己名“蕉城区”。

高州的荔枝历史悠久，但闻名于天下，首功应归高力士。一谈起高力士，大凡人们就会想起一个关于大诗人李白浪漫透顶的故事，由此诞生一个成语“力士脱靴”。话说唐玄宗看到宫中牡丹花盛开，来了雅兴，下诏梨园子弟奏乐赏花，并让李白写诗助兴。李白趁着酒劲羞辱高力士，让他为自己脱靴。高力士深以为耻，怀恨在心，便在杨贵妃面前诬告李白写诗侮辱她，以致李白仕途受阻，郁郁不得志而被逐出朝廷。这个故事真假且不说，但高力士从此被归于赵高、魏忠贤等奸臣行列了。

高州冼太庙属全国重点文物保护单位，也是外地游客首选打卡之地。此庙为纪念冼夫人而建。冼夫人（512—602）是中国古代百越首领，历梁、陈、隋三朝，一生致力于维护国家统一和民族团结，为岭南地区和平稳定作出卓越贡献，先后被封为石龙太夫人、宋康郡夫人和谯国夫人等。周恩来总理称颂她为“中国巾帼英雄第一人”。高力士本名冯元一，是冼夫人的第五代后人。有意思的是，冼太庙后殿一侧，也供奉着高力士塑像，简介：高力士助唐玄宗平定韦皇后和太平公主之乱，深得唐玄宗宠信。唐玄宗曾言：“力士当上，朕寝乃安。”累官至骠骑大将军、开府仪同三司，封齐国公。高力士一生忠心侍君，死后葬于玄宗泰陵旁，被誉为“千古贤宦第一人”。高力士是茂名荔枝的最早代言人，“贵妃喜荔枝，缘起高力士”，这荔枝即来自高州。清代两广总督阮元有诗为证：“新歌初谱荔枝香，岂独杨妃带笑尝。应是殿前高力士，最将风味念家乡。”

那天下午，我们参观冼太庙，巧遇一位当地文史专业人士，与一行考察者讲解正史从来是公正评价高力士的，而对文学上“力士脱靴”故事很是气愤。专业人士声情并茂的解说让我顿增兴趣，一路蹭听。当他说到明朝李贽对高力士评价：“真忠臣也，谁谓阉宦无人？”我赶忙套近乎插嘴：“李贽可是明朝大思想家，是我们福建人。”那位专业人士点头赞许，看我的眼神温和了许多。其实我不是显摆，是担心他们嫌弃我蹭听。

称高州为“荔枝之都”不为过，据说全世界每五颗荔枝中，就有一颗产自以高州为中心的茂名地区，所以高州的中国荔枝博览馆盖得煌煌如宫殿也不为过。

我欣赏博览馆的创意编排，荔史、荔缘、荔知、荔业、荔韵等，纲目简洁，内容丰富。原来荔枝原产中国，早在秦朝开始种植，从17世纪开始向世界传播。我在荔韵篇章中驻足最久。那古今文人墨客歌咏荔枝的诗文，包括闽剧剧目《荔枝换绛桃》、现代作家杨朔散文《荔枝蜜》以及当今许多部以荔枝为主题的影视作品，让人观看得意趣盎然。

博览馆背后是占地几千亩的博览园，全国产荔枝的7个省区即四川、云南、广西、广东、海南、福建、台湾都建有园中园。还有一座气派建筑：中国荔枝产业大会永久会址。

最吸引人的景点是贡园。该园占地80多亩，现存500年以上的古荔树39株，其中千年以上的9株。相传高力士于此采荔入宫，故名“贡园”。

每一株古荔前，都树立一块天然石，镌刻着名称：迎客荔、别有洞天、力士回家、汉俚同根、廿四担、仙女散花、千手观音、凉伞、皇妃荔、五马归槽、八仙贺寿、贵妃醉酒等。每个名称或是形神兼备的古荔身姿，或是蕴含着动人的故事。

“别有洞天”是最年长者，1300岁。树干爬满苔藓，主干内部是空洞的，仅靠树皮支撑起华盖亭亭。那盘曲苍劲、历经沧桑的树干与葱茏翠绿、生机勃勃的枝叶竟然融为一体，令人惊叹不已。

“力士回首”俨然像一位稳重慈祥的老者，回首家乡的目光充满关爱；“贵妃醉酒”一定是身段婀娜多姿，否则怎能“三千宠爱于一身”。

“廿四担”，自然是年产量2400斤，离它不远处就是拍卖会上年产量600斤的“千手观音”。那“千手观音”好像是向产量大王挥手致歉，自己实在不能抢风头。

我以为，每一株古荔都有威严感，观赏贡园，应该带一颗敬畏之心。

走出贡园，应该去红荔阁看看，那里有一株树龄23年的荔树，枝繁叶茂，生机盎然。当地人告诉我们，这株荔枝树名为“中华红”，它见证了“三个代表”的发源。2000年2月19日，江泽民同志来高州视察，亲手在红荔阁前种下这株荔枝树。

登上红荔阁，放眼四面，荔海如涛，层林叠翠，一栋栋“荔枝楼”掩映林间，景色美不胜收。不禁赞叹：树犹如此，人寿年丰。

2023年春

独服邓小平

2024年6月中旬，我与妻到深圳提新车特斯拉。提车后的首驾直驱莲花山公园，拜谒慕名已久的邓小平铜像。

莲花山巅伫立着一尊邓小平铜像，重6吨，高6米，造型具有动感——邓小平大步向前迈步的姿态，寓意着深圳改革开放的步子要迈得更大一些。2000年11月14日，江泽民为邓小平铜像题字和揭幕。

莲花山下摩天大楼林立、车水马龙，已是一座生机勃勃的新城市，一座从小渔村摇身一变为可与“北、上、广”媲美的国际大都市。确实，没有邓小平，哪有深圳特区，没有深圳特区，哪有中国全面改革开放，没有改革开放，哪有吾辈一介退休老夫，能够千里迢迢来深圳提新车。吾辈是改革开放的亲历者和受益者，按老话说，是过来人，应该有资格现身说法吧，何况老夫是曾经饿过肚子的过来人。

美国心理学家亚伯拉罕·马斯洛于1943年在《人类激励理论》一书中提出，人类需求就如阶梯，从低到高按层次分为五类：生理需求、安全需求、情感和归属需求、尊重需求、自我实现需求五类，依次由较低层次到较高层次排列。通俗理解：如果一个人同时缺乏食物、安全、爱和尊重，通常对食物的需求最强烈，其他需要则显得不那么重要。此时人的意识几乎全被饥饿所占据，所有能量都被用来获取食物。在这种极端情况下，人生的全部意义就是吃，其他什么都不重要。只有当人从生理需求的控制下解放出来时，才可能出现更高级的、社会化程度更高的需求。

马斯洛关于人类需求五个层次理论具有权威性和指导性。回想我的青少年时期，似乎就是“通常对食物的需求最强烈”。著名女作家池莉与我年龄相仿，她写过一篇纪实散文，很能说明这个问题，且摘录如下：

> 在做知青的时候，我们常用盐水拌饭吃，那样的夜，非常非常的漫长，饥饿噬咬着年轻的胃，虎狼一般凶狠。知青当中的坏孩子倡议：谁和我去偷老乡的鸡？好孩子们大都响应，不由自主，纷纷起立。最好的模范知青不起立，小声说：“我不去……我在家里烧开水吧。”很惭愧，我是留在家里烧开水的，是大家认为我偷鸡的技术不够好。然而我还是惭愧，我因为自己技术不好而暗自庆幸自己从来没有偷过鸡，可是我是吃了鸡的，可见我还是比较虚伪。没有过穷日子的人真是不知道，穷而守志，那是太难了。肚子太饿，人就不是人了，是动物了，除了想吃，几乎不想别的。

当我读罢这段文字，忍俊不禁且亲切无比，池莉描写的场景不就是我们当年的知青团伙吗！只不过我们当时讨论和决定的，不是偷鸡，而是摸狗，一条狗的分量比一只鸡可是重大多了。相信许许多多知青都有相同经历。还有，肚子太饿时脑子灵光，会想出很多歪点子。我们公社有一个知青团伙，几个月没开荤，见老乡的一只肥猪在家门口进进出出，馋得咬牙切齿，就想出一个让猪活着但可以吃到猪肉的金点子——大家齐心协力，把猪按住，割掉猪尾巴，解了馋。

那些年，我们知青到了割稻子季节，几乎都出满勤，主要动因是生产队安排各家农户轮流操办伙食，每天提供两餐半，管饱出工人员。

早餐天没亮在农户家中吃，午餐和傍晚的点心送到田间吃，生产队规定每家必须用饭甑蒸出白米饭（平时番薯米掺半），必须有两样以上荤菜，最好有猪肉、鸡肉，如没有，田鸭肉、兔肉、河鱼、泥鳅、鸡鸭蛋也算。生产队按每个出工人员一天3斤干稻谷拨付给办伙食的农户，俗称东家。东家却说，3斤稻谷两餐半刚刚好，别想略有盈余。可见那时没有不是大饭量的。

我当知青的第三年劳动非常卖力，出工达200天有余。招工的负责人颇欣赏我，说："你现在可以养活自己了，但当农民太劳累，如果上调到工厂，即使当学徒工，月工资18元，也可以让自己吃饱饭，等你几年后当上二级工，月工资38.50元，可以娶媳妇了，即使媳妇没工作，你也可以养活她。"招工负责人的话很实在，让我铭记在心，而"吃饱饭""养活自己"等语句，就是20世纪70年代的生活缩影。

当工人确实没有干农活辛苦，但"吃"仍然是主旋律。有一件事印象深刻，我们三个学徒工，见厂区内有一株芭蕉树，结了一大串芭蕉，尚未成熟，但馋虫难忍，便趁着夜深人静，上树偷摘，而后放入米缸闷熟后，三人一口气将之全部消灭。共同后果：三人第二天都拉了三回大便，原来芭蕉不仅好吃还润肠。此番，我与妻到深圳提车，拜访多年老友叶君，他70年代初参军入伍，让知青们十分羡慕的是，部队最是能吃饱饭的地方。他却回忆，在军人服务所缠着女售货员说尽好话，买了一块"固本"肥皂，用它向老乡换了13斤香蕉，也是三个战友吃得无比幸福。

改革开放初期，仍然是围绕着"吃"绞尽脑汁。我上大学时，国家每月发18元伙食费，有几位家有儿女的"老三届"同学，认为食堂伙食是太不懂得当家的人办的，便退了菜票，只在食堂炖饭，菜则由自己采办，弄个煤油炉烹调，省下菜钱捎回家去，从家里捎点腌菜来。

80年代中期，仍然看重"吃"。那时我在乡镇工作，新招了一个吉普车驾驶员，他整天跟着乡领导开会、出差、下乡，曾对我说：“工资虽然不高，但伙食好，我贪吃，很满意，一定努力工作。”十多年后，我遇见他，笑问：还贪吃吗？他哭笑不得，答：我贪吃出“三高”了，现在只能节食。

改革开放之前，“吃”太重要了。我从记忆开始，包括上一辈和上好几辈人，遇见熟人打招呼，总用“吃了吗”，问人家在哪里工作则问“在哪里讨吃”。这种经典用语似乎在20世纪八九十年代才彻底退出历史舞台。

我不知道邓小平对马斯洛关于人类需求五个层次理论是否认可，但他一定最了解，如果一个人同时缺乏食物、安全、爱和尊重，通常对食物的要求最强烈。于是他旗帜鲜明地提出：贫穷不是社会主义；振聋发馈高呼：中国经济再不发展，要担心被开除“球籍”；不遗余力推行“联产承包制”，频频赞许“要吃米，找万里”“要吃粮，找紫阳”的说法。自古民以食为天，解决十多亿人的吃饱饭问题，就是天下第一难题。

当深圳还是个小渔村之时，从那里偷渡香港的人，此起彼伏，拦也拦不住，他们的理由只有一句话：想到那里填饱肚子。

20世纪90年代初，我第一次赴港考察，感到吃惊的是，平民百姓住的公寓居然是摩天大楼。我们一行同事为了节约一点外汇购买电器，4个人同住一个公寓房间，睡上下铺床架，并听从老乡建议，到超市购买快过期的减价食材，回公寓自己烹调，偶尔吃一两回十三四元港币的便当，都感觉太奢侈。而今，内地许多地方生活水平并不比香港差，深圳也足可与香港称兄道弟，回想往事，赧然一笑而已。

如果没有邓小平坚持改革开放，坚持发展就是硬道理，坚持“白猫黑猫，能抓住老鼠就是好猫”，坚持“一心一意谋发展，聚精会神搞建设”，坚持以改善人民生活为目标，能有今天“厉害了！我的国”吗？尽管改革开放40多年来，也出现了许多问题，有些问题确实棘手，但丝毫影响不了邓小平的伟大功绩。扪心自问，有几多人愿意回到1976年以前少食缺衣的日子。

回首往事，中国人吃不饱饭的日子距离现在并不遥远。

有个伟人，年轻时高调宣称独服曾文公，后来不提了。吾辈凡夫俗子，年轻时佩服过很多人，老了之后，独服邓小平。

2024年6月

返璞归真的梯田之冠

龙脊梯田被誉为“世界梯田之冠”。

观景台旁树立一块巨石，正面镌刻“中国重要农业文化遗产：广西龙胜龙脊梯田系统”。背面镌刻简介，有“世界梯田之冠”的溢美之词。立碑者：中国农业部；时间：2014 年 10 月。

噫！是中国农业部赐予的桂冠。

2022 年立夏季节，我与妻自驾到龙脊镇，正在游客集散中心观看旅游图版，一位大婶近前搭讪，自称龙脊村民，姓潘，愿意充当导游，跟随我们的车，游遍 3 个行政村，含 13 个壮寨与瑶寨，尽览 1 万亩梯田，全程驱车 60 千米，4 个小时。她还推荐傍晚投宿平安壮寨网红民宿云上居，可尝竹筒烧鸡，饮农家水酒，吃五色糯米饭；看云雾缭绕，梯田时隐时现；听梯田流水淙淙，蛙鸣声声。强调，住宿费去年国庆节时 1000 元，现在淡季 200 元。导游费 100 元。

潘大婶的导游序言足够吸引人，没有理由不听从。

我与妻是 20 世纪 60 年代末的插队知青，多少有点梯田情结，这些年也慕名游览了福建尤溪联合梯田、浙江云和梯田等，无不感受到古人开垦与耕作梯田之艰辛与匠心。但赞叹之余，总有些许遗憾，现如今，传统的精耕细作已逐渐消失，即使是那些著名的梯田容貌，不要说与古代相比，就是与吾辈闽东北家乡 20 世纪 70 年代、80 年代所耕作的梯田相比，也逊色许多，总显现一种潦草迹象与衰败征兆。

但，龙脊梯田让吾辈精神一振。不论是气势磅礴的金坑红瑶大寨梯田，还是清秀婉约的平安壮寨梯田，皆可观察得出主人精雕细琢、丝丝入扣的匠心，即：没有一条田埂不是浑圆匀称，没有一面田塝不是整洁如新，没有一处田闸不是方方正正，没有一块水田不是天光云影。

这才是工匠精神。

因为吾辈当过农民，而且是精耕细作年代的农民，所以，似乎有自吹自擂的资本，即“内行看门道”。至于潘大婶的导游词，更多的是指导“外行看热闹”，即便如此，也令人意趣盎然。

比如：伫立金坑大寨观景台，端详对面一座山坡，就像一尊盘腿而坐的弥勒佛，形状神态栩栩如生。据说，随着季节变换，佛的袈裟颜色也在变换。又如：走到平安壮寨“九龙五虎”观景台，俯瞰纵横交错、蜿蜒不绝的梯田，若没有导游指点，你很难一一辨认，哪九条山脊是“九龙”，哪五座山头是“五虎”。当然，“七星伴月”比较容易寻找，那七座小山头就像七颗星星，围绕着一条弯弯山脊，状似一弯明月。

傍晚时分，我们到达云上居，却见大门虚掩，空无一人。潘大婶径往前台，取出一串钥匙，教我俩挑选三层楼最大的一个房间。她与老板小潘事先讲好，二三层共有八个房间，任意挑选。

客房40多平方米，两铺大床，设施俱全，洁净温馨，足够三口或四口之家居住。特别是有一个大阳台，可临台，眺望远山如黛，俯瞰峡谷深幽。

走出云上居，暮色已起，走到盘山公路旁，发现走到了梯田中间，梯田的水已经灌满，就像无数片半圆镜子，映照着云卷云舒。意想不到的是，被梯田包围之中的壮族村寨，密密麻麻的几十幢房屋，只有一幢灯火闪烁，其余的皆无亮光。耳边传来“咚咚咚”的流水声，那是从一块块梯田水闸口发出的声音，悦耳动听。

梯田与村寨很快淹没于夜色之中，这是没有光源污染的传统夜色。

返回居所，恰遇小潘老板赶回来为我俩下厨烧菜。他今日去邻里家忙了一天，说是一位老人逝世的“白喜事”，全寨人都去帮忙了。问其壮寨有啥特色美食？答：“竹筒鸡。”

鸡就养在房前屋后的竹林中。小潘挑一只约三斤重的小公鸡，三下五除二，鸡头、鸡爪、鸡内脏伴以香菇、红枣、当归等煮汤，其余的肉切成两指头大小，拌以壮家秘制佐料，一块一块从竹筒的一个缺口填入竹筒中，将缺口用木头塞紧，而后把竹筒放在柴火上烧，烧得竹汁溢出，竹筒焦黑。等到将竹筒剖开两半，鸡肉香伴随竹青香，弥漫开来，让人食欲大开。五色糯米饭是山中植物染色而成的，壮家水酒则是浸泡在红豆杉果等中草药里的米酒。

窗外一片漆黑，传来雨打竹叶声。屋内灯光明亮，唯有两人对饮，邀请小潘：能饮一杯无？小潘推却，说，雨歇了，还得去帮忙“白喜事”。与之攀谈，得知整个平安壮寨的吊脚楼几乎都改造为民宿，村民当上了民宿老板。自家梯田承包给了旅游公司，每亩获得年租金 1800 元。村民主营旅游业，前些年生意红火，收入不菲。

我以“老农”自居，与小潘切磋种田技艺，原以为 30 多岁的后生基本不谙农事，想不到他样样精通，遍数壮寨耕种稻田 12 种工艺，比我当年学习与实践的还精细。

我由衷赞叹并询问：“龙脊梯田是我见到的最伟大的梯田，特别是一块块又长又窄的梯田，长达 1000 多米，有的地段宽度只容下我的 42 码鞋，大概只能插上一兜秧苗。向你请教，插秧时怎么插，向前进还是向后退？”

答：“当然向前进。跨一步，朝胯下插一兜秧苗，避免插到脚掌踩的坑窝里，否则，秧苗就插不牢靠。”

小潘才是名副其实的“老农”，令我刮目相看。龙脊梯田又称“世界梯田原乡”，看来，这项起源于秦汉朝代的传统技艺，后继有人。

其实，耕作水稻技艺也应该评选“非遗”项目传承人。

黎明即起，走到阳台，白云缭绕山腰，飘来荡去，似乎随手可摘，虽然心旷神怡，但观看梯田的视野不够，便赶紧走到1号观景台，将“九龙五虎”全貌尽收眼底。云雾时聚时散，梯田景色与昨天暮色里看到的又不一样，一股清新的田园风光扑面而来。有农人开着手扶拖拉机在犁田，可惜没有看见耕牛犁田。拖拉机小巧玲珑，背后跟着耙田的农人，把田耙平整便可插秧。更多的农人在插秧。

一幅久违的春风细雨插秧图。

不知不觉走进壮寨。整洁的街巷，一幢幢别致的干栏式民宿，皆是关门大吉。老板都去忙农活了。

返回云上居，接连登石阶，开始出汗、喘气。龙脊梯田位于海拔300米至1100米之间，实在陡峭。我俩行走在40度至50度的梯田小路上，屈指而数，万亩梯田净高800米，若是从最低一块田登至最高一块田，论石阶，共计三四千级，相当于攀登大半个泰山。

龙脊梯田堪称中国农民吃苦耐劳的精神标杆。

2022年夏

山海相连看东兴

2011 年 7 月央视《远方的家 · 边疆行》开播。该节目组计划从广西东兴市出发，沿顺时针方向，行走 2.28 万千米的中国陆路边疆，一直延伸到辽宁丹东，经过 9 个省区，走进 130 多个县市，以新闻纪实手法，关注民生，关注自然，展示一个视觉化的地理中国和边疆风采。

从那时开始，我便成了该节目的忠实观众，几乎每集不漏地看了 100 集。观后感用一个成语足以表达：心驰神往。

《边疆行》播完后，《远方的家》又推出《海疆行》，从丹东沿海岸线走到东兴。东兴成为边疆行的出发地，又成为海疆行的结束地。从此，并不太闻名的东兴市名声大噪。可以说，是《远方的家》，让东兴成为山海相连的标志地。

这十多年来，由于沿海交通越来越便利，喜欢自驾游的人想完成海疆行，并不困难，但想要实践一趟边疆行，还是不太容易，存在费用太高、用时太长、高原反应、路况车况安全等诸多问题。但也正因为如此，边疆行的诱惑力更强。

我与妻退休后，自驾基本走完了海疆行，虽不是一气呵成，但断断续续也有其优点，即有些重复行走的路段，几年后旧貌换新颜，仍有惊喜。边疆行自然更诱惑人。去年酷暑季节，我们在中国版图的“鸡冠”上自驾 4000 千米，收获满满。今年想跟随《边疆行》起始方向前行，尝试一下，如果顺利，走远一些；如果感觉体力能力不济，随时撤退，同样不追求一气呵成，也可以凭兴趣随时增减支线拓展。旅行的指导思想随机而行，自由散淡最好。

东兴最著名的地标是一块界碑——“大清国钦州界”1号界碑。100多年过去，碑刻字迹依然清晰，左右两旁分别刻着“光绪拾陆年贰月立”“知州事李受彤书”。而今，面河临海的界碑周遭被开辟成一个公园，1号界碑被列入广西壮族自治区文物保护单位，李受彤半身铜像伫立在旁。铜像很传神，让我从那张清癯刚毅的脸庞里，读出一个地方官忠心耿耿，坚守界碑的神态。碑座刻文：

> 李受彤秉承国家领土完整、寸土不让的立场与法国方面开展艰苦斗争，收复法军强占的边境江平、长山、八庄等地，从竹山循北企河至滩散、垌中立下数十块中越两国界碑，并于光绪十九年（1893）签约，确立中越边界。

界碑背后有展厅，正史对李受彤在任期间评价颇有意思：“迁移书院，奖励文人，以礼耆者，受到好评。唯其施政，崇尚刑威，对大小盗贼，多施重刑，民多敬而生畏。”史学上有这么一句话：“盛世施仁政，乱世用重典”。清末边疆，堪称乱世，李受彤治下恩威并加，多施重刑，有何不可。此时我脑海里浮现出的是一个敬业干练、敢于担当的地方官形象。史学界对清末朝廷的定论是腐败无能，我却以为，正因为如此，仍有一批德才兼备的大小官员支撑着岌岌可危的时局，他们比起盛世时期的大小能臣，也许更难能可贵。

而今，距大清1号界碑百余米处，平地而起或横空出世两个新地标，即东兴市竹山山海相连地标广场与广西沿边公路起点零公里纪念坛——成为新网红打卡点。我们到此一游，赞叹不已。我戏称：“哪一位地方官任上创意与建设，功不可没，至少可列入一代能臣干吏名榜。”

山海相连地标红蓝两色相间，外观像“兴”字，红色代表“山”，蓝色代表“海”，寓意山海相连，雕塑中的纽带也寓意中越两国人民两手相握，世代友好。山海相连雕塑高达35米，矗立于1.3万平方米的广场中央，俯瞰着北仑河出海口和对岸的越南。整个雕塑气派、简洁，具有现代感，有着很强的表现力。此时恰逢傍晚时分，夕阳将落未落，海风不热不冷，沐浴其中，流连忘返，心旷神怡。

广西沿边公路起点零公里地坛是个花岗岩精雕细刻的圆球，球身直径2米，重达150吨，庞然大物也。球体上雕刻着从东兴竹山零公里为起点，一路向西北，途经广西境内8个县区市31个乡镇，终点为那坡县弄合乡，长725千米的线路图。这条线路即国之大道G219，当然最终终点是丹东的海岸口。似乎可以如此诠释：从南海“海誓”，走进千山万山的“山盟”，最终实现渤海“海誓”。我忽然想策划一句广告词：“自驾G219——‘诗与远方’爱之旅。”

东兴市区与越南的芒街隔着一条北仑河。颇难理解的是，大凡以江河划为国界，理应以干流为界河，但这里有一段界河却是支流，宽不过20米，撑竿跳运动员用根竹竿一撑，就越境别国了。该段界河河水丰盈且平静，我方河岸筑起两米多高镶嵌着玻璃的围墙。当地朋友告诉我，之前没有围墙，河水浅显，河床大石横陈，两岸居民只要踩着石块，便可跳跃到对岸。现在下游筑了水坝，界河成了界湖了，又筑起了边界长墙，对图谋越境的人明显增加了难度。

东兴口岸因疫情关闭刚开放不久，街市又热闹起来了，到处可见越南小商贩的地摊，大都是橡胶拖鞋（价廉物美，买了一双旅行途中穿，后来后悔没有多买几双），小瓶小盒的风油精、活络油、防蚊油（居然还有防冻疮膏，据说很受北方人青睐），很便宜的越南香烟和法国香水，还有琳琅满目的红木雕刻工艺品等。商贸街市才刚刚恢复，之前这里可是熙熙攘攘、摩肩接踵，比现在繁华多了。我们此行本拟到芒市一日游或到“海上桂林”走一遭，遗憾的是，当地旅行社的“出国游”业务尚未恢复。

我们登上界河之畔华美达酒店33层瞭望平台。这是两国边境最高建筑，可以360度俯瞰东兴市与越南芒市。导游指着芒市一座大圆顶建筑说：“芒市最气派的建筑就是这座博彩大楼，博彩者大都是中国人，近些年关门大吉，估计得破产了。”“之前，东兴繁华之极，称得上不夜城，全国各地都有人到此做生意和观光，越南人过来做生意和打工的也很多，常住人口达30万，这些年常住人口大量流失，去年大约只剩5万人。”

眺望两国边境小城，东兴高楼林立，密密麻麻，挨到山脚，几乎看不到空旷之地，街道车水马龙，一派繁闹景象；而芒市则是沃野千里，阡陌纵横，房舍稀疏，少有高楼，一片田园风光，静谧安详。望着芒市，有点亲切熟悉感觉，它不就是二三十年前中国比比皆是的小城镇吗！再看看东兴，一副俗气的暴发户模样，让人视觉不舒服。

特此声明，我完全是有感而发，丝毫没有诋毁之意，因为看了不舒服的是，东兴市为什么和国内大多数中小城市一样，建筑千篇一律，毫无特色。我以为，这座边城就应该有“山水相连”特色，让人登高一望，眼睛一亮。

哈哈！我经常“站着说话不腰疼”。

2023年3月

广西边境景观大道（上）

沿边公路大会战

中越边境广西区域位于十万大山边缘。好个“十万大山”名称，非常形象。看来成语“千山万水”应该更名“千水万山”更贴切。自古以来这里的边民就生活在这十万座大山的褶皱里，面对山高岭峻、林深水急、交通闭塞、贫困交加的环境，只能叹息在民谣里：

沿边难，沿边苦，河来隔，山来堵。找得朝来晚没煮，一天才走五里路。

21世纪初，广西开展“沿边公路大会战”，历时两年，形成了G219国之大道。而后，G219又多处连接高速公路，让大山边民走出了难苦之地，也让山外游客走进了堪称秘境的边境景观大道。

东兴市沿边公路零公里纪念坛镌刻着一段文字：

2000年8月，广西开展沿边公路大会战，起点为东兴市，途经防城港市防城区，崇左市的宁明县、凭祥市、龙州县、大新县，百色市的靖西市、那坡县8个县（市区）31个乡镇，全长725公里，投资9.2亿元。2002年国庆前夕全线贯通，改造提升为三级公路。2018年广西沿边公路并入G219，终点在新疆喀纳斯，全程10065公里，又称新219国之大道。

我与妻早上从东兴出发，驶上了G219，不久看到路旁出现的里程碑“G219-9980”“G219-9979”等，里程数一路递减，先是不解，接着便忍俊不禁：不是说东兴市竹山是零公里处吗？应该是10000公里处才对，喀纳斯才是正宗的零公里处，因为G219路上有一万块里程碑支持喀纳斯。哈哈！旅行的快乐在不断有意外发现。

尽管全面升级为三级路的G219，路面颇佳，但自驾在十万大山里，“跃上葱茏四百旋”是少不了的。很快驶上传说中拥有28个“胳膊肘弯”、17个“回头弯”的马鞍坳，停车俯瞰，理应可以回望来时路的曲线之美，岂料大树参天，植被太好，难以实现愿望。

幸好顺风坳有个绝佳观景台，虽然它看不到来时路，却是满眼风光。顺风坳位于中越两国三县（中国宁明县、防城区和越南平辽县）的交界汇合处。凭栏眺望，万峰如林，峰浮云海之中；风声萧萧，风挟山野芳香，此坳不愧称之顺风也。远处两国村落，各悬挂于两个山壁，近在咫尺，却隔着一条难以逾越的峡谷，也让人一声叹息：国界天堑也。

观景台上竖立一块天然大石，迎面镌刻“向修路英雄致敬”七个大字，另一面是沿边公路该路段大会战简介，落款是南宁地区交通局与公路局。我观看得格外仔细，一种亲切与熟悉的情感油然而生。

记得20世纪90年代初中期，八闽大地轰轰烈烈开展“交通先行工程大会战”，总指挥是省委一位副书记，各地（市）县政府主要领导都任总指挥，层层签订责任状，不讲困难，不提条件，必须按照时间和质量要求完成任务。闽东任务重点是改造提升贯穿四个市县的104国道为二级公路。当时我在福鼎县委工作，和其他四名党政班子成员，各被任命为一个路段（七八千米）的指挥长。那半年时间尝遍的甜酸苦辣，三言两语难以表述。我其间回家探亲，母亲的一句问话让我啼笑皆非，但尚可对那时的工作状况窥斑见豹：

“你怎么晒得乌粗粗的，像当年上山下乡一样，该不会被下放去种田了吧？！”

若干年后福建省出版了一本总结经验表彰先进的书《六千里云和月》，先进榜上有我的名字。我很喜欢这个书名。

共同亲历“激情燃烧岁月”者，总会遇景生情、心有灵犀。

草药飘香爱店镇

东兴往凭祥友谊关途中经过爱店口岸。爱店口岸地属宁明县爱店镇，2015 年被国务院升格为一类口岸。

爱店镇与越南谅山省禄平县毗邻。记得 1979 年的对越自卫反击战，国人对谅山名称耳熟能详，因为当年攻打谅山是一场恶战，我军就是从爱店镇出兵反击的。现今边境地区自然一派祥和景象，难得的是，爱店镇已成为中越边境最大的中草药材集散地，交易场所占地达 1 万平方米，有来自全国各地的中草药客商 100 多家，我国出产的常用中草药材品种有 200 多种在此出口到越南以及东南亚，如生地、麦冬、白术、茯苓、当归、党参等；从越南进口的中药材也不少，如鸡血藤、灵芝等。

爱店口岸大楼应该是该镇最好的建筑，可惜口岸仍在关闭中。询问门岗女警官，得到的答复是：“已经做好了恢复开关各项准备，快了。”

逛了逛镇区的农贸市场，香蕉与橘子又好吃又便宜。在市场小店午餐，一碗禾粉 7 元钱，价廉物美，妻的一碗加小溪鱼，我的一碗加猪小肠、猪肝等。禾粉汤有着中草药山苍子淡淡香味，甚合吾意。总算不虚此行。

满眼风云友谊关

下午 2 点到达凭祥市友谊关。友谊关号称“中国古代十大名关”之一，汉代就已设关，但屡建屡毁，现今这座朴实庄重的明清建筑风格的关楼，是 1957 年按原貌重建的。2006 年，关楼和周围要塞遗址被国务院列入全国重点文物保护单位，现为 AAAA 级景区。

友谊关楼骑在 322 国道终端，距离越南首都河内 172 千米。我是第二次走过友谊关拱门。2002 年 12 月间，曾与中央党校学员一起，考察凭祥，并到河内一日游。对河内印象深刻的是巴亭广场，它被誉为越南的天安门广场（面积是天安门广场 1/3）。巴亭广场西侧高耸着胡志明主席纪念堂。数条林荫大道由广场向市区辐射，行道树有许多树龄达几百年的紫檀木、花梨木、酸枝木等。所以红木雕刻的工艺品是河内特产。我背了一个 5 公斤重的红木猪娃娃回来，至今仍摆在客厅。

当年来去匆匆，同行者只在友谊关前合个影，到此一游。此番我俩时间充裕，游赏较为仔细。关楼上有许多历史照片与文物，第一层图文并茂介绍清末的镇南关大捷；第二层是中越领导人曾经的会晤室，20 世纪五六十年代，周恩来总理两次在此会晤胡志明主席。关楼左侧是左弼山城墙，右侧是右辅山城墙，均遗留古炮台。

冯子材是清末的抗法名将。图文描述这位 70 岁老将：“帕首短衣草履，手操倭刀，亲率大刀队，大呼一跃出墙外，其子相华、相荣随之跃出。”真是上阵父子兵。老将带头冲锋在前，为国赴死者蜂拥而上，将生死置之度外。镇南关大捷又一次证明了朝廷即使再腐败无能，总有忠臣良将挺身而出，挽狂澜于既倒，扶大厦之将倾。值得强调的是，冯子材是钦州人，曾任广西、贵州提督，已经解甲还乡了，但危难降临之际，昏暗的朝廷尚有清醒者，想起了“姜还是老的辣”，赶紧降大任于老将，终于力挽颓势。

而今南线平安无事，两国的口岸大楼堂皇气派，媲美争辉。越南境内的木棉树鲜花绽放，火红的花朵掉落在中国境内，成为一幅和谐美丽的画面。边界也有一块“零公里”碑，位于中国322国道终点与越南1号公路起点交界处，是越南所立的1号国道起点的里程碑。有趣的是，自从我国把镇南关更名为“友谊关”后，越南也把口岸改名为“友谊口岸”。

纵观友谊关的名称变迁，从汉朝的雍鸡关，之后的大南关、界首关、鸡陵关、镇夷关、镇南关，直至1953年更名为“睦南关”，1965年又命名“友谊关”，陈毅副总理兼外交部部长为之题名。其实，关名也是中越边境风云变幻的缩影。我脑海出现一个画面：1979年的那场自卫反击战中，有多少军人金戈铁马，壮怀激烈出关去，倘若抬头望望关名，唯黯然失色也。虽然若干年后又恢复了友谊，但两国之间关系，谁敢保证没有不友谊的时候？所以，我以为，还是恢复雍鸡关的名称最好。古风悠悠，不偏不倚，任何时候都不让人犯愁。

2023年3月

广西边境景观大道（中）

花山岩画属世遗

从凭祥市往靖西市直至桂滇边界的那坡县，途中有几处著名的自然人文景观，旅行者应该“拐个弯”，一一以收入囊中为快。

崇左市是徐霞客晚年“万里遐征”西南时考察过的地区，但他老人家与崇左3个著名景观擦肩而过，即花山岩画、明仕田园、德天瀑布。2019年冬，我与妻跟随徐公“万里遐征”足迹，自驾至崇左，替他老人家补上这三节课。

花山岩画位于宁明县左江支流明江东岸，画面临江，约有2个篮球场面积大，图像有人物、动物和器物，数量1800多个，抽象但生动。据考证是战国至东汉时期，当地壮族先民骆越人把赭红色赤铁矿粉用动物脂肪稀释调匀，用草把或鸟羽蘸上，在崖壁上刷绘出这些神奇壁画。花山岩画属第三批全国重点文物保护单位，2016年获准列入《世界遗产名录》。

观看花山岩画必须乘游船前往，往返需花费3个小时，好在明江风景如画，沿途可悠然欣赏美景。明江属于左江支流，左江将其最美风光呈现在龙州县和宁明县境内，广西素有“北有漓江，南有左江”之说。徐霞客对左江的评价：“阳朔画山，竟逊一筹。”是不是有点出乎读者意料。徐公是偏爱左江了。

游船驶至岩画之下的江面，导游让游客在甲板上仰脸观看岩画，说是因岸上基础设施未完工，不能下船观看。

导游介绍花山岩画有几个难解之“谜”，其一，是古人记述祭祀的场面吗，还是另有用途？其二，古人如何在那么高的悬崖峭壁上作画？从上吊索与从下搭架，似乎都难操作。其三，古人如何获取赤铁矿，又是如何与动物脂肪配制成不褪色的黏合剂？就因为有了这些“谜”，花山岩画也才更具魅力。

专家评价：花山岩画风格简洁质朴，色彩鲜艳亮丽，构图饱满，给人以粗犷、勇猛激奋的艺术感染力。专家观点令人叹服，但我的直觉观感是：我们幼儿园大班学生的绘画水平，最具备这种艺术感染力。

“越南延安”在龙州

龙州县城就建在中越边界上。县城南街 99 号是一座典型的南方民宅，后院与越南一河之隔。这座民宅青砖黛瓦杉木板房，二层楼，如果说与邻近的民宅有点差异，那就是临街二层是一条长长走廊兼做阳台。这座毫不起眼的民宅 2006 年被列入全国重点文物保护单位，悬挂着“胡志明展馆”匾额。

20 世纪 40 年代初，这座面积 1300 多平方米的楼房被越共租用，名义上经商，实际上是越共中央机关秘密办公室和干部培训基地。胡志明、黄文树、黎红风、长征、武元甲、周文晋等在龙州进行革命长达 18 年，他们后来大多数成为越南党政军领导人。所以被誉为“越南延安”。

胡志明年代，中国与越南关系确实是“同志加兄弟”。胡志明是个知恩图报的人，20 世纪 40 年代，他在龙州三次险遭国民党军警围捕，都得到当地群众帮助脱险，其中两次都是农其振机智相救。而终身未娶的胡志明，后来收养了农其振的四儿农子东为养子，带回越南抚养。

展馆里有三件镇馆之宝皆是越南赠物：胡志明半身铜像、胡志明故居模型、胡志明陵墓模型。胡志明 1969 年 9 月 2 日去世，这天正是越南国庆节。

展馆里有许多珍贵的照片。让我印象深刻的是，我们有许多党和国家领导人，和胡志明谈笑风生，举杯互敬，喜笑颜开，甚至搂肩搭背亲如兄弟的照片。我好像没有在其他地方看到这样生动的照片，原来这才是“同志加兄弟”的真实写照。

值得一提的是，展馆里的讲解员都能用中越双语讲解，有一位女讲解员姓名农艳芳，是农其振的后代。

桃源深处是田园

明仕田园又称“小桂林”，但崇左人不认可这个比喻，他们有自己的金句：“桂林山水甲天下，崇左风光甲桂林。”这有点像郭沫若先生称赞武夷山的两句诗：“桂林山水甲天下，不如武夷一小丘。”桂林人听到肯定不乐意。我们乘竹筏漂荡了一个多小时，又漫步徜徉一个多小时，平心而论，风光完全可以与桂林相媲美，各具特色。

明仕田园的山与桂林一样，千峰竞秀，但河水却比漓江温柔多了，水面上只有安静的竹筏，少了漓江上机动船的喧嚣。两岸翠竹丛丛、蕉林青青、田畴片片、屋舍点点，多了热带雨林与田园风光的韵味。这里天的湛蓝、云的洁白、山的墨青、水的碧绿，似乎能让你的思绪更加明快清晰。

明仕田园自然是拍摄影视的好地方，景区里张贴了《花千骨》《牛郎织女》等剧照，可惜我都没看过。我倒是清楚记得，2004 年，国家邮政局发行的《祖国边陲风光》邮票一套 12 枚，其中一枚就是明仕田园风光，那画面极容易与桂林山水混淆。

我以为，陶渊明笔下的桃花源，明仕田园是作为诠释的最好版本，因为有田园、有农耕、有烟火气，才称得上“隐者天堂”，才是名副其实的桃花源。

德天瀑布跨两国

许多人知道德天瀑布，却不知道崇左市和大新县。这只能说明德天瀑布名气太大，风头盖过了领导它的崇左市和大新县。领导唯一的办法只能更名，比如将崇安县更名为“武夷山市”。

徐霞客于明崇祯十年（1637）十月经过新宁州下雷土州（今崇左市大新县境内），在茂密深山里，遇见交趾乱军而迷路，于是错失了一个近在咫尺的奇幻景观——德天瀑布。否则，他老人家之后看见黄果树瀑布时，就不会那么惊慌失措、叹为观止，就会冷静地将两大瀑布比较分析，写出另一番文字。

德天瀑布号称亚洲最大的跨国瀑布、世界第四大跨国瀑布。它的年均水流量是黄果树瀑布的三倍，也是崇左唯一的 AAAAA 级景区。

观赏德天瀑布的最佳视角是乘坐竹筏，行进在中越界河上，由远及近，直至置身瀑布之下，耳闻雷鸣之响，目睹彩虹之妙，仰脸张口，吞饮些许天降之水。此时此刻，同乘坐大竹筏的七八位游客，尽管不熟悉，也会相视而笑，相互拍照，放下矜持，其乐融融。

乘坐竹筏时会遇到有趣的事，越南女人的小竹筏会靠拢上来，她拿出越南香烟、万金油、香水等小商品，向你兜售，价格低廉得让你怀疑产品质量。

乘竹筏出发时，远远看到德天瀑布的右侧有个小一号的瀑布，名曰“板约瀑布”，那里属于越南领地。德天和板约实际上是同属归春河，一条河流被中间的河洲分成两半而已。德天壮阔雄迈，板约袅袅婷婷，很适合做一对夫妻。遗憾的是，边界规定，不让我们近前一睹德天妻子板约的绝代风姿。同样的，越南游客也只能远远眺望板约的丈夫德天。今天是2019年12月16日，中国方游客熙熙攘攘，越南方游客门可罗雀。

归春河，多么充满诗意的名字。她发源于靖西的鹅泉，汩汩涌出，婉约流淌，向南流入越南，又返回中国，经过大新县德天村，成为界河，从断崖上连跌三级，形成了宽度250多米、落差70多米的亚洲最大的跨国瀑布。

2019年12月日记

整理于2023年5月

广西边境景观大道（下）

通灵峡谷有三奇

从凭祥往靖西途中，可以顺路探访通灵大峡谷。“通灵”一词便告诉你这个大峡谷属于幽幻神秘之地。“通灵”与“灵通”词义相近，于是又让我联想起福建有个灵通山，王阳明曾在此山发奋读书。王阳明后来之所以成为伟人，大概率因为灵通山神灵通天，读书悟道，心有灵犀一点通。

通灵大峡谷游览往返两个多小时，运动量刚刚好，活动了筋骨，又不累。导游说，因为峡谷里植被好，空气新鲜，所以不觉得累，其实行走一万多步了。

我把通灵大峡谷概括为“三奇”。一是峡谷幽深，直入地心。导游说，通灵大峡谷好像是地球上一道美丽伤痕。这个形容词最初用在非洲大峡谷身上，让人耳目一新，现在已经用滥了。我则感觉踏着800多级石阶一级一级往下走，仰望古木苍苍，耳闻流水潺潺，宛如跟随一条绿意盎然的隧道，通往幽深神秘的地心。洞中钟乳倒悬，古藤下垂，忽明忽暗，有一个大溶洞上方缝隙里，深藏一副宋代悬棺，此崖棺于2005年10月3日被一游客无意中发现，震惊世人。导游指着崖棺旁边一块较大钟乳石，说酷似佛祖叠坐宣经，而崖棺面前的一排小钟乳石，如一排祈福观音，更增加神秘色彩，令游客感叹不已。后经考证，该崖棺为一整树干凿刻而成。

二是林深树奇，中草药王国。景区大门口左右各竖立一块石碑，上书“中国壮药园”和“广西药用植物园靖西分园”，可见这里的植被多么特别。导游介绍，这里有140多科、2000多种植物，其中与恐龙同一时代的桫椤、莲子观音座蕨和金丝李、无忧花树、枧才、润楠、火焰树等，皆属于国家重点保护的珍稀树木。

导游绘声绘色描述一种“咬人树”：“它的树叶背面有很多微小刺毛，人被沾上了，先红肿，接着奇痒，而后剧痛。如果不及时治疗，很可能危及生命。‘咬人树’的毒液就像毒蛇一样，连大象沾染了‘咬人树’叶，也会疼得嗷嗷叫。但不用怕，有解药，解药就是‘咬人树’本身树干树枝的汁液。”我问导游：可以让我们远远地看一眼“咬人树”的丑陋面貌吗？导游指着一片茂密的桫椤林，说：“它与桫椤是伴生关系，深入进去，有可能找到。它的模样很平常，并不丑陋。”

“咬人树”无缘一见，却见识了许多中药材，比如无忧花树，它的枝叶是治疗咽喉炎的良药。有趣的是，景区里不时遇到摆地摊的，许许多多中药材让你看得眼花缭乱，鸡血藤、牛大力、何首乌、灵芝、金刚莲、铁皮石斛等等，全冠以“野生”二字。那铁皮石斛，长得有一个成年人高。

三是瀑布高奇，蕨草成林。走到通灵大峡谷尽头，一座高山挡在面前，通灵大瀑布便从168米高的山顶飞泻而下。它就是目前中国发现的落差最大的瀑布。丰水期时瀑宽30多米。我们来访之时，属枯水期，也有10多米宽，飘逸之极，让人仰望久了，也有飘飘欲仙之感觉。

瀑布内有溶洞，就如黄果树瀑布一样，可以走进洞内观看瀑布背面。让人称奇的是，从天而降的瀑布与地下突然冒出的地下河交汇，汹涌澎湃，一起流入一个叫“鸳鸯潭”的深潭中，而后又悄然无声地隐入地下河。

瀑布周围的山坡，长满清一色的蕨草，如同灌木挺拔粗壮，在阳光照耀下，叶面上的水汽闪闪发亮，真是翠绿欲滴。我可能是第一次见识这么壮美的草丛。

鹅泉分明是湖泊

鹅泉是古代“靖西八景”之一，有700年历史，又号称“中国西南部的三大名泉”之一。另外两泉我们曾到此一游，一个是大理蝴蝶泉，美则美，不过是一口小池塘，太小了。它的名气大到几乎家喻户晓，完全是电影《五朵金花》给闹的。另一个是桂平西山乳泉，2019年12月我们去看它，是一口直径约一米的宋代古井，水不多，乳白色。有碑文记载：“泉清冽如杭州龙井，而甘美过之，时有汁喷出，白如乳，故名乳泉。”但我觉得比不上杭州龙井。“西南三泉”只有鹅泉是个湖泊，所以对我的吸引力更大，何况它还是德天瀑布的源头。

一条地下河通过一个口子冒出地面，口子就成了著名的泉眼；泉水将四周漫成一个湖泊，湖水流到归春河，成就了德天瀑布。清道光《归顺州志》载：“鹅泉水在城西南十五里，世传有杨媪野外拾得二卵，以苇覆之出二鹅子，养之泉地，鹅搅水成潭，深不可测。”故名“鹅泉”。如此看来，杨老太太养鹅之初，泉水刚从地下河冒出，后来泉水越来越多，鹅也养得越来越多。

今天游客到鹅泉景区，最不可错过的是看泉眼。泉眼形成一个小漩涡，从古漩到今，也是一大奇观。矗立水中的“鹅泉”刻碑，不知出于何人手笔，笔力苍劲，形象生动，“鹅”字形似曲项向天歌的两只鹅，“泉”字犹如地下泉水喷涌而出。

洲上有杨媪庙，纪念这位老太太养鹅有功、护泉有功。每年农历三月初三，村民祭拜杨媪，向鹅泉抛酒米饭，湖中鲤鱼争先恐后跃起抢食，形成了“鹅泉跃鲤三层浪”的美景。

这里有一块王羲之书写的“鹅”字碑，据说是清代旧州知府刻印王羲之的“鹅”字于此。

这里养鹅习俗古风悠悠，而今鹅泉景区餐厅林立，招牌菜就是鹅肉。导游介绍，品尝一下漓泉啤酒烹调的大鹅，鹅泉美味从此留在舌尖，让你成为饕餮老客。

旧州绣球真浪漫

许多地方都有夸奖自己的金句，旧州是“山水赛桂林，气候似昆明”。导游读得韵味十足，你自然开心一笑。

确实，走进旧州这座古城，山水之美马上有感觉，移步是景，入眼是画，特别是那座盖在水面上的文昌阁，白墙黛瓦，飞檐翘角，雕花描凤，古香古色。可以登阁赏景，在翠竹掩映中，观群山矗立，恰如春笋拔地而起，倒映在绿莹莹的河水中，不就是一幅桂林山水画吗?

但旧州之美，还美在古城建筑，青石板、大厚门、古戏台、美人靠，古韵浓郁；更美在乡土气息，这里是“中国绣球之乡”，乡土气息充满了浪漫主义色彩。

旧州的女子，个个是制作绣球的行家里手，飞针走线谈笑间，精美绣球现眼前。你行走在街巷，随处可见年老的、年轻的，甚至未成年的女子，坐在门口缝制绣球，孩子在石板路上嬉闹。不少店面檐下挂满五彩缤纷的绣球，还有一块块“中华巧女”“绣球技艺传承人”等牌匾。游客到旧州，不捎带几个绣球返家，似乎算白来一趟。

我们到一家“中华巧女”门店挑选绣球，也上了一堂绣球知识课。绣球均为12瓣，多以红、黄、绿做底色，每瓣皆绣吉祥物，除中间四瓣选材不拘外，其余皆要求“上四瓣必挑飞禽，下四瓣须为走兽”。绣球可大可小，香港回归前夕，旧州制作了一个直径达2米的超大型绣球，以表庆贺。

导游说，绣球最初是传递爱情的信物，后来被赋予不仅爱情，也是友情、亲情的信物，还有吉祥的寓意。所以家家户户都应该挂绣球。旧州老城500多户人家，年产绣球50多万个，收入达1000多万元。绣球制作已成为一个产业。

我笑曰：浪漫主义可以形成一个产业。

2023年春

哀牢山高梯田长

一

哀牢山的称谓过目不忘，“哀牢”两个字，读起来总有一股悲凉与悲壮感。莫非是哀其座座大山接踵比肩，围成铜墙铁壁难以突破的天牢！

人在大自然面前总是渺小。当你置身汪洋大海之中，即使托付于庞大邮轮，也会一声叹息：渺沧海之一粟，哀吾生之须臾。当你走进茫茫戈壁与沙漠，即使有驼铃声声为伴，也会幡然醒悟：所有的生命在这里便是一堆堆狰狞白骨。当你仰望雪山冰川，当你走进热带雨林，等等，这种同感便油然而生。但是，当我今天俯瞰哀牢山梯田，同样是壮阔与苍茫，但感觉却完全不同，感觉到的是人在大自然面前的伟大。

伫立于山顶，如飘浮云端，脚下是万亩梯田。适逢立春季节，全蓄上了水，大的有几亩，小的不过几平方米，就像一面面不规则的镜子，高低不平，错落有致，一望无际，延伸至山脚，在蓝天白云之下，闪闪发亮。这是一幅人造的山水长卷，是一幅千里江山图。难怪一位来自雕塑大师罗丹家乡的法国博士为之惊叹：这才是真正的大地艺术、大地雕塑！

红河州哈尼梯田有百万亩，元阳是哀牢山夹缝里的一个县域，梯田占据其中 17 万亩，相传是隋唐时期哈尼人的智慧结晶。1300 年前的哈尼人个个都是实干家与艺术家，战天斗地与精雕细琢，愚公移山与大国工匠，开垦出天梯之田，创造出了如此大气磅礴、曲线神奇的人间景色。

此景只应天上有。

二

梯田是中国南方山区，也是闽东农民主要的一种劳作方式。近半个世纪前的知青生活，练就了我一双金星火眼，直至现在，只要一瞥，便可看出脚下梯田是否得到善待。

精耕细作是中国农耕之传统，传统起码保持到我经历的那个年代。新年伊始，草木复苏，梯田的首次劳作谓之“锄田”，锄去旧田埂上的草，制作新田埂，还要在每丘田的四周挖出水沟，以便犁田时，犁出的第一叶新泥往水沟里翻卷，犁出平整整一丘田。

做田埂是体力活更是技术活。首先，把田里的水排干。其次，用田锄削去老田埂的旧草皮，应按 30 度左右往田间倾斜着削。这一步很重要，关系到下一步掘出的软泥是否依附着实。第三，选准有稻秆头的软泥盘上旧田埂。因为稻秆头根须盘错，盘得住软泥，所以，掘稻秆头泥要大坨。盘在旧田埂上要注意间距，以便没有稻秆头的软泥塞填间隙。第四，用田锄把软泥塑造成有棱有角的新田埂，达到既要防渗水，又要美观。最后，在新田埂上开一个适中的排水闸口，锄田工作便大功告成。当地夸奖老把式如是说：掘三锄头泥就可盘好一根锄头柄长的新田埂。

十天半个月过去，新田埂干了，第二项名曰“砍塝”的农活又开始，即挥舞一把长柄砍刀，将梯田塝壁长出的杂草连根劈去。那砍刀极像冷兵器时代的关刀（关羽所用之大刀），自然也是村庄械斗时的首选武器。踩着尚未长出新草的田埂，柔软富有弹性，脚掌心很舒服，挥舞着砍刀，或前行或后退，将脚下塄壁杂草连着泥削去。泥土要削得恰到好处，不厚不薄。有的梯田很高，站在田埂削不到底，还需涉水田中往上接着削。遇上石头垒的塄壁最为吃力，清除石缝中的杂草，需要用砍刀尖角去抠，而后用手去拔。

经过锄田和砍塄的梯田，面貌焕然一新。新泥田埂有如一条条银蛇飞舞，盘旋于山坡与山谷之间，每一丘田都蓄上新水，在春日里银光闪闪、涟漪阵阵。夏日，田里禾苗茁壮，田埂新草茵茵、嫩绿可人。秋季，便是“喜看稻菽千重浪”，一个金玉满堂的世界。到了小寒大寒之日，蓝天无纤尘，冬日不耀眼，田间稻秆和田埂枯草结成雾凇一样的霜花，水田结了冰，冰面上覆盖一层薄霜，近观，晶莹剔透；远望，莽莽苍苍。

眼前的哈尼梯田，显然是锄过田，砍过塄，就像梳妆过的村姑，面貌一新。更难得的是，梯田不仅纯一色银光闪闪，还有赭红色、浅绿色。导游告诉我们，那是特地养的浮萍，为了肥田，更为了让梯田色彩丰富。

遗憾的是，途经景区之外的梯田，一片枯草萋萋。其实那不是荒芜，只是不再精耕细作了。如今，得到善待的梯田只在景区里。就如我前些年回到插队落户的山村，目睹房前屋后的梯田竟也破败不堪。村民告诉我，早已不需要锄田砍塄了，近的梯田种了蔬菜水果，远的梯田大都荒芜，剩下几丘大田，播田时蓄上水，堵塞一下漏水的田埂，用小型拖拉机搅烂泥水，便可抛秧；至于对付田塄杂草，撒上除草剂即可。

忽然感觉到联合国教科文组织功德无量，可以让传统的锄田砍塄手艺，保留在了世界文化遗产之中。

三

为我们开车兼导游的师傅老李，建水人，那天在建水火车站乘他的出租车进城，问及如果包车去元阳看梯田，一天可否往返，开价多少？

告之：早6点出发，晚7点回到建水，总计300千米。平时包车450元或500元，春节期间600元。46岁的李师傅，有30年的驾龄，车技娴熟，导游经验丰富，为人善良实在。

那天出建水城不久，便沿着红河大峡谷悬崖峭壁行车，到了元阳新县城，天才见亮。一路历经海拔2000米至200米的高差，夜幕下未曾眼见险峻。返程时，李师傅在“老虎嘴”停车，点燃一支香烟插入石缝，作为祭奠香火。他告诉我们，28年前，他的叔叔驾车在此坠入峡谷，请当地彝人下峡谷将遗体背上来，800元辛苦费不二价。我探头俯视，只见幽幽深处的红河，细如发辫，静悄悄地蜿蜒于谷底。虽然身倚护路栏杆，但还是感觉脚底板发虚，打了个寒战。

元阳梯田景区绕行一圈80千米，其实是将几个村镇串联起来，沿途不少各具特色的梯田，著名的有3处。我为布依树观景台的创意喝彩。观景台分6个台级，全部为木构建筑，一面是落地玻璃窗背后的宾馆房间，另一面是宽阔的露天观景长廊。旅客可躺在卧榻欣赏梯田的日出日落，亦可置身长廊享受乡村的月明星稀之夜。从谷底向上眺望，观景台就如6丘大梯田，完全与真梯田融为一体。

哈尼人的传统房屋是泥墙茅草屋，俗称“蘑菇房”，与梯田十分协调，但近些年大都被三四层的水泥砖房所取代。这些新砖房与整个村落涂上了浅黄颜色，倒也顺眼。李师傅说，他曾陪同一位摄影师投宿于此，摄影师大骂蘑菇房的消失是当地政府不作为，是世界文化遗产的悲哀，也攻击这梯田宾馆是一大败笔。我却以为这个摄影师的观点过于偏激。现在有些人在充分享受着现代文明带给的种种便利之时，最好那些贫困地区的自然环境习俗风貌一丁点儿也不得改变，以供给他们所谓纯粹的精神食粮。这实在有点荒谬。

李师傅与我一路分享香烟，话又投机。他说邓小平伟大，当年如果没有他老人家允许搞个体经济，他跟着母亲摆糕点摊，单靠父亲在一家国企当工人的工资，一家6口人非得饿肚子不可。他16岁学开车，开了20多年大货车，靠勤劳和技术过上了小康生活。独生女儿是市医院一名护士，他有了一个两岁的外孙。前些年女儿女婿不让他跑大货车，说太辛苦，所以就开上了出租车。他说改革开放之初，元阳山村蘑菇房随处可见，但进了房子，又潮又脏，根本不适合居住。10多年前，哈尼人还是很穷，货车司机到红河州，想泡哈尼姑娘，容易得很。买一个媳妇，200元足够。现在可不一样了，哈尼人日子过得红红火火。

春节期间，梯田景区车水马龙、游客如织，李师傅与我们配合得天衣无缝。一条成功经验，即请游客提早下车，徒步往景点，待游览返回时，你的车一路堵塞刚好挪过来。李师傅还引领我们深入一个村庄小店午餐，品尝风味小吃，观看哈尼人压制米线工艺流程。

那米线源源不断地从几十个小孔流出，梯田产出的大米，加工后变得洁白筋道、朴实无华、直率坦荡、柔顺曲旋，带着田野的芳香，盘成一坨一坨，摆上木架。

这也是哈尼人梯田风骨的延伸。

2018年春节

坡芽歌书　儿女情长

庚子初冬季节，一抹夕阳染红了那座壮寨门，杉木构建简约古朴的大门，镶嵌一块匾额，上书“坡芽”二字。匾额之上是一弯上弦月造型，斜阳映照，弯月通透明亮，尤为醒目。

门口等候着四男四女的村民，身着壮族盛装，见到客人下车便展开歌喉。那旋律，顷刻间让我有惊艳之感。说实话，曾欣赏过许多少数民族的歌曲，不乏悠扬动听特色鲜明，但此刻听到的坡芽山歌，特别婉转柔情，确实不同凡响。这大概就是天籁之音。

美妙的旋律历来难以描绘，但它此刻打开了我的通感：有如清水一样缓缓流进山坡田野，有如微风一样轻轻掠过森林果园，有如细雨一样让池塘水面飘荡起迷雾，有如清香一样缕缕袭来……

此曲只应天上有。

同行的富宁县委书记陈家兴为我们介绍何谓“坡芽歌书”：2006年，富宁县开展壮族文化资源普查，发现剥隘镇坡芽村男女老少很会唱歌，如果唱着唱着忘记了，就去查看一块白色土布，上面画有81个奇特图形符号。村民说，这是祖传的歌书，是用仙人掌红色汁液画上去的。看着歌书，三天三夜唱不完。美妙的歌声与神秘的歌书让民俗专家异常兴奋。他们经过田野调查与认真研讨，认定：这是迄今为止发现的唯一的以原始图画文字将壮族民歌记录于土布上的民歌集。由81个图画文字构成，每一个字符代表一首歌。它集中了壮族民歌精华，承载了壮乡儿女的情爱密码，是壮族文化最优美的篇章。2009 年，104 岁的汉学家周有光欣然为之题写“坡芽歌书，文字之芽”的字幅。足见壮族文化，历史悠悠。

暮色四合，我们沿着一条石块铺设的山道，盘旋入村。每走几十步，便见山道旁矗立着一块山石，一块接着一块，有如里程碑。第一块山石镌刻着一弯明月，造型与村寨门上弯月一样，原来它即是歌书的第一个字符。真是好创意，让 81 个字符的歌书成为进入坡芽村的 81 块里程碑。

坡芽村现有国家级、省级与州级坡芽歌书传承人共 4 人，我们有幸聆听他们的歌声。其实，这个村每个村民都会唱歌，村党支部书记 40 多岁，村委会主任 30 多岁，皆年富力强，皆是好歌手，不管站在哪一块山石之前，看着字符即演唱。我向他们请教第一首《月亮歌》的内容，得到答案的大意是：小伙子在皎洁月光下向姑娘求爱，从述说自己的孤独开始，连唱两首，接着姑娘应答，男女对唱，你来我往，倾诉衷肠，从相知相恋，直至誓死不渝，约定白头偕老。

家兴书记概括得好：坡芽歌书即是一部壮族爱情组歌，囊括了谈情说爱的全过程。歌词有着《诗经》的韵味与汉乐府的手法，赋比兴运用自如，无不围绕着主题“命好才相会”。如：“绳相搓，肠相结；根连根，心连心。”又如：“命中情相系，梦里缘相牵；相会心欢喜，牵手情意绵；百年当一日，别说各一方；我俩同方向；命定结成双。”再如：“空有满天星，月出才光明；明月亮汪汪，我命难求双；念你就泪流，肚肠拧成绳；天下人无数，独爱你一人。”等等。内容生生死死、荡气回肠，再谱以婉转柔美如泣如诉的旋律，听懂壮语的人会落泪的。

坡芽村现有 65 户人家，全是壮族，以姓农为主。“坡芽”为壮语，意为山花浪漫的地方。“坡”是山坡。“芽”是植物名，俗称“黄饭花”。

当地村民习惯用黄饭花与糯米浸泡，做出彩色的米饭招待远道而来的贵客。

红砖乌瓦，房舍俨然，干栏亭阁，老树绿竹，路灯错落，月明星稀，歌声引路，穿街入巷，让人一下子喜欢上这个别致的村寨。然而，最令人流连忘返的是坡芽传习馆。这幢修建于2017年的木构建筑，充满着传统壮族元素。家兴书记干脆担任起解说员，如数家珍地讲解起来。

陈家兴同志原是福建宁德市干部，2016年由组织选派到云南工作，就任富宁县委书记。他告诉我们，那一年，县里举办了中国富宁壮族陇端节，令他受到极大震撼，并为自己能参与保护与传承这个国家级“非遗”项目而兴奋不已；而十年磨一剑的坡芽山歌队，则是富宁县的一张名片，更令他无比珍爱与自豪。

坡芽传习馆展示着坡芽山歌队10年发展历程，你浏览一遍，就折服了：

2009年，富宁县组建了坡芽歌书山歌队，崭露头角就一举夺下州青歌赛与省青歌赛原生态比赛组金奖。

2010年代表云南省参加第14届CCTV全国青年歌手电视大奖赛，征服了全国观众，展示了壮歌之美。

2012年，在山歌队基础上组建坡芽歌书合唱团，邀请专家团队二度创作，用多声部无伴奏合唱来演绎“坡芽故事”，传承与创新。

2013年在昆明举办的首届世界华人合唱节上亮相，得到普遍赞誉。

2014年，应邀晋京参加由中央音乐学院主办的首届“中国民族民间音乐周”活动，在国家大剧院、清华大学、中央音乐学院、中国音乐学院、中央民族大学等开展巡演活动，成为文山州首支登上国家最高艺术殿堂的文艺团队。

2015年，参加央视《歌声与微笑——合唱先锋》栏目比赛，一举斩获周冠军、月冠军和年度总冠军殊荣。

2016年，远赴俄罗斯参加世界第9届合唱比赛，夺得金奖，向世界观众展示了独特魅力。

2017年，以“坡芽情歌合唱音乐会”形式在北京、上海、西安、武汉、广州等19个城市巡演，并远赴西班牙、马耳他、泰国、斯里兰卡等国进行文化交流。

2018年，由张艺谋执导的坡芽歌书合唱团与坡芽歌书传承人合作的《对话·寓言2047》第二季演出，引起巨大反响。同年，在桂林举办的第4届中国民歌合唱节中，坡芽歌书合唱团承担了开幕式的半场演出，在壮族“大本营”展示了坡芽歌声。

至此，坡芽歌书合唱团已成为“世界知晓、中国知名、云南独特、文山仅有、富宁独有”的中国民族合唱典范。

观看这些经典影像，你就像参加了一场音乐盛典，不知不觉沉醉其中，也和壮族人民一样儿女情长起来。家兴书记堪称坡芽歌书合唱团的“粉丝”，他让我们注意观看那位年已古稀的女指挥家，说：“你们看她指挥时拉开的手臂，婉转柔美得就像音符在流动、在变幻。”

坡芽歌书合唱团能取得今天这样的成就，有两位专家功不可没，一位就是坡芽歌书合唱团常任指挥叶明菊，另一位是坡芽歌书合唱团艺术总监刘晓耕。他们是真正的接地气的专家，对坡芽歌书的二度创作倾尽心血，在传承的基础上大胆创新，终于让那片多情土地上长出来的声音，奉献给国人，征服了西方。刘总监如是说：“那些缓缓流过的歌书符号，就像神灵一样引我走入最高的音乐殿堂。”叶指挥如是说：“坡芽情歌似水一样滋润的旋律和柔美通透似珠玉般的歌声，诠释人类永恒的爱情主题。坡芽情歌最精髓的是‘命好才相会’，以启示我们对世间万物缘起缘落的世界观。”

在一弯明月照耀下，我们围坐在竹子编成的小饭桌旁，网状的桌面铺上新采摘的芭蕉叶，平整生态，清香扑鼻。品尝着蘸着蜂蜜吃的彩色米饭，欣赏着独唱与合唱的《敬酒歌》《留客歌》《送别歌》，深深感受到了“伴歌而生”与“歌伴人生”的壮民生活。

夜幕中，我们驱车回县城，跨过驮娘江大桥，脚下是滔滔不绝一路向东的江水。驮娘江是珠江与右江的上游，这里是云南通往广东广西的大门，大桥头竖立一块标语牌：“云南从这里走向大海。”

其实，坡芽歌书合唱团就是一艘走向大海的导航船。

2020 年冬

第三辑

北方

三探长白山

长白山是一座特殊的山。它的特殊首先在于中朝两国都认定为圣山。300 多年前，康熙大帝颁发了一道圣旨，敕封长白山为龙脉宝山，严禁百姓进山狩猎采伐。这位中国历史上在位时间最长，也是清朝最有作为的皇帝认为，长白山是满族的发祥地，清朝入主中原得天下，源于天生圣人，君权神授，长白山乃“圣武”之山也。

我有缘三探长白山，予以记述。

一

1998 年 5 月上旬，我从沈阳乘夜间火车往吉林敦化市，次日凌晨 5 点到站，转乘公交汽车，4 个多小时到延边二道白河镇。一路穿行于森林间，沿途高高的白桦林和林下木栅栏围成的单层木屋，堆得高高的柴垛子，给我留下深刻的东北林海印象。到了镇区，找了家旅馆，住宿费才 20 元。放下行李，一打听，来的季节早了几天，景区冬季封山尚未结束，没有公交车进长白山。热情的旅馆服务员找来一位开面的的司机商量，计划凑 4 人拼车，但等了一个小时，竟无其他游客，我只好咬咬牙花 300 元包车。只有北坡一条公路进山，开山时节车可至天池旁，但此时只能开到长白山瀑布之下，那里有一条盘山栈道可登临天池。

下午 2 点到达瀑布脚下，栈道已关闭，因为沿途山石风化严重，钢架外罩铁丝网的栈道，封闭了 8 个月，已被风化石砸坏多处，等待修缮。一位年过半百的管理人员对我说：按规定绝对不能放行，但之前一个多小时，哈尔滨来了 10 多个年轻人，死磨硬缠，只好让他们上山了，看你挺利索的，又大老远赶来，不放行也不公平。希望你尽快赶上他们，结伴而行。一定要注意安全哦！这位管理员还借我一顶安全帽（因为未开放，免了门票）。

这些年，长白山瀑布的经典画面常出现在央视的广告中，已习以为常。可当年遇见它时，让我好一阵激动。远远望去，两座山口之间，似乎喷洒而出两缕的锦缎，袅袅娜娜，飘逸曼妙，在阳光下非常耀眼。高差 68 米，比黄果树瀑布还高 2 米。走近前去，但见瀑布激起层层浪花，水汽弥漫，珠垂玉坠，横空出彩虹，令人叹为观止。停立瀑前，崖壁积雪皑皑，白云缭绕身边，仿佛置身云天之外。这飞流直下的大瀑布，成为松花江、图们江和鸭绿江的三江之源。

不敢久恋于瀑前，继续沿栈道攀爬。说是攀爬，一点也不过分，因为风化石早已砸烂护网，堵塞路径，许多地段非得手脚并用才行，还得时不时钻出护栏，卧冰爬雪，惊险有加。好在年富力强，万难千险只等闲，随着攀缘而上，视线很快就从仰视瀑布转到俯瞰了。当将瀑布踩到脚底，走上一片平缓的草甸和戈壁滩时，遇见了返程的哈尔滨一伙快男绿女，心中一阵窃喜，以为找到组织了。但他们却说要赶车往吉林，不能等我，让我小心谨慎，别给湖怪抓走。

第一次看到天池的景象刻骨铭心，至今回忆起来仍是珍贵的画面：椭圆形的湖面 3/4 是白皑皑的浮冰，飘荡在蓝宝石般的水中。湛蓝的天空下，座座山峰黑中带灰，寸草不生，直指青天。白雪覆盖的斑斑驳驳的山体环湖而立，静穆威严。湖畔有块木牌，告示水面海拔 2150 米，水深平均 207 米，库容量 20 亿立方。天哪！这一池水可够多的，难怪它是我国第一深湖和面积最大的火山口湖，孕育三江源远流长。

捡起一块池边乌岩石，感觉如朽木一般轻飘飘，原来是熔岩喷发的火山石。我行走山边，选个角度坐下，便将10平方千米的水面尽收眼底，这可是个火山口啊！16世纪以后还爆发了3次，下一次什么时候爆发？是盛怒之后的暂时平静吗？眼前的浮冰在跃动，是湖怪现身了吗？尽管沐浴着阳光，我的后脊梁仍阵阵发凉。环顾左右，仿佛置身于月球之中，一种孤寂、敬畏，直至恐惧感油然而生，终于落荒而逃。

如今想来，一个人徜徉于偌大的天池旁，奢侈得可以载入长白山史册了。

当我将安全帽送还老同志时，他长吁了一口气，说，你不回来，我真不放心，刚才我还批评哈尔滨那伙年轻人，不等等你，没有集体主义精神。

几十年过去了，偶尔会想起那位好老头，后来去的景区也不少，但似乎从未遇见这么心地善良又敢于担当风险的管理人员。“东北人都是活雷锋。”不知如今好老头可安好？

瀑布入口处附近有一片温泉群，一畦畦如九寨黄龙的仙人田，嘟嘟囔囔冒着热水，雾气迷蒙，又如一处仙境。泡个温泉，收费20元，可在室外，也可在简陋的木屋内。我选在室外，眺望挂在眼前的长白山瀑布，让温热泉水洗去了一天的疲惫与余留的惊恐。第一次品尝了滚烫泉水泡熟的鸡蛋，蛋黄熟透，蛋清仍是液体。

二

2009年12月初的周末傍晚，应朋友之邀，从北京飞往长白山机场。夜晚近11点，一辆越野吉普载着我与妻，穿越长白山自然保护区，往长白县，130多千米路程。一条3级柏油路蜿蜒在深山老林中，黑色油路已被白雪覆盖，此时气温零下12摄氏度，雪路并不打滑。

司机老刘是长白县人，是一位“长白山通”。他轻车熟路，边驾驶，边为我们介绍长白山与长白县。

长白山是千百万年以来由多次火山喷发形成的大山。一年中，3/4时间被冰雪覆盖，只有夏季冰雪退去，才能看到堆满火山渣的山峰。由于常年积雪，故名“长白山”。天池是个火山湖，登临共4条线路：北坡在吉林延边（即我1998年行走的路线），西坡在白山市的抚松县，南坡在白山市的长白县，东坡则在朝鲜。当行车路程过半，刘师傅指着一条上山的分岔路，告诉我们那就是南坡上天池的路，但已大雪封山。

其实，真正发现长白山也不过是100年前的事情。清光绪三十四年（1908）五月的一天，一位年轻的清朝官员刘建封奉朝廷之命，勘查这座圣武之山。不同于前13次的勘查，刘建封整个夏季都风餐露宿在长白山中，历经种种磨难，最终登上长白山巅，惊喜地看到了天池和环绕天池的16座山峰。他对240多个山岗逐一考证，赋予正式称谓，测量、命名了天池16峰，并考查了松花江、鸭绿江、图们江3条大江的源头，撰写了10多万字的《长白山江冈志略》。他不无自豪地宣称“辽东第一佳山水，留到如今我命名”。但颇具戏剧性的是，就在刘建封勘查成果满载而归之时，正是清王朝宣告灭亡之日。他的成果无人重视，直到20世纪后期，专家学者才对这些尘封的资料如获至宝。

凌晨1点到达长白县城，我想第二天还是好好地看看这座以长白山命名的小城吧，因为从南坡上山的计划被大雪掩埋了。

长白县号称“白山林海”，森林覆盖率达92%，是鸭绿江源头第一县，也是全国唯一的一个朝鲜族自治县，人口8.5万，与朝鲜国的两江道隔江相望，边境线长达260千米。当年刘建封从现在的临江市至长白山勘查，便是溯鸭绿江而上的。十分凑巧的是，长白于光绪三十四年（1908）设府治，也就是这一年。刘建封勘查长白山，不知是否促进了府治的设立。

县城背依龙岗山面临鸭绿江而建，山上有一座唐代建筑灵光塔，现属全国重点文物保护单位。刘建封曾到此考察，并记录下一件奇事。说是一年前，长白镇有一位姓于的人，亲眼见到两条龙从龙岗腾空而起，直奔长白山而去，伴随着狂风黄云。这就是“龙岗双龙”的传说。

相传当年建塔，为的是镇住鸭绿江对岸的龟山。隔江而望，龟山现在建成了朝鲜革命纪念园，铜制的大幅朝鲜国旗十分醒目，和灵光塔遥相呼应。对岸的惠山市是朝鲜的第三大城市，亚洲最大的铜矿所在地。长白县的口岸大楼气派地矗立在江边，是这个县城的地标。长白县为国家一类边境口岸。铁路桥跨江而过，经允许，我们走到桥的中间，向邻国的朋友挥手致意。

充盈的长白山雪水使得鸭绿江水清澈冰莹。对岸的山坡和原野，一畦畦金黄的玉米秸子，虽已收获了棒子，仍整齐地排列在寒风中，居民的土坯房虽简陋却也整洁。白雪茫茫的河滩上，不时有三三两两的朝鲜妇女来浣衣或汲水。她们把水罐顶在头上，两手还提着衣物，白裙飘曳，轻盈的背影，不像在劳作，仿佛是一幅眼熟的朝鲜族舞台画面。

长白山天池是我国与朝鲜共有的，长白山最高峰位于朝鲜境内。大韩民族对长白山情有独钟，他们称之“白头山”，视为圣山，认为是他们祖先的发源地。朝鲜人还说长白山是金日成当年闹革命打游击的营地、金正日的诞生地。相传金正日诞生的那天，游击队员们欣喜若狂，说：白头山光明星高高升起，照耀着三千里江山。

三

2011 年 7 月，我第三次造访长白山。此番下榻抚松县松江河镇，从西坡上天池。

抚松县政府办科员小葛告诉我，上长白山看天池要有缘分。据统计，游客近一半人无缘一睹天池真面目。1983 年夏季，邓小平上长白山，将天池一览无遗，邓公欣然题词“长白山”和“天池”两幅字，并赞叹：“人生不上长白山，实为一大憾事。”

我与妻属于狗运当头，我第二趟上天池，又是朗朗乾坤，但14年前神圣神奇神秘的感觉却荡然无存。山还是环湖高耸16峰，水还是蓝宝石般的一池水，湛湛青天高悬，风和日丽。所不同的是，游人如织，万头攒动，边防武警维持秩序，请排着长队上观景平台看天池，想立此存照也难独处其景。几十米外倒有一片空旷地带，但界碑与红色带子警告你：不可逾越国境线。

西坡的开发仅10年左右，30多千米的上山公路等级高，1236级的木栈道宽敞平缓，直达天池观景台。小葛认为，东北人特信仰长白山，许多人是来天池朝拜的。我笑道：这么嘈杂的环境，怎能产生崇高的敬畏之心，朝拜很可能无效。我14年前的那回徒步上山，才叫朝拜。确实，这些年，著名景区旅游设施不断改善，游客量不断增加，自然是发展的趋势，但不全是好事。难就难在如何把握好保护与开发的关系。

西坡另外有两处新开发的景点，则给我们带来惊奇和欣喜。

锦江大峡谷的发现源于一场灾害。1985年的一场飓风横扫西坡原始森林，一棵棵参天大树被连根拔起。灾后，林场工人清理现场时，意外地发现了一条隐藏在密林中的大峡谷。原来大峡谷是火山爆发时期形成的地裂带，有60千米长，最宽处300多米，最窄处只有几米，垂直深度150米左右。因峡谷位于锦江源头，故以其命名。

新修的木栈道蜿蜒于峡谷两岸，时隐时现，十分谐调。两岸怪石林立，肖像肖物。火山熔岩斧削刀劈，壮观威武。树木笔直粗壮，谷底江水奔流。盛夏的阳光，被挡在森林之上，谷涧吹来甜丝丝的凉意，沁人心脾。小葛认为我们的大峡谷可与美国科罗拉多大峡谷媲美。此言虽有些夸大其词，我认为，雄浑壮阔不如，奇崛瑰丽胜之。特别是长白山红松阔叶混交林，让你欣赏到一种立体之美、组合之美。一片原始森林就是一个世界。

我国目前保存较完整的红松林原始群落仅有两片，一处在小兴安岭，一处即在此。

长白山不愧有“绿色宝库”的称号，植被太丰富了。“空中花园”大概是这些年新起的洋名字。当我踏入海拔1500米的草甸（应该叫“草海”）时，不知不觉行走3.5千米，来到一处名“王池”的小天池旁，诱惑我们不断行走的是广阔无垠的、齐腰高的、花枝招展的草海，或干脆叫花海。以白色的、大瓣的马尾莲花为主色调，金黄的、紫蓝的、粉红的小花相间，还不时有高高的、孤独的红松、冷杉为之站岗，蓝天白云，湖水荡漾，让你陶然忘返。

晚餐的食材大都来自森林之中，有一种菌类名叫猪唇菇，状如猪唇，滑润可口，但有微毒，浅尝辄止，吃多了嘴唇会肿如猪唇。许多汤都加入人参，整条整条的。抚松是“中国人参之乡”，人参产量占全国40%。晚餐后我请小葛带我们去见识怎么种人参。吉林人种人参就像种大棚菜。一畦地2米宽、3米长算一丈，今年价格好，一斤烘干的人参可售价200元，一丈地可收入600元。前几年可惨啦，一斤人参50元，还不如种萝卜，因为人参需种5年才收成。县里每年开展评选“参王”活动，“参王”最大一株一斤多。过去流传着“关东三件宝，人参、貂皮、乌拉草”，长白山盛产的人参是“三宝”之首。

长白山归来，我对妻说：康熙大帝当年封禁长白山，现在看对保护生态是个好办法。就如20世纪中期，美国科学家缪尔劝告罗斯福总统，能否把一些地方封禁起来，不去开发，为了审美的需求和子孙后代利益着想。估计缪尔是向康熙大帝学的。

妻笑道：这个想法很自私，因为你去过了。

2011年底

中朝边境看集安

鸭绿江中下游有一段203千米长的中朝边境，西岸是吉林省的集安市，东岸是朝鲜的满浦市。西岸山峦起伏层林叠翠，植被十分之好；东岸同样山峦起伏，但却荒山连片，且垦复得斑驳陆离。这是我与妻乘着快艇，溯流而上，所领略的满眼风光。时间为2011年夏季。

集安市政府办科员小夏介绍，30多年前，东岸也是林木茂密、青翠欲滴。有一段时间朝鲜闹饥荒，为防止饥民偷渡，金领导下令把岸边森林砍伐殆尽，予以开垦，备战备荒。于是，同样的山形地貌就有了迥异的外表。

那天，我们乘快艇贴着东岸缓行，清晰地看到岸边沿水面三四米高的简易小路，每隔百来米就有一个石头垒砌的碉堡。有趣的是，许多碉堡上方都摆放一个玩具，如陶瓷烧制的熊猫、老虎之类，让你怎么也感觉不出紧张的军事氛围。有一位赤膊挥锄的小伙子，在修缮小路，身旁还围绕着五六只咩咩欢快的小山羊。我们朝他挥挥手，他冲我们笑一笑。那是朝鲜边防军，抓革命促生产呢。据说养的羊要全数上交的，纪律严明。

小路上方是一条沿江公路，穿梭不息的拖拉机、摩托车、自行车，男女老少在飞扬的尘土中和我们频频挥手，表现出友好与快乐。

鸭绿江上有许多沙洲和岛屿，统统属于朝鲜。据说当年中朝两国如何明确界河时，聪明的金日成向我们提出这个要求，周总理以大局为重，一口答应。那天，我们站在江边的石栏杆前，俯瞰一个上千亩的沙洲种满绿油油的玉米，距离岸边就隔着一条二三十米的支流。玉米地当然是朝鲜国土，尽管沙洲的另一边是宽广江面，水流滔滔。我十分纳闷并自作聪明地说，当年应该以鸭绿江主流为界，明确江中洲岛的归属，如是那样，玉米地就成了我们的一个风景度假区了。妻笑道：还是周总理高瞻远瞩，生态玉米地多好啊！如划给我们，又成了一片高楼林立密密匝匝惨不忍睹的商品房了。

距市区 7000 千米处，横跨着一座鸭绿江国境铁路大桥。它是连接中朝的 3 条铁路通道之一。抗美援朝期间，承担着志愿军渡江和后勤供应重任，先后有 42 万大军、17.2 万随军担架人员和难以计数的军用物资由此入朝，而仅从这里运回的伤员就达 18.2 万人。

如今，站在当年留下的桥头碉堡上，触摸着累累弹痕，自然会想起那段激情燃烧的岁月：北国冰天雪地，敌机蜂拥而至，炸弹倾泻而下，江面数丈水柱，战士饮弹江中……天上是火，水中是血，铁桥炸了就修，再炸再修，英雄儿女们用血肉修筑起“打不垮、炸不断”的钢铁运输线……那场战争，仅集安儿女就有 200 多人长眠在对岸的三千里江山。

战争结束后，蜿蜒数百里的鸭绿江就成了中朝两国人民友谊的纽带，集安境内的云峰发电站和老虎哨发电站就是中朝两国合资兴建、共同受益的界江上的两座梯级电站。云峰发电站 1959 年动工，1967 年建成，共 4 台机组，装机容量 40 万千瓦，厂房在中国境内，运行管理由中方负责。大坝则由朝方负责设计施工，坝高 113 米，长 828 米，巍巍大坝锁住碧绿江水，形成了水面 102 平方千米的人工湖。老虎哨发电站 1978 年开工，1988 年总装机 39 万千瓦的 6 台机组全部投产，由朝方负责运行管理，55 米高、623 米长的大坝也蓄起了水面 39 平方千米的人工湖。两个湖泊四季可人，都成了国家级水利风景区。那日我们乘汽艇游老虎哨湖，极目蓝天白云，水色天光，烟波浩渺，沿途一弯数景，百转迂回，极尽韵味。更使人高兴的是，中朝两船水面相遇，大家相视而笑，挥手致意。

集安还是世界文化遗产地，厚重的历史与朝鲜半岛息息相关。2004年7月1日，被列入《世界遗产名录》的是高句丽王城、王陵和贵族墓葬计42处遗迹。据史料记载，从公元3年，高句丽第二代王琉璃明王迁都到集安的国内城，共历王19位，集安在425年中一直成为高句丽政治、经济、文化中心。公元427年，第二十代长寿王迁都朝鲜平壤后，集安还有239年的陪都历程。令人深思的是，长寿王逝世后仍回葬集安。1500多年过去了，俗称“将军坟”的王陵仍保存尚好，为方坛状，用精雕细琢的花岗岩砌筑，1100块巨型条石垒砌边缘，墓底单边长31米，底面积960平方米，呈梯形状，墓高13米多，难怪号称“东方金字塔”。仰望王陵，让你惊叹它的气派。而距不远处的太王陵，即十九代王的陵墓，虽然巨型条石已损坏散失，但仅从小山一样“土金字塔”遗迹，可一窥当年的壮观远甚于他儿子的王陵。

有“海东第一碑”之称的好太王碑十分奇特，是由一块天然的角砾凝灰岩石柱稍加修琢而成，高6米多，略成方柱形，边宽1至2米不等，四面环刻碑文，字体在隶楷之间，1775字，字大如掌，是长寿王为纪念其父而刻的。此碑文是研究高句丽的重要资料，是中华民族碑刻艺术宝库中不可多得珍品。郭沫若先生对它十分呵护，40多年前，他因病未能如约莅临集安，曾以诗作遥寄思念：“远远未能到集安，好太王碑无恙否？”

有“东北敦煌”之称的高句丽贵族墓葬群以壁画而闻名，中国书法家协会原主席沈鹏参观后题七绝一首：“墓室画图溯隋唐，青龙白虎绕房梁。伽耶琴韵扬久远，落入滔滔鸭绿江。”近百座的古墓中现有26座保存尚好，可供参观。

那天，我们游览这几处世遗景点，不时与一批二三十人的团队相遇。他们男女老少都十分虔诚地朝拜这些古迹，原来是来自韩国的旅行团，暑期专门带儿女们来寻根问祖的。小夏告诉我们，这些年韩国游客越来越多，在他们眼中，长白山是神山，集安是圣地。但朝鲜游客极少，真希望他们也多来走走。

那天晚上，我们在市区的朝鲜酒店妙香楼就餐，吃的是地道的朝鲜泡菜、打糕、冷面、杂烩江鱼，风味十足。饮了一瓶 30 度的朝鲜白酒，却淡然无味。但朝鲜歌舞特色鲜明。20 多名朝鲜姑娘，身着蓝白相间的学生裙，胸佩镶有朝鲜国旗和本人姓名的卡片，讲一口标准汉语，身材高挑，端庄雅致。她们先是做餐厅服务员，等酒过三巡，陆续换上朝鲜族裙装，登台表演。中朝歌舞各占一半，最后一个节目歌颂金领导。艺术水平相当高。

这些姑娘是经过严格选拔来的，综合素质高，工作三年一轮换，每月工资人民币 1200 元，回国后都成富婆了，因为据说她们州长月工资才 200 元。

第二天清晨，我们徜徉在鸭绿江畔的市民广场，伫立壮美的防洪堤上，凭栏眺望，异国山川村落尽收眼底；俯首看水，几十米远的朝方江岛又撞入眼帘，仿佛触手可及。碧绿的鸭绿江水，在清朦雾岚山墨中，尽显着依恋与温柔，似乎呢喃着 60 多年前的往事。

2010 年秋

狼牙山之旅

狼牙山五壮士是吾辈少年时代的偶像。那一代少先队员共同记住了同名电影画面：硝烟滚滚，伤痕累累，弹尽粮绝，战旗不倒，面对蜂拥而至的日军，五壮士大义凛然，高呼“打倒日本侵略者”“中国共产党万岁”，纵身跃下万丈悬崖。这个惊天地泣鬼神的悲壮场面，永远定格在一代人的心中。于今40多年过去，吾辈终于有机会拜谒雄奇之山，凭吊壮烈之士。

远眺狼牙山，想起成语“犬牙交错”，心想真应该改为“狼牙交错”。这便是对狼牙山最贴切的比喻。

沿路有一幅大型广告，画面满山遍野红彤彤的柿子，上书2010年10月1日到11月15日为狼牙山首届柿子节。导游姑娘小赵笑容可掬，补充：今年4月份举办了山花节，当时满山遍野都是粉红色的山桃花和粉白色的山杏花，可漂亮啦。狼牙山春天山花浪漫，秋天金色灿烂，夏天翠绿可滴，冬天银装素裹，你们此时进山，寒冬未雪，最不是季节了。我笑答：我们来得正是季节，你看万木肃杀，一派肃穆，不正是“风萧萧兮易水寒，壮士一去不复还”的意境吗？

因天色不早，小赵建议乘缆车。我们在缆车上俯瞰，沿登山石道而上的两旁峡谷，被整理成一级一级的梯田。原来山上有一股泉水，雨季时顺峡谷流下，可形成几处天然瀑布。这些年泉水越来越少，去年搞了这个大工程，计划蓄水与抽水上山相结合，让梯田都蓄满水，形成一个人工梯级瀑布群，让狼牙山景色雄奇兼秀美。

狼牙山不仅是红色之山，还是自古名山。早在2000多年前的战国时期，“狼山竞秀”就是“燕国十景”之一。我起初对小赵的介绍有些将信将疑，但看到棋盘坨一株2800年的桧柏时，就服气了。古树高不过七八米，树干两人即可合围，奇特的是树干离地二尺后，分为五株朝四面倾斜30度生长，之上更是丫丫杈杈，密密匝匝，成巨伞状。那厚重苍劲、黛绿英勃之势，似乎形成一个不可抗拒的磁场，令你肃然起敬，不禁联想，五壮士莫非是五株树干的化身，是上苍派来抗敌的。

古柏旁有一块天然巨石，四四方方的棋盘石，传说是当年孙膑与其师王禅老祖下棋的地方。1941年9月25日，五壮士为掩护主力部队和地方干部群众突围，就在此伏击日寇2500之众，激战5个多小时，打退4次冲锋，歼敌100多人。

从棋盘坨还需登1000级石阶，才可“会当凌绝顶”，到达海拔1105米的狼牙山主峰。1986年重建的纪念塔巍然矗立，又添加了16米海拔。聂荣臻元帅所题“狼牙山五勇士纪念塔”9个大字在夕阳下熠熠闪光。聂帅早在1941年10月18日，时任晋察冀军区司令员兼政委时，就和政治部主任舒同（也是大书法家），签署了训令，决定在烈士牺牲的地点建纪念碑，并命名为“狼牙山三烈士碑”，以纪念马宝玉、胡德林、胡福才三位烈士。而对跳崖死里逃生的葛振林、宋学义二同志，除通令嘉奖外，各赠“模范青年”奖章一枚。

1959年在三烈士纪念碑处重建，更名为“狼牙山五勇士纪念塔”，聂帅题词“视死如归本革命军人应有精神，宁死不屈乃燕赵英雄光荣传统”。1986年再次重建，并被国务院确定为全国重点烈士纪念建筑物。2009年9月，“狼牙山五壮士”被选入“100位为新中国成立作出突出贡献的英雄模范”之列。20世纪六七十年代，葛振林和宋学义都受到毛泽东主席的接见，宋学义还是中共九大代表，在毛主席家中做过客。他在“文革”中受过冲击，1971年53岁去世。葛振林活到88岁，在抗战胜利60周年之际去世，聂帅女儿聂力中将为之送来挽幛。

伫立莲花峰顶极目远眺，狼牙山五坨三十六峰尽收眼底，层层叠叠，石林耸立，起伏跌宕，峰外有峰。小赵指着对面一处建有纪念亭的山峰，说那就是五壮士跳崖的地点。当年，几百名日军冲上崖顶，发现与之激战一日的对手只有五名八路军，当着他们的面，慷慨跳崖，惊诧之余，在悬崖上排成队列，面对跳崖处三度折腰致敬。小赵去年为一位在第一汽车制造厂工作的日本人导游，当时因羊肠小道修缮，到五壮士跳崖处的景点封闭，但那客人不听劝阻，坚持前往，在跳崖处也恭恭敬敬三鞠躬。那个日本客人一路只听翻译讲解，自始至终一言不发。于小赵至今还是个谜。

我对日本人历来没有好感，听了小赵讲的这两件事，这种没有好感的感觉似乎淡了一二分。看来崇敬英雄是人类共性，包括作恶多端的日本侵略者。

2010年10月

正定有力量

昨晚突然发现，祖国所有的省会城市都拜访过，唯独石家庄没有。虽然二十年前驱车从北京南下安阳，经过石家庄，顺路拜谒白求恩纪念碑（白求恩公园内）。但没有住一晚，不算数。

石家庄的地位确实有点尴尬，京、津两大城市与它咫尺之间，所以大家公干也好，旅游也好，要去就去京津，去石家庄干吗？而且那个省会名字取得也太俗气，石姓家的一个村庄而已。

此行已到邯郸，北上必经石家庄，必须补上这一课。晚上查阅石家庄旅游排榜，第1名西柏坡，第2名正定古城……10名之内石家庄城区一个也没有。正定古城与石家庄市区隔河相望。我们决定还是投宿正定古城。有点不够意思，再次与石家庄擦肩而过。

我们对正定印象很好。从下午2点半游览至晚上9点半，走了隆兴寺、荣国府、赵云庙，登上古城墙，徒步2公里，欣赏古城夜景，又到文化街夜宵。马不停蹄，走马观花，眼花缭乱，收获甚多。总感觉正定有力量。

信仰的力量

隆兴寺是全国首批重点文保单位，始建于隋开皇六年（586），因寺内供奉一尊高达21.3米的铜铸千手观音像而闻名。隆兴寺院规模宏大，占地面积达 8 万多平方米，建筑高低错落，气势磅礴。踏入寺院，确实给人以庄严佛国的感受。特别是几株千年槐树，铜身铁枝，老而弥坚，最能见证寺院悠久历史。

导游为我们讲解隆兴寺“六处全国之最”：

1. 北宋十字造型的摩尼殿。

2. 五彩悬塑观音，重塑于明嘉靖年间，被鲁迅先生称为“东方美神”。

3. 北宋转轮藏（藏经书轮架）。

4. 龙藏寺碑（刻立于隋开皇六年，我国最早的楷书碑刻）。

5. 千手千眼观音铜像，铸造于北宋开宝四年（971）。

6. 铜铸毗卢佛像。明万历皇帝为其母祝寿所铸。

有言道“一座正定城，半部佛教史”。

寺内有一屋辟为梁思成纪念室，室内悬挂着这位古建筑大师语录：“京外名刹当首推正定府隆兴寺”。

梁思成从 1933 年至 1952 年，4 次探访摩尼殿，称其建筑结构“重叠雄伟，可以算是艺臻极品，而在中国建筑里也是别开生面”。

梁大师赞叹的是古建筑工艺，而让我赞叹的是摩尼殿里 68 根高大的柱子，仰之弥高，抱之敬畏，据说皆是几百年树龄的楠木和红松，国之珍宝矣。

古人为一座寺庙倾注的聪明才智，让我感受到了信仰的力量。

文学的力量

荣国府是 1984 年根椐名著《红楼梦》的描述“金门玉户神仙府，桂殿兰宫妃子家”，予以严格设计和建造的，含府与街两部分，完全是一座仿古建筑群。1984 年 12 月破土动工，1986 年 7 月落成开放。占地 55 亩，耗资 370 多万元。

今天参观荣国府，感觉太一般化了，好像没有什么好看头。但在

30 多年前，87 版电视剧《红楼梦》在此拍摄了两个月，其中的“元妃省亲”“秦可卿出殡”重场戏均在这里拍摄完成。荣国府后来就成了著名的影视基地，拍了《雪山飞狐》《康熙王朝》等 200 多部影视剧，而且极大带动了正定旅游业发展，开创了全国旅游业的“正定模式”。

时任正定县委书记才 31 岁，年轻有为。“荣国府”的横空出世，他是决策者，坊间至今流传着他“跑项目”的逸闻轶事。

三国蜀国名将赵云是正定人，正定古称常山真定，“常山赵子龙”名号即源于此。毛泽东 1958 年 10 月在天津接见中共正定县委书记时说：“正定是个好地方，那里出了个赵子龙。”为了纪念赵云，正定人民曾四次为其修庙。现存的赵云庙是 1996 年在旧庙遗址上重修的。门前广场上有赵云长坂坡救阿斗的雕像，再现了“血染征袍透甲红，当阳谁敢与争锋；古来冲阵扶危主，只有常山赵子龙”的长坂坡雄风。

据说有人做过统计，让读过《三国演义》的人，指定自己最喜欢的一位人物。结果赵子龙得票最高。所以，读者最喜欢的赵子龙，是来自《三国演义》的文学形象。《荣国府》影视基地带动旅游的成功模式，赵云庙成了正定旅游的打卡点，我以为，皆要归功于文学的力量。

文物的力量

正定古城墙于 2013 年被国务院公布为重点文保单位。

正定古城墙始建于北周，唐朝扩建，明正统十四年（1449）扩建为周长 24 华里、高 10 米、上宽 6 米的土城。隆庆五年（1571）改为砖城。2013 年至 2017 年，当地政府投资 2.3 亿元实施保护修缮。

今天适逢周末，酒店服务员极力推荐我们登古城墙看夜景。果然不虚此行，发现正定夜晚当之无愧的“人气王”，是漫步高高的古城墙之上，一边俯视波光粼粼的护城河蜿蜒在城墙脚下，一边眺望古城、古寺、古塔在灯光照耀下流光溢彩。

这是我许多年前夜登西安古城墙之后，感觉最好的古城墙了。而且，置身于熙熙攘攘的人群中，你会发现，不论是外地游客，还是本地市民，都其乐融融。

这无疑是文物的力量。

当然，来到正定，你会在广场的大视屏里，在古城楼的宣传栏里，在荣国府、赵云庙等景点的简介里，看到30多年前，那位年轻的县委书记后来又几次回到正定的身影。

这即是领导的力量。

2022年夏

成语之都邯郸市

8点出发，驱车5000米到中国文字博物馆参观。该馆2009年才建成开馆，被评定为第四批国家一级博物馆，江泽民为之题馆名。该馆建筑以现代元素和殷商宫廷风韵相结合，特色鲜明，堪为南阳新地标。我们来早了，9点才开门，不想干等50分钟，与宏伟建筑合照存念，便驱车前往邯郸市，车程才70多千米。

邯郸是国家历史文化名城，当年曾为赵国国都，现在的城市文化标识8个字：“成语之都，太极之乡。”

吾辈少年时就知道邯郸，想来应该归功于老师在课堂上讲解“邯郸学步”成语。说：赵国都城邯郸人，擅长行走，不仅步子轻快，而且姿态也非常优美。燕国寿陵有个少年，千里迢迢来到邯郸，一心学习邯郸人走路姿势。结果，他不但没有学到赵国人走路的样子，而且把自身原来走路的步子也忘记了，最后只好爬着回去。

这个成语的道理是提醒人们，不能一味地模仿别人，如果那样，不仅学不到本事，反而把原来的本事也丢了。

这个成语故事影响大、流传广，连唐朝诗人李白都笑嘻嘻写下“寿陵失本步，笑煞邯郸人”的诗句。

其实这个成语故事运用了极度夸张的手法，因为连小学生都不相信，即使学不会别人优美的走路姿势，怎么可能连自己走路的步子都忘了，只能爬着回去？于是课堂出现了嘻嘻哈哈的热闹场面，也因此记住了这个成语发生的地点和寓意。

后来，燕人观察学习邯郸人走路的那座桥被叫作“学步桥”。学步桥历经2000多年岁月沧桑，兴废更迭，至今横跨在沁河之上的是明万历年间建的石拱桥，1987年重修。沿河两岸被开辟为学步桥广场和成语广场。

“邯郸学步”的石雕矗立桥头，那夸张、幽默的形象，让人一睹忍俊不禁。

发现学步桥不远处是罗敷公园，沿着指示牌进园逛逛。罗敷是赵国的大美女，一首汉乐府《陌上桑》使她名垂千古。记得当年上古典文学课，穆老师喜欢强调其中几句诗：“行者见罗敷，下担捋髭须，少年见罗敷，脱帽著帩巾。耕者忘其犁，锄者忘其锄，来归相怨怒，但坐观罗敷。”意思是，走路的老年人看见罗敷，放下担子捋着胡子注视她；年轻人看见罗敷，忍不住脱帽重整头巾，希望引起她的注意；耕地的人忘记了自己在犁地，锄地的人忘记了自己在锄地，以至于农活都没干完，回来后相互埋怨，只是因为光顾着看罗敷的美貌。

穆老师说，这是无中生有的侧面描写技法，写周围的人为罗敷所吸引的神态，从虚处落笔让读者感觉罗敷太美了。西方传统也有这种间接描写的手法，最著名的莫过于《荷马史诗》里写海伦，说：特洛伊城为了海伦，被希腊人围城十年，民不聊生。大臣们规劝皇帝，不要为一个女人，继续穷兵黩武、涂炭生灵。此时海伦出现了，她的绝世美貌顷刻间倾倒了所有大臣，于是大家众口一词：帝国为这么美丽的女人打了十年仗，值得！

生活需要浪漫主义。

有趣的是，《陌上桑》诗句“罗敷自有夫”成为一句成语，意思是：这个美女已经名花有主了。而“使君自有妇，罗敷自有夫”两句诗打个谜语，谜底“男婚女嫁”，也是成语。

邯郸不愧是个“成语之都”。据专家统计，与邯郸有关的成语典故共有 1584 条。2005 年 10 月 26 日，中国文联和中国民间文艺家协会授予邯郸市“中国成语典故之都”称号。

驱车进入邯郸市区，远远就望见环岛上高高矗立的“胡服骑射”雕塑；漫步街头巷尾，随处可见成语典故：价值连城、负荆请罪、完璧归赵、毛遂自荐、西施效颦、鹬蚌相争……

现在各地都宣传自己的“十大旅游景点”，邯郸名列第一，第二名的是娲皇宫和广府古城。娲皇宫在涉县，距市区 110 多千米，而广府古城距离市区约 20 千米，又是“太极之乡”发源地，我们决定舍远求近。

导游李大姐把广府古城与平遥古城相提并论，说：两座古城的城墙一样长，都 4000 米多，也一样完整、雄伟、年代久远，但不同的是，广府古城四周是宽阔的护城河，河水连接着 4.6 万亩的永年洼湿地，形成独一无二的北国水城。

确实如此。李大姐导游兼司机，开着电瓶车绕行护城河一圈，让我俩眺望古老城墙的倒影荡漾在清澈水波之中，我们唯有啧啧赞叹不已。

古城街巷纵横，生活气息浓郁。有趣的是，两条最宽的街道，呈十字形交叉，商铺皆开在东西走向的街道，而南北走向的街道，却没有一间商铺。李大姐说，这是古城的传统，因为商铺是卖东西的，只能开在东西街。

这个传统，闻所未闻，大概是广府古城的专利。

武家大院值得一看。它为北方传统的四进三落大型官宅，清朝建筑。大门横匾写着“广郡三武”，即武澄清、武汝清、武河清弟兄三人。院内存有清同治皇帝敕封武澄清夫妇的圣旨碑，光绪皇帝赠武汝清的“望重乡闾”匾额，表彰武汝清开启了太极拳传播海内外的篇章。三兄弟皆为武氏太极拳创始人之一。

古城外的弘济桥，为全国重点文物保护单位，当地人说它可与赵州桥相媲美。弘济桥横跨在滏河上，单孔双敞肩石拱桥。始建于何时无考，但记载有明万历年间重修。只见一块块青石被岁月侵蚀得斑驳沧桑，让你踏上桥面有点心疼。

桥头有长廊，廊柱上挂着几块木牌，关于弘济桥文化小贴士，有毛遂自荐治理滏阳河故事（看来“毛遂自荐”还不止一次），有老舍先生写的《邯郸弘济桥》散文，且摘录一段：

> 令我感到震惊的是，我在邯郸市永年县看到了一座宛如赵州桥的姊妹桥，它叫“弘济桥”。此桥已默默无闻地耸立滏阳河上大约1400年。前几年，在评定为全国重点文物保护单位之前，居然还在通行走车，状态极佳，相当完好，神气十足，令人赞叹和叫绝。

2022年夏

商丘看古城

终于逃离了高温之地，从固始北上约 300 千米至商丘，气温便降低 4 摄氏度。

现在的导航越来越好，经常有几条线路可供选择。今天选择走一段县道，八点半出固始城，沿着灌河畔行车，与河流一起穿越村庄、田园、果树、鱼塘，满眼风光。淮河平原一马平川，人口稠密，生活气息浓郁。

驱车 50 千米之后上高速。高速路上自驾的缺点是，像被架空一样，看风景不够接地气，不如老公路贴近生活。

商丘是国家历史文化名城，又是国家旅游城市，入城口环岛矗立的城标很醒目，让我马上降低车速，不错过欣赏，雕塑是：几股熊熊火焰托起高高的马踏飞燕，红色托起金色，壮丽辉煌。

商丘标榜是火的发源地。燧皇陵现为河南省级文物保护单位，就在城内。据专家考证，燧人氏是中华民族始祖，位列“三皇”之首。他研究制定了中国第一部历法，确立了商丘为天地之中。商丘多次作为全国性活动的取火之地。如 1992 年 4 月 12 日，国际旅游观光年“黄河之旅”首游式点火仪式在此举行；又如全国十运会 3 个取火点，商丘与北京、南京并列。

商丘古文化旅游区范围很大，围绕着整个商丘古城。我以为，它试图让历史文物遗产与规模宏大的仿古人造景观相结合。但这样的结合，给人感觉有点怪诞，不知道列入成功案例否？

阏伯台又名“火星台”，距今有4000多年历史。帝尧时期，阏伯封于商，任火正，专司祭祀大火星，以大火星的运行计时节、定历法。因此，阏伯台被中国天文学会认定为中国最早天文台。大火星又名“商星”，商丘因此得名。阏伯之后六世，王亥继承火正之职，他发明了牛车而驯牛，供人使役，并率队用牛车拉着货物，到各诸侯国以物易物，促进了商品交换，推动了经贸发展。诸侯各国臣民亲切地称他们为“商人”，“商人”这一名词便源于此。因此后人称王亥为商人的祖先。

而今，古老的阏伯台前面，拔地而起一座“三商之源，华商之都”的文化园。王亥的巨型铜像矗立广场中央，基座上刻着“华商始祖”。园中有商祖殿、华商名人馆等宏大建筑。2006年始，一年一度的中国·商丘国际华商文化节在这里举办，规模甚大，一般都有一位全国政协副主席参加。

这就是所谓的“文化搭台，经贸唱戏”。

我还是喜欢古城墙，它最能经受岁月考验、最有资格称“文物”。商丘古城始建于明正德六年（1511），距今近500年光阴。1996年被评为全国重点文物保护单位。它的模样与山东聊城的古城十分相似，都是四周有宽阔水面的水上城。据说商丘古城形如古铜钱，外圆内方，93条街道形如棋盘。但现在除了古城墙，城内的房子似乎都太新了，明显缺少了古城墙的沧桑感。

天主堂应该有一两百年历史，让人看得很顺眼，只是天主堂前不知为何嵌一副对联：“到此休为门外客，劝君须作个中人。”似乎有点不伦不类。刚好遇上一对新人拍婚纱照，新人与西派建筑背景挺和谐。

壮悔堂值得一看，因为这座老房子有故事。

20世纪60年代，有部电影《桃花扇》，冯喆扮演风流才子侯方域（字朝宗），王丹凤扮演秦淮名妓李香君，曾经风靡一时。电影故事发生在明朝末年，侯朝宗与李香君邂逅在风雨飘摇的金陵城，郎才女貌，一见钟情，彼此倾心，定下终身。侯朝宗是明末文人组织复社领袖。清兵南下，侯朝宗往扬州投效史可法抗清，奸臣阮大铖逼迫香君修书劝朝宗归顺清朝，香君撞柱明志，血溅朝宗所赠纸扇上，辟疆把血迹画成桃花，以表香君节义。扬州城破，朝宗为保香君与自己性命，降清。当香君见朝宗一身清朝官服时，怒极，退还纸扇。朝宗得辟疆告知桃花扇始末，羞愧难当，无颜再见香君。

最后，39 岁的侯方域形单影只返回家乡，感叹壮年悔恨之事甚多，于是将自己的书斋更名为“壮悔堂”。不久郁郁寡欢而病逝。

时有赠言：“事欲善其终，必先固其始。”意思是，做任何事情，若想得到好的结果，必须从一开始就打好坚实基础。

2010 年，固始的华夏根亲文化园落成，大门由 6 根古朴厚重的汉阙组成，楹联镌刻 8 个镏金大字，即“欲善其终，必固其始”。

这座富有创意的大门让我萌生敬意，仰望许久，想起歌德的一句名言：建筑是凝固的音乐。

固始现在是个县级市，户籍人口 180 万，属河南信阳市代管。唐朝时的光州固始，于闽台人来说，意义重大。据统计，60% 的闽人祖先，都来自固始。许多闽人又去了台湾。据 1953 年台湾官方统计，100 个大姓中，有 63 个大姓祖先来自固始。所以，固始是名副其实的“闽台故里”。所以，有寻根问祖情结的闽台人，都应该来固始，来华夏根亲文化园徜徉一番。虽然吾辈唐氏祖先，并不属于 60% 范围内，而是来自山西，宗祠在晋祠里，但我作为闽人，还是饶有兴致地重温固始与八闽这段悠久历史：

固始历史上 4 次移民到福建：

第一次是晋朝时期“永嘉之乱”——八姓入闽，八姓为林、陈、黄、郑、詹、邱、何、胡。

第二次唐高宗时期，陈政、陈元光父子入闽，率 84 姓。

第三次唐末五代时期，三王（王潮、王审知、王审邦）入闽，率 50 姓。

第四次北宋末年，宋元时期。

展馆重点突出开漳王陈元光和闽王王审知两位领军人物的生平事迹，开疆拓闽的丰功伟绩以及泽被后世的深远影响。

华夏根亲文化园占地约 1000 亩，沿着一条河流（郑小河）呈扇状分布，依水而建，布局甚好。

以根亲坛为中心，坛体由 3 炷天香围合而成，基座为 5 层圆形宝塔姓氏林，坛体内部为姓氏寻根馆。

根亲阁为仿唐建筑，仿固始老建筑玉皇阁造型，颇为气派。

还有开闽三王纪念馆、九曲同源桥、同脉桥、思乡许愿林，等等。

2010 年至今，固始已经连续在根亲园成功举办 8 届“唐人故里闽台祖地”中原（固始）根亲文化节。全国政协、国台办、中国侨联、全国台联、海协会对此充分肯定。央视《闽台祖地——中国固始》3 集电视纪录片的播放，影响甚大。

我们顶着烈日，走一圈下来，虽然大汗淋漓，却也兴致盎然。

固始博物馆的造型庄重典雅，为“四门敞开式”设计，体现固始开放包容、根连四海的人文精神。我俩来访之时，已是夕阳西下，博物馆关门谢客了，只能在门前留影为念，甚感遗憾。

返程途中，发现有个大楼盘，名曰“金源小区”。我俩判断是福建那位著名企业家的项目。因为起先参观展馆时，看见一张相片，有这位企业家为固始筹建黄氏宗祠慷慨解囊。

晚上我俩在酒店做泡脚按摩，技师大姐一听我俩口音就说：福建老乡好。大姐自报家门，姓陈，乃固始第一大姓。我说福建“陈林半天下”。她说固始也一样。大姐自始至终夸奖福建人好。说前些年，她在固始认识了一个姓陈的漳州老板，跟他去广州、惠州当售楼大嫂，效益挺好的。2020年遇上疫情，老板干脆包一辆车，把售楼部十多个员工都拉到漳州过年。老板对员工很大方、很好。可惜他的公司不景气了，她只好回乡了。

我俩与大姐说：“谢谢，再见。”大姐笑答：“你们在固始，只要说是福建人，肯定最受欢迎。”

2022年夏

安阳两位大将军

8点从商丘出发，导航安阳世贸美居酒店316千米。越往北走，气温下降越快。到濮阳休息区，迎来一场中雨，气温降至23摄氏度，透着凉意。我们已经逐渐逃离溽暑了。

安阳位于河南最北端，名列“中国八大古都”之首，是甲骨文的故乡、周易的发祥地，还是岳飞故里与红旗渠精神诞生地（汤阴、林州皆属安阳市所辖）。20年前，我曾造访过，妻则第一次莅临。

到安阳，看世界文化遗产（AAAAA级旅游景区）殷墟，是必须的。这里有中国最早的都城遗址（商代，公元前1300年）、中国最早的科学体系文字甲骨文、中国最早的车马坑遗迹、中国最早的女将军妇好墓葬、世界上已出土的最大的青铜器后母戊鼎。

导游介绍，最早都城、最早文字、最大青铜器，三大要素构筑了殷墟的地位。

考虑到气候凉爽，华住会连锁的美居酒店起居舒适，我决定在安阳逗留两日，走走看看，休整休整。

安阳景点众多，传统文化氛围浓厚，历史著名人物甚多，但我印象深刻的是两个大将军——女大将军和男大将军。

国人家喻户晓的女将军是花木兰与穆桂英，其实她们皆属民间传说。中国历史上有据可考（甲骨文）的第一位女将军是商朝的妇好，她是商王武丁的妻子。1976 年，妇好墓在安阳殷墟发现，出土的大量甲骨文卜辞表明，在武丁对周边方国、部族的一系列战争中，妇好多次受命代商王征集兵员，屡任军将征战沙场。曾统兵 1.3 万人攻羌方，俘获大批羌人，成为武丁时期一次征战率兵最多的将军。在对巴方作战中，妇好布阵设伏，围而歼之，是为中国战争史上记载最早的伏击战。“国之大事，在祀与戎。”妇好还经常受命主持祭天、祭先祖、祭神泉等各类祭典，又任占卜之官，为武丁统治集团的重要成员。妇好先于武丁去世，被追谥曰“辛”，后人尊称“母辛”。

有的景区请导游很有必要，可以让他们讲讲书面资料之外的逸闻与八卦。比如，妇好将军的雕像既英姿飒爽，又漂亮性感。我问导游：有依据吗？答：有依据。专家是根据出土文物和甲骨文记载，描绘出妇好的容貌、体型的，妇好身高 1.73 米。这足以让游客大吃一惊。妇好的颜值与身材，就是在今天，也可以上 T 型台当模特了。

岳飞的故事于吾辈这一代人来说，从小耳熟能详。就像宋岳忠武王庙里陈列馆序言的一段话:“看到孩子们写的‘精忠报国’,他有感而发，说：我从小就受这四个字影响。四五岁时妈妈买了小人书，给我讲‘精忠报国，岳母刺字’的故事，我说：‘刺字不疼啊？’妈妈说，虽然疼，但岳飞始终铭记在心。我记到现在。精忠报国，是我一生的目标。”

序言中的“他”，是位大领导。

吾辈当年与大领导一样，拥有这套小人书，爱不释手，因此还喜欢上用铅笔绘画小人书里的武将形象，画得最多的是岳飞、岳云、牛皋、韩世忠等。

我 20 年前来过岳飞庙，此番算是陪同妻来，原以为看半个小时足矣，想不到逗留了一个多小时，意犹未尽。因为 2014 年，当地将岳飞庙扩大许多，并建成一座岳飞文化藏品陈列馆。该馆藏品之丰富、档次之高，让我大开眼界。比如，有岳飞、海瑞、徐达、宋高宗亲笔手书，宋代器皿，岳飞传记类古书籍等；又如，展出了中华人民共和国百名将军书画等。我最感兴趣的是，藏品有民国时期发行的印着岳武穆头像的纸币、印着岳飞手书“还我河山”的税票，连连印发多版。还有烟标《岳飞传》，共36枚。还有中华人民共和国建立后至今的10多种岳飞庙门票，从民国至今的“岳母刺字”年画，等等。

岳飞文化藏品陈列馆是有生命力的。

2022年夏

微山湖上静悄悄

20世纪60年代的少先队员，都知道微山湖，因为都看过电影《铁道游击队》。吾辈那个年代不仅多次观看这部战斗片，也喜欢阅读它的同名小说。

辛丑芒种季节，我与妻在台儿庄住了一夜，次日驾车前往微山湖。一路上，两人争相回忆与评论《铁道游击队》电影情节：

飞虎队队长刘洪骑着高头大马，与火车赛跑，最终超过火车，惊险穿越火车头前的铁道线，赢得了打击日本鬼子的时间；

秦怡扮演芳林嫂既漂亮，又接地气，她将手榴弹扔向敌人，砸到汉奸脚后跟，却没有爆炸，因为紧急中忘了拉线；

飞虎队政委李正由冯喆扮演，他也是我们喜欢的演员，李正的温文尔雅、谋略过人与刘洪的勇猛顽强、粗犷率直形成性格互补，带领飞虎队屡建奇功；

不约而同，我俩最喜欢的角色是小波，那个在微山岛大槐树下弹起心爱的土琵琶，从此，“微山湖上静悄悄”的乐曲与画面，烙印般地深入心中。

微山湖水域面积1200多平方千米，相当于一个福鼎市的区域面积，号称北方最大的淡水湖，属鲁南微山县辖区。微山岛面积9平方千米，形状像一颗青螺，现为AAAA级风景区。

进岛必须乘船，自驾车可以驶上渡轮，航程约20分钟。5座以下的小车往返船票60元（含乘客），应该说不贵，况且山东对60岁以上游客免景区门票。我们伫立渡轮中间像龙门一样的高高船台，沐浴习习暖风，眺望茫茫湖水，心情无比愉悦。

登岛后驱车径往铁道游击队纪念园。纪念园正在大兴土木，搞“提升工程”，争取“七一”之前完工。我们踩着工地泥泞杂乱的路径，朝着纪念碑行进。纪念碑矗立在一个小山头，材料为白色花岗岩，其造型是一艘帆船，王震将军题词“铁道游击队纪念碑”，八个大字镶嵌在风帆上。船头有两尊青铜雕像，迎风伫立者为刘洪，坐着弹土琵琶的是小波。风帆之下还伫立一尊铜像，是一位双手持枪游击队员。春天季节，阳光明媚，远处是银光闪闪的壮阔湖面，我站在小波身旁，仿佛感觉脚下的帆船在缓缓前行。

观看纪念园效果图，入口大门采用两辆相向而开的火车头造型。为之喝彩，铁道线上火车与微山湖面帆船，相映生辉，这才是完整的铁道游击队的战斗生活。

驱车往湖岛的最西端，看一株300多年树龄的槐树，当年小波弹奏土琵琶时就坐在树下。老槐树依然郁郁葱葱，树下设一个小香炉，香火旺盛，还有一位老奶奶摆个摊位，出售微山湖特产。老奶奶极力推销一种嫩荷叶，剪得细细碎碎，装在食品袋中，三大袋十元，说是泡着喝，明目清肺降血脂，特别适合你们抽烟的人。我为了与老奶奶聊天，便买下。那天晚上喝了感觉挺好，干脆与老白茶一起泡着喝，清香沁脾，别有韵味。

老奶奶为我们惋惜，说：再迟一个月来就好了，那时到处都是荷花，可以乘着小船，穿行芦苇荡，去赏荷摘花。现在微山湖全面封湖，不能捕鱼，年轻人都出岛打工了，又不是旅游旺季，比较冷清。忽然看到几只动物，像羊又像狗，长得又壮又大，足有七八十斤。老奶奶说，它们就叫狗羊，是微山湖特产，可好吃啦，一斤生肉卖 90 元。

老奶奶指点我们去一家小酒店午餐。可惜没有狗羊肉，点了银鱼汤、红烧四鼻孔鲤鱼、藕芽与一张烧饼，全是湖鲜，口味甚佳，消费 130 元。虽是一张烧饼，却有小锅盖大，切成 10 块，吃了 2 块，打包 8 块。

芳林嫂故居也值得一看。它位于小李庄，有个四合院，而今门口还挂着“微山湖微影视拍摄基地”“红色微山湖英雄微山岛红色小院”“微山岛音乐民俗会创作基地”等牌匾。影视中的芳林嫂丈夫被鬼子杀害，她仇恨鬼子。刘洪负伤，住在芳林嫂家中养伤，这里便成了游击队领导集会的地方。芳林嫂对刘洪细心照料，两人渐渐相爱。这革命加爱情的故事，给影视刚硬雄浑的基调增添了一抹柔情。

到了微山湖才知道，它名称由来是因为赫赫有名的微子。微子名启，殷纣王的庶兄，纣王无道，微子屡谏不听，愤而出走，死后葬于微山岛。目鱼（字子鱼）是微子十七世孙，春秋时代著名军事家，他景仰先祖微子，死后也葬于此地。西汉张良墓也在微山岛（据说张良为防盗墓，一夜造墓 108 座，不知哪座为真墓）。所以“三贤墓”成为微山岛著名古迹。

微子文化园建设得恢宏壮丽，仿古道教建筑与高大树木错落有致、相得益彰。崇德阁（望湖塔）最为气派，这座阁塔交错的建筑物是微子文化园也是微山岛的地标。阁塔为 9 层，81.8 米高。可乘电梯上最高层，环栏四面，将微山岛尽收眼底。今日游客甚少，才 6 个人凭栏远眺。我们有幸遇上一个本地大哥，约四五十岁，自述在威海打工，回来过端午节，来登高望远。我们正惊叹微山岛的湿地太壮阔了，简直分不清哪是陆地哪是湿地哪是湖面。大哥告诉我们，微山岛有 10 万亩荷花，每至盛夏，湖面花团锦簇、荷香四溢。每年 8 月份，都要举办微山湖荷花艺术节。届时，佳朋云集，游湖赏荷，那可真正是“接天莲叶无穷碧，映日荷花别样红”的盛景，难怪旅游界人士发出“黄山归来不看岳，九寨沟归来不观水，微山岛归来不赏荷”的慨叹。

大哥还介绍，土琵琶又称“柳琴”，用柳木制作，四根弦，是本地的民间乐器。它曾经陪伴过铁道游击队，至今微山岛还有不少人弹奏。

一踏入微子文化园，喇叭就不停地播放电影与电视剧《铁道游击队》的主题曲，恰逢夕阳西下，更让你舍不得离开望湖塔，我们决定情景交融中体验一下“西边的太阳快要落山了，微山湖上静悄悄，鬼子的末日就要来到……”

返程途中，我们继续讨论，感觉到，任何一个政党与国家，都必须重视对青少年的教育。吾辈少年时期虽不知道台儿庄大捷，但铁道游队的抗战故事，与《平原游击队》《野火春风斗古城》《地道战》《地雷战》等电影以及《烈火金刚》《苦菜花》等小说，已耳熟能详，甚至刻骨铭心，它们即是抗战主旋律。虽然后来，随着改革开放与解放思想的深入，更能理性地思考抗战历史，但从感性上说，少年时期接受的知识已深入骨髓，就如家乡与母亲的味道，下意识里温暖的味道。

微山湖上静悄悄就是少年时期的味道。

2021 年夏

第四辑

中部

凤鸣岐山　绝世英才

3000年前的周公姬旦应该是中国的第一个大儒家，连孔子到晚年都叹息：“甚矣！吾衰也久矣！吾不复梦见周公。”意思是：我怎么这么衰运啊，很久没有再梦见周公了。所以岐山周公庙正殿前对联有这个意思：

自古勋劳推元圣，从来梦见有几人。

40多年弹指一挥间，终于有机会来到岐山县，拜谒位于八百里秦川西端的凤凰山下周公庙。

岐山周公庙，即《诗经》中的“卷阿”之地。相传当年周成王率文武群臣到卷阿宴歌游乐，周成王的叔父召康公当场赋诗一首，即后来载入《诗经》的名篇《卷阿》。诗中有“有卷者阿，飘风自南……凤凰鸣矣，于彼高冈；梧桐生矣，于彼朝阳”这样的名句，凤鸣岐山典故便由此而生，数千年为世人传诵，甚至影响到亚洲许多国家，特别是日本。据说日本战国时的名将织田信长仰慕中国西周时期的文治武功，便把日本井口取名“岐阜”。为纪念改名出师有名，20世纪80年代，日本岐阜市主动与我国陕西岐山县结为友好城市，从此两地交流频繁。400多年前日本富山县的高冈市命名，亦取“凤鸣高冈”之意。而后此地又成立诗社，名曰“凤鸣社”，其意更显。

我的同事谢君，岐山县人氏，此番同行。他自豪又失落地说，正是他们岐山人，在文王、武王和周公带领下，灭了无道的殷商王朝，但后来却把都城岐邑迁往长安丰都。如果不迁都，他们好歹也是皇城根的子民，弄得现在只好在进城公路两旁，搞个仿西周建筑的门塔，上面赫然刻着篆书“周”字。还好这里被认定为“青铜器之乡”，沿途到处摆放青铜大鼎的赝品。

“岐邑多圣迹。”唐开国元年（618），李渊迫不及待地大兴土木，在古卷阿修建周公庙。究其原因并不唐突，唐朝和周朝一样，前面都有一个荒淫无度、祸国殃民的皇帝，致使民不聊生、人心惶惶。李渊渴望大唐呈现西周一样的盛世，期盼有周公一样安邦定国的人才。

占地上百亩的周公庙，现存古建筑三十多座，成为西北著名的道教建筑群。周公庙前三株古树，其中两株唐柏、一株宋槐，都一千多年了，在春寒料峭蒙蒙细雨中更显沧桑。

正殿有一尊汉白玉周公雕像，着官帽官服，双手捧着《周礼》，温和谦逊。而县城入城口也立一尊周公塑像，更像一个慈眉善目和蔼可亲的老农民。我十分赞同这种形象塑造，许多叱咤风云的伟大人物本来就很少威风之气逼人，让人望而却步的。比如我们的周恩来总理，何等的儒雅与谦恭。

关于周公的典故，最著名的莫过于“一沐三握发，一饭三吐哺”，即忙得连洗个头发或吃顿饭，都要多次被前来求见的天下贤士和请示汇报的人打断，只好握着湿头发或把饭吐出来，急忙接待贤士和处理公务。于是“握发吐哺”就成了勤政为民的成语。

周公是周文王的儿子，他辅佐了父亲文王、兄长武王、侄儿成王三朝。特别是成王，13 岁登基，难控复杂局势，周公毅然为摄政王，3 年奋战，平定“三监之乱”，东征 7 个叛国，从根本消除了对新生政权的威胁；又实行大分封 71 个诸侯国，辅佐 7 年后还政于成王。周公可谓殚精竭虑，四海臣服！更难能可贵的是，周公还把自己的治国思想和方略著成《周礼》，凡邦国建制，政法文教，礼乐兵刑，赋税度支，膳食衣饰，寝庙车马，农商医卜，工艺制作，各种名物、典章、制度，无所不包。无疑成为后世王朝治国经典，当属中华文化瑰宝。在《周礼》治理下的西周是何等景象，我以为无须太多考证，闻一多先生一句话足矣：那个时代是“中国人歌唱的时代”。还有什么比全民放歌更为和谐的景象呢？

周公之后大约 1000 年，也毅然为摄政王的曹丞相，曾在赤壁之战前夕，踌躇满志，挑灯豪饮，横槊赋诗：“对酒当歌，人生几何？譬如朝露，去日苦多。慨当以慷，忧思难忘。何以解忧？唯有杜康……周公吐哺，天下归心。”虽然第二天，火烧赤壁，曹丞相大败而逃，但诗还是成为千古绝唱。特别是最后两句，比“握发吐哺”更为著名。我以为，曹丞相当年起码形式上是以周公为榜样，因为他至死也没颠覆汉朝。可见周公影响力之大。

正殿之后有两个配殿，一个是姜太公殿，一个是召公殿。前者就是大家都很熟悉的姜子牙，应该是仅次于周公的开国元勋。而召公，了解他的人不太多。成王时，召公担任太保兼司徒，即主管教化和司法。他奉行周公德政，经常下乡调研，常在一株甘棠树下听讼断案。他死后，人们不愿将这株树砍伐，并作《甘棠诗》来歌颂他。后世把“甘棠”作为仁政的象征。召公殿前的几株甘棠树在雨中更显得枝繁叶茂。看来事业兴荣，确实需要一批贤达豪杰帮衬，一个人能力再强，即使有三头六臂，也不能包打天下。配殿建于宋朝，说明古人观念还是充分肯定集体力量的。

正殿旁有一泉眼，唐宣宗李忱赐名“润德泉”。据说泉水数年一出，数年一涸；出时物阜年丰天下太平，涸时天旱无收社会不宁。我们走近石栏杆围成的泉池一看，干涸见底。谢君说多年不见泉水了。我心想，这些年岐山县的领导们压力可不小，我都替他们着急。

周公庙后方有个玄武玉像洞，洞内是一整块黑白相间的石头，奇特的是当中有一块一米见方洁白的汉白玉，唐朝雕成的玄武帝，披发无冠，赤足戎装，脚踏龟蛇，持剑而坐。说是摸摸他可治百病，自己身上哪儿不舒服就摸石像那儿。当然大家都乐得一试。石像被摸了 1000 多年，通体圆润发亮、光彩照人。

走完周公庙可上凤凰山。这些年岐山县投资 1000 多万元开发建设凤凰山公园，导游介绍有许多文化古迹和自然风光甚好。由于我们要赶着去五丈原看武侯庙，只好忍痛割爱。

诸葛孔明与周公姬旦十分相似。我想诸葛亮应该是从形式到内容都以周公为楷模的，虽然史学界把他列入法家行列，但我始终认为他也是一位大儒。刘备白帝城托孤后，孔明就是蜀国当然的摄政王，他的“鞠躬尽瘁，死而后已”精神与周公一脉相承，同是“万古云霄一羽毛”。只是孔明与孔子一样衰运，而且衰得多了。北伐攻魏的“六出祁山”，从一出祁山就因错用马谡而痛失街亭。司马懿兵临城下，只好上演空城计。直到五出祁山，每次都是无功而返，或功败垂成。五丈原之战即六出祁山，可以说是孔明对抗衰运的最后一战。此次一出征，大将关兴病亡，孔明“放声大哭，昏倒于地”。接着精心布局，困住司马懿“火烧葫芦峪”。胜利在望，岂料一场大雨救了敌军。于是司马懿畏蜀如虎，高筑营垒，高挂免战牌。孔明以女子衣饰辱之也不为所动，两军相持百天。终于，天不佑人，孔明积劳成疾，“出师未捷身先死，长使英雄泪满襟”，巨星陨落五丈原。

五丈原南依秦岭山脉，北临渭河，与周公庙南北相对，距离 30 千米左右。如今西安至宝鸡高速公路东西走向从中穿过，去两个景区都很方便。自古“秋风五丈原”，今日春雨潇潇五丈原。登高原眺望，八百里秦川的古战场尽收眼底，我对陕西的“原”有了深切的感受。正是小麦灌浆时季，一片绿油油中透着浅黄，高原上诸葛亮庙在寒雨中浸染着一袭静寂悲凉。

诸葛亮庙始建于汉末晋初，庙宇虽小，但却十分雅致。正殿有贴金的孔明塑像，低眉垂目，眼睑微肿，说是符合当年病入膏肓的形象。正殿后有衣冠冢，柏树森森，野草青青。冢旁有落星亭，亭内镶嵌着一块陨石。果真是1000多年前诸葛升天时陨落的巨星吗？今人已经难以断定。引人注目的是献殿墙壁上有宋代抗金名将岳飞手书的前后《出师表》：“臣本布衣，躬耕南阳，苟全性命于乱世，不求闻达于诸侯……受任于败军之际，奉命于危难之间……夙夜忧虑……鞠躬尽瘁，死而后已……”凝神注目之际，仿佛听到孔明先生在高亢吟咏。

不愧是凤鸣岐山神奇之地，两位大儒，两位摄政王，都是一代贤相、绝世英才，都在这里上演了金戈铁马波澜壮阔的历史大剧，都为我们后人留下了厚重绵远的文化遗产和朴素深刻的思考。

2011年春

高山仰止　大河长流

登临巍巍梁山，拜谒司马迁祠墓，俯瞰黄河从山脚下蜿蜒东去，此刻感觉历史凝结在两个词汇之中：高山仰止，大河长流。

踏入祠墓门楼，便被脚下的司马古道所震撼。一块块麻石大如书桌，沿坡铺设而上。石条历经千年风霜雪雨，人走车碾，凹凸不平，道道车辙见证了曾经的车水马龙，也诉说着历史沧桑，更是昭示了太史公一生的坎坷与悲壮。

墓冢状似蒙古包，青砖围砌，精雕细刻。奇特的是，墓顶生长一株侧柏，树龄1700余年。古柏分5枝，主干高耸云天，俗称“五子登科柏”，窃以为极似太史公的如椽大笔，诠释着“究天人之际，通古今之变”的终极探索。

太史祠与墓冢同时修建于西晋永嘉四年（310）。祠内碑石林立，多是宋代以降达官名士凭吊吟咏之作。郭沫若先生一首五律诗碑立在享殿内：

龙门有灵秀，钟毓人中龙。
学识空前富，文章旷代雄。
怜才膺斧钺，吐气作霓虹。
功业追尼父，千秋太史公。

通俗隽永，朗朗上口，吟诵一遍便喜欢上这首诗，尤其是最后两句，可与鲁迅先生名言“史家之绝唱，无韵之离骚”相媲美。经典往往如此，令你不知不觉藏入心中。那天还看到一块石碑只刻4个大字“文史祖宗”，顷刻间便记住，虽然后来竟记不起来是哪一位大师题写的。

祠内一尊司马迁坐像，长须飘拂，神采奕奕。太史公48岁那年惨遭宫刑，这尊宋代雕塑，只能是选取受刑前的司马迁美髯公形象，应该是为尊者讳。

天汉二年（前99），汉王朝抗击匈奴，李陵将军率兵五千，孤军深入敌后，浴血奋战，矢尽粮绝，因援兵不至，兵败被俘。汉武帝认为李陵有损国威，罪不可赦，司马迁却冒犯龙颜，为李陵申辩，遭下大狱。次年，汉武帝杀李陵全家，司马迁也因“诬罔主上”被判处死刑。汉朝法律规定，获死罪者有两种方法可以免死，一是缴纳50万钱赎罪，二是身受宫刑代替死刑。清贫的太史令拿不出巨额赎金，即自请宫刑。

“诟，莫大于宫刑。”细思人类文明史，很大程度是“性本恶”史，比如发明出许多极其恐怖的刑法，宫刑就是其中一种，但宫刑最大的恐怖莫过于对男人尊严的侮辱。司马迁云：“人固有一死，或重于泰山，或轻于鸿毛。”这样的人绝非是贪生怕死之辈，他之所以忍辱苟活，只为一件事——著述《史记》。这也是其父司马谈10年前弥留之际的宏愿，司马迁接任父亲任太史令后，便将全部精力投入其中，如今功业未竟，无论如何不能半途而废，自请宫刑，苟延残喘，不过是用鲜血和生命践行一诺千金。

宫刑后8年，《史记》功成，这部皇皇巨著记载了中华民族上起轩辕黄帝、下至汉武帝约3000年历史，计52万字，是我国第一部纪传体通史。从此，“使百代而下，史官不能易其法，学者不能舍其书”。

司马迁的后裔崇敬先祖，也永世不忘先祖的奇冤。他们的居住地韩城徐村，保留一座古老的石牌坊，牌坊四柱三联，纹饰精美，正中“法王行宫”4个大字尤为瞩目，倒过来读即为“宫刑（行）枉（王）法”。后人用自己的智慧与胆略表达了心中的愤懑与控诉。

现在，梁山脚下，建成占地3000亩的司马迁祭祀广场和文史公园。《史记》中12本纪的组雕列于广场，构思大气，内容丰富，让人徜徉许久，甚为赞赏。它不像有些地方景点，山还是那座山，庙还是那座庙，只是把前后场地开拓得让你一眼望不见头，不过是购物长街罢了。

韩城自古别称“龙门”，司马迁自述：“迁生龙门。”

龙门位于秦晋大峡谷之中，两岸悬崖相对如门，相传为夏禹所凿，又名“禹门”。大禹凿龙门，“鬼斧神工，石破天惊”，困蛟龙于此，故称“龙门”。有道是：“黄河西来决昆仑，咆哮万里触龙门。”

从司马迁祠墓出发，沿着黄河西岸驱车10多千米，便可一睹龙门风采。龙门宽约80米，两山形如闸口，扼守黄河咽喉，水流急湍，汹涌澎湃。自从北宋诗人汪洙《神童诗》“禹门三级浪，平地一声雷”一经传世，龙门又成了读书人心中的天堂。民间相传鲤鱼若逆水跃过龙门，就能变成龙，唐代以后将科考中选喻为登龙门。“三级浪”，喻乡试、会试、殿试三次逐浪而上，得以高中；“一声雷”，指考取进士后引起社会震动，名声地位陡然升高。

沿龙门逆水而上约4000米为石门，两岸断崖峭壁，如同刀砍斧劈。龙门与石门现已连成一个景区，沿途有千尺梯子崖，传说大禹通过它攀爬至天庭告御状，参倒了恶龙；有玉女莲花洞，那是大禹女儿为帮父亲治水留下的梳妆台；有天然的石头城，一夫当关，万夫莫开。

龙门，是中华民族人文开创的印证，是黄河文化深厚的聚焦点。

如今，从龙门至壶口瀑布之间开辟了一条观黄公路，全程约80千米，公路等级颇高，却限速60千米/小时。看来限速是有道理的，因为司机与乘客的眼睛始终离不开右边的高山峡谷，和那条金黄如赤的巨龙，挟雷带电，呼啸而来。好在不少路段设置观黄台，可供停车登临，极目远眺与躬身俯瞰，充分体验大河的苍茫天际与狂放不羁。

壶口瀑布近些年成了影视中的宠儿。韩城之行的前一日，在央视新闻联播中得知，近几日（2019 年小暑季节），壶口瀑布水势之大，十分罕见。颇有意思的是，壶口瀑布属于陕西与山西两省共同景区，而且两省各自独立运营，我管河西，你管河东，各售各的门票。吾辈 17 年前大雪纷飞之日初见壶口，仰望千万根冰柱之后，可从冰瀑上方越过省界。但今日，想全景式将壶口瀑布尽收眼底，唯有不辞辛劳，驱车黄河大桥，往返于两省景区观光。

陕西一侧视角对准壶口的“口”，阵势恢宏，声势撼人，让你懂得，什么是“黄河之水一壶收”。山西一侧视野更加开阔，瀑布宽度可达 1000 米，黄浪排空，气势如虹，让你明白，什么是“黄河之水天上来”。

从龙门至壶口，令人看到黄河波涛汹涌、狂飙突进的一面。然而，伫立司马迁祠墓之前，看到山脚下的黄河则是另外一番景象。这里属八百里秦川的起始地，河套沃野，水流平缓，成语“三十年河东，三十年河西”的出处地也。1937 年 8 月，八路军就是从这里东渡黄河，出师抗日，与国民党摒弃前嫌，共赴国难。如今司马迁祠墓山脚，设有八路军东渡纪念馆。

这里看到的是黄河博大深沉、迂回兼容的另一面。

这一日的行旅似乎告诉我：如此的大山大河，才可以诞生千秋太史公。

2019 年 7 月

陕北有一块文学高地

一

己亥小暑季节，从延安奔赴延川，采访热气腾腾的梁家河。当兴致勃勃看完梁家河，乘电瓶车出了村口，看见210国道上一块路牌：距离路遥故居7公里。真是意外收获，我兴奋地对妻说："哈哈！自驾游往往有意外收获。"

盛夏午后，蓝天无云，太阳照在陕北一处名叫"郭家沟"的黄土高坡，高坡上散落着星星点点窑洞，高坡下有一条小河涧，流水潺潺。沿着小河涧往上走，燥热的感觉得到些许安抚，脑海便浮现出路遥笔下的"双水村"镜头。

路遥故居为呈90度对角的两排窑洞。又是意料之外，只有我们两个游客，本来宽敞院子更显得空荡荡。院子中间矗立一尊路遥铜像，高大身材，西式便装，右手插入裤袋，左手夹烟，不加修饰的蓬松头发，蹙眉凝思的眼光，穿越眼镜投向远方。《平凡的世界》的平凡作家，骨子里却透出一股不平凡气质。

那几百万字的文字，与其说是一个格子一个格子爬出来的，不如说是一支烟一支烟熏出来的。据说路遥一生可怜的稿费主要花费于购买香烟，出差的行李包也主要用于携带香烟。获得第三届茅盾文学奖那年，为了进京参加颁奖典礼，能让自己做东请文友们撮一顿，他还得向亲朋告贷。

窑洞里挂着路遥不同时期的照片，左手持烟镜头，最为多见。即使42岁因严重肝病去世那年，仍烟不离手。令人想起鲁迅先生持烟沉思的经典肖像。窃以为，后人对鲁迅和路遥最好的祭奠，就是在他们塑像前，点燃三支香烟。

路遥铜像前有一块天然石头，镌刻他的自述："我尽管出生在清涧县，实际上是在延川长大的，在延川成长起来的。所以对延川的感情最深，在我的意识里，延川就是故乡，就是故土。"路遥1949年12月3日出生在清涧县王家堡村。1957年冬天，因家中贫困，父亲瞒着年幼的路遥，将他过继给邻县延川郭家沟村的大伯为子。如今，这段"寒门出名士"的往事演变为一件有趣的事，当你驱车210国道北行40多千米，便发现两县均有路遥故居，清涧县在他的出生旧址盖了一座路遥纪念馆，甚具规模，似乎要与延川路遥故居争相辉映。延川动静更大，拟把路遥故居扩大为国家AAAA级文化产业园，规划用地5700亩，投资1.8亿元，建设中国文学殿堂，再现"双水村"古村落，打造黄土文化创作写生基地等。

如果上述宏伟规划实现，路遥故居一定不会如此寂寥，但那时这位著名作家魂兮归来，怕是认不得自己的故居了。

观看路遥生平介绍，"老三届"知青应该特别亲切。他20世纪50年代至70年代，上小学、初中，是红卫兵中颇有威望的组织者。"文革"期间曾被"三结合"到县革命委员会，任副主任一个多月，又被遣返回乡当知青。因爱好文学，写作崭露头角，1973年被选送到延安大学中文系，成为一名工农兵学员。从此痴迷文学，立足黄土地，笔耕不辍。"像牛一样劳动，像土地一样奉献。"

2018年，路遥被评上"改革开放40年100名杰出贡献人物"，与蒋子龙一起代表了文学界。

路遥是“老三届”知青的佼佼者。

二

当然，中国知青们最引以为豪的佼佼者来自梁家河。2015 年 4 月全国两会期间，这位知青出生的大领导与上海代表曹可凡聊起电视剧《平凡的世界》在全国热播时，说：“我和路遥很熟，当年住过一个窑洞。路遥和谷溪创办《山花》时，还只写诗歌不写小说。”

大领导与曹可凡对话的照片挂在路遥故居的窑洞里。谷溪彼时是《山花》主编，他回忆，大领导与路遥当年都是“读书狂人”，他们同住一个窑洞、彻夜长谈应是 1970 年至 1973 年之间。路遥很喜欢结交北京知青，认为他们见多识广。当时谷溪是延川县通讯组组长，路遥是通讯组学员，他们都住在县委会窑洞中，梁家河知青来县城开会或办事，需徒步 20 多千米山路，晚了回不了梁家河，就会找路遥长谈。大领导当年也爱文学、爱读书，他们谈文学、谈民生、谈理想、谈国家。谷溪 1975 年曾专程进梁家河采访，为时任梁家河大队党支部书记的大领导写过长篇通讯《取火记》，报道延川县创建的第一口沼气池，登载在延安报刊上。

《山花》是延川县 1972 年 9 月创办的文艺小报，这在文学万马齐喑究可哀的年代，简直是个奇迹。在陕北，漫山遍野的山丹丹花是一道风景，《山花》同样给有文学情怀的人增添了心中的红艳艳，也理所当然成为陕北文学青年成长的摇篮。但料想不到的是，若干年后竟壮大成为陕北的一块文学高地。创刊主编谷溪曾自豪地说：“路遥是我的学生。”他确实值得自豪，这份县级文艺小报，先后推出了三代二十多位作家，形成了著名的“山花作家群”，其中有路遥、史铁生、陶正等，也包括谷溪自己。

延川也是史铁生 1969 年插队的地方，就是因为在这块土地上劳作，遭遇暴雨冰雹，高烧之后导致双腿瘫痪的，但他第一篇获奖小说《我的遥远的清平湾》却是对陕北淳朴的乡亲一往情深。史铁生在《悼路遥》一文中回忆：“我在《山花》上见他的作品，暗自赞叹，那时我既未做文学梦，也未及去想未来，浑浑噩噩，但我从小喜欢诗、文，便十分地羡慕他，十分的羡慕很可能就接近嫉妒。”这位自称“职业是生病，业余在写作”的铁人，在轮椅上写下百万余字优秀作品。窃以为，仅凭一篇《我与地坛》散文，也可让史铁生登上中国文学高地。

史铁生的文学情怀，始于《山花》。

三

神木市位置为陕北之北，前些年因煤炭致富被列入全国百强县。该市文化底蕴深厚，余秋雨先生是这样评价的：“长城与黄河在这里交汇，骏马和耕牛在这里同步，石峁遗址是中华文明迈向成熟的最后一级台阶，许多的貌似不可能，在神木神奇上演。”

高家堡古镇坐落于石峁遗址的山脚，始建于明朝初年，保存尚好，古风悠悠。矗立街巷中心的中兴楼为一座高台上的骑楼，高台之中，青砖券成四面拱门，东西南北通衢；高台之上，骑楼造型别致，做工考究。登楼俯瞰，可将古城全貌尽收眼底，还可远眺永利河，那条很长时间一直是汉民族与北方游牧民族的界河。

我们此番游走古镇，主要冲着它是《平凡的世界》拍摄地去的。登中兴楼，向南瞭望，“原西县立高中”的操场与食堂一目了然，那里上演过令人唏嘘的一幕：20 世纪 70 年代初，漫天飘雪的日子，孙少平与郝红梅两个人总是最后到操场打饭，悄悄地取走属于自己的两个黑高粱馍馍，就着开水当午餐，因为他们连五分钱的丙级菜都吃不起。贫困使他们自卑，又使他们年轻又敏感的自尊心，心有灵犀。他们因此可以在洗碗池旁相遇，由目光交流发展到终于开口，敞开心胸交流《红岩》读后感。

徜徉在城西老街，牌坊上的“农业学大寨”“工业学大庆”的横额，原西县电影院、国营饭店、供销社、邮电局、东风照相馆等建筑与时代特征的装潢，把人一下子带入20世纪70年代初的陕北小县城。特别是“原西县革命委员会”大门，红五星下的毛体字“为人民服务”让人熟悉亲切。孙少平第一次惶惑不安地踏入大门，是一心想当他嫂子的田润叶引进的，在县革委会副主任田福军也是润叶二爸的宿舍，孙少平狼吞虎咽了一盘猪肉烩白菜、五个白面馒头、三瓶汽水，由衷感激润叶让他单独饕餮，避免了尴尬。在这里，孙少平还第一次见到田福军女儿田晓霞，一下子感到脸像炭火一样发烫，这似乎冥冥中预示着他们后来的生死之恋，与一生一世激荡心中高亢的信天游“神仙挡不住人想人”……

可惜路遥没能看到这部以他小说改编的45集电视剧。

下午我们准备去红碱淖湖泊观光，这是毛乌素沙漠的一颗明珠。据说路遥每当创作遇到瓶颈时，便独自跑到毛乌素沙漠，面对漫漫黄沙，沉思几日。

2019年夏

重登华山觅旧踪

此番西安之行，冒出重登华山念头。起初自问，29 年前的华山之旅，已将东西南北中的 5 个山峰走透透，有必要再走一趟吗？于是去翻阅当年游记《自古华山一条路》。岂料到，翻阅之后，重登华山欲望愈加强烈。我明白了，人到了一定年纪，喜欢回首往事；重登华山，其实是想寻觅旧时踪迹，回味当年年富力强之勇，叹息一声“想当年”。

2023 年 11 月下旬，我与妻约上我姐与姐夫，飞到西安自驾。因姐与姐夫没上过华山，我们商量，大家都乘缆车上西峰，我与妻从西峰徒步南峰、东峰、中峰、北峰，从北峰乘缆车下山，做全景游，全程徒步 4 个小时，下坡多于上坡，体力应该吃得消。姐与姐夫年龄大些，拟游览美丽西峰后，即乘缆车下山。但往往“计划赶不上变化”，那天上午到了华山游客中心，遇上了西峰缆车检修停运，留给我们的旅行线路只有乘北峰缆车往返。

2023 年的旅游市场似乎没有淡季，已是小雪季节，华山寒意袭人，又不是双休日，依然游客如织。排队等候进山中巴和缆车，共花费一个小时。中午时分到达北峰，登云台峰，天蓝云白，阳光灿烂，遥看华山四峰（东西南中）相拥如抱，洁白如玉，其造型恰似一朵莲花。

我与妻接着登天梯，至都龙庙，稍息片刻，决定攀爬 530 余级的苍龙岭。“奇险天下第一山”的华山，苍龙岭是标志之一，因岭脊苍黑，形若游龙，故名。爬岭400余级时的龙口逸神崖，留有韩退之投书处胜迹。据《水经注》载，行人至此，必先祈祷，以感神灵，使云与岭平，后方敢度，然变须骑岭抽身以进，故又称之为“搦岭”。自唐后，岭脊两旁始设石栏矮墙。至明清，渐次开凿石级。而今，虽然石柱与铁链的护栏牢固，石阶工整，游人履险如夷，但险要处，尚须手脚并用，奋力向前（要不把身后游客堵住了）。

登至金锁关，本拟再走到中峰，一看时间已下午2：30，担心太迟下山，便返程。重游华山虽留遗憾，但旧踪迹就如多年不见的老友，亲切温馨。

次日游览西岳庙。西岳庙号称“五岳第一庙”，因为它在五岳之中建制最早、面积最大，始建于汉武帝时代，现坐落于华山以北5000米的岳镇街上。据章太炎考证，华山是中华民族文化的发祥地之一，“中华”“华夏”皆因华山而得名。

西岳庙又被誉为“陕西故宫”，是陕西现存最大的明清风格宫殿御苑式的古建筑群。就如北京故宫与西安古城一样，四周城墙围绕，周长1825米，城墙四角各有一座黄色琉璃瓦的多檐角楼。

大庙的建筑中轴线十分分明，依次排列的有灏灵门、棂星门、灏灵殿、寝宫、万寿阁等，整个建筑呈现前低后高、一步步升高的格局。万寿阁最高，体现了中国道家哲学理念，愈高的地方愈与天接近，愈与神相通，最后“长生不老，成仙得道”。

被称为镇庙之宝的《西岳华山神庙之碑》乃记载西魏文帝大统七年（541）整修西岳庙，遍植树柏一事。碑左有唐朝大书法家颜真卿题记，被誉为“颜帖之冠”，该碑列为中国禁拓名碑之一。陕西最大的横卧碑馆藏在御书楼内，是清乾隆帝题写的“岳莲灵澍”。“岳莲”，指状似莲花的华山；“澍”，及时雨的意思。乾隆四十年（1775），陕西大旱，巡抚毕沅奉旨上华山祈雨，果然灵验，天隆甘雨三天。乾隆帝闻罢大喜，特赐字于西岳庙。

十多株千年古柏是西岳庙活的文物，它们长势大都扭曲盘旋，如盘龙升腾状，名曰“龙柏”。有的柏身藤类植物缠绕，有的树冠已缺损，有的虬枝断裂残指长空，皆是历尽风霜雪雨、饱经沧桑的老者。

在西岳庙三圣母殿院内，伫立着一株高高老槐树，树龄近千年，名曰“情槐”。相传是天上的槐树精，跟随玉帝的三女儿（三圣母）来到西岳庙。时逢秀才刘彦昌到雪映官题诗，槐树见证了三圣母与刘秀才相识相爱过程，并作为证婚人成就了这段天地姻缘。此后，这位媒仙，就成为人间情侣们朝拜爱情天长地久的“情槐”。而今，古槐老枝益壮、新枝勃发，枝丫上系着一条条红绸带，书写着情侣们的祝福与祈祷。

我们伫立在高高万寿阁上，仰起头，眺望五峰相抱的华山，灿烂朝阳洒向五峰，耀眼的五峰刀削层悬，如片片金色的莲荷，含苞欲放在蔚蓝苍穹下。

2023 年 11 月

地下文物看陕西

秦陵兵马俑的传奇

兵马俑无疑是西安一张最亮丽的名片。兵马俑自从1974年被发现，迄今有200多位外国元首和政府首脑参观访问，被誉为“世界第八大奇迹”“世界十大古墓稀世珍宝之一”。1987年，秦始皇陵及兵马俑被联合国教科文组织批准列入《世界遗产名录》，成为中国古代辉煌文明的一个地标。

初莅西安者，参观兵马俑一定是首选项目。我查阅1994年7月26日记，寥寥几笔：“西安同事派了一辆7座车，我们同行6人做东线临潼方向一日游，上午兵马俑壹号坑、华清池，下午半坡遗址。天气炎热，最高气温36摄氏度，5点回到雍村饭店（省招），全身大汗湿透，先冲凉，后吃饭。”人到了晚年，喜欢回首往事，看看30年前的照片和行程，干劲十足状，感叹年轻真好。

2018年10月下旬，我与妻和女儿女婿带他们儿子游览西安，再次游览兵马俑壹号坑。

兵马俑的发现纯属偶然，发现者的命运富有戏剧性，值得一书：1974年春天，西杨村因干旱日久，庄稼缺水，村民杨志发挖井取水，突然挖出一个“人头”，吓了一跳。近前仔细观看，原来是陶俑人头，黑头发、黄皮肤、红嘴唇，面容栩栩如生。许多村民前来围观，奇怪的是，一会儿工夫，陶俑人头变黑了。大家以为挖出什么怪物，四散而去。杨志发把陶俑人头抱回家中请教老婆。幸亏老婆是村里的小学教师，颇有见识，说："好像是秦始皇时代的陶俑，赶紧交给县文化馆。这虽然是你挖出的，但属于国家文物。"

杨志发按老婆要求做了，果然受到县领导表扬，还得到奖金30元。村生产队也给他计4个工分作为奖励。杨志发心里美滋滋的。不久，考古队进村，要求整个村庄搬迁。这下，杨志发遭到整个村庄人的指责，说他为了30元钱，把全村的地给卖了。杨志发因此成为村里的"罪人"，郁郁寡欢，过着与世隔绝的日子。

直到24年之后，1998年，美国总统克林顿参观兵马俑，赞叹不已，提出要见一见兵马俑发现者。杨志发命运开始逆转。克林顿紧握杨志发的手，说："感谢你让我看到如此伟大的人类文化遗产。"并要求杨志发给他签个名。大字不识的杨志发只画了3个圈。克林顿回国后，汇来300万美金奖励杨志发。杨志发一分不留，悉数捐给秦始皇陵博物馆建设。

后来，杨志发被送到书法家那里学习文化。又后来，杨志发担任兵马俑博物馆荣誉馆长，不时为游客签名，龙飞凤舞9个字："兵马俑发现人杨志发。"

自从1989年上映了一部电影《古今大战秦俑情》，男女主角张艺谋与巩俐，演绎了秦朝郎中令蒙天放与少女韩冬儿的三世爱恋之后，人们忽然发现，张艺谋面容与秦俑面容高度相似。秦俑面容，就是中国2000多年前的帅哥形象。之后，《中国国家地理》杂志"陕西专辑"，其中一文《回到秦朝，寻找中国男人最早的脸》，言之：秦朝留给我们的遗产中，最生动和完美的，莫过于兵马俑的脸。编辑部搞了个有趣的活动，到兵马俑馆寻找与自己相似的脸，竟然大多数人满意而归，他们惊喜于自己与2200多年前的古人建立了如此奇妙的联系。他们还发现了著名演员陈道明与一个军吏俑惊人相似。

为此，我们三代人特地与兵马俑合照比对，似乎也挺相似。

汉武茂陵的雄风

西汉王朝11个皇帝均葬于长安（西安）附近，其中9座陵皆在渭河北岸的咸阳原上。汉武帝的茂陵最具代表性。茂陵地属槐里县茂乡，故称“茂陵”。

1994年的国内飞机不仅经常误点，而且还经常延迟到第二天，我们那天便遇到了这种到了机场又返回的情况。大家游走西安5天，已筋疲力尽，回到咸阳机场宾馆，都不想动弹。但我舍不得浪费这趟难得的旅行机会，便独自乘公交车转乘柴三机，游览茂陵。在茂陵，遇上一个复旦大学学生，也是独游者，惺惺相惜，相聊甚欢。之后，又结伴参观咸阳博物馆，一起吃羊肉泡馍，尽兴而归。

2023年10月上旬，我与妻自驾至西安，我为妻导游，又游览了一趟茂陵。

一个景区让人过目不忘的景物，自然有它的过人之处，茂陵博物院（霍去病墓）的巨大石雕群便是如此。这些大型石雕共14件，其中12件被国家文物局鉴定为“国宝”。有马踏匈奴、卧马、跃马、石人、伏虎、卧像、卧牛、人抱熊、怪兽吞羊、野猪、鱼等。巡视赏析这组石雕，由衷感叹西汉石雕风格，古朴厚重，在原石上顺势而为的略加雕刻，却能入木三分地表达出主题和意境。

“马踏匈奴”最为有名。石雕高1.68米、长1.90米，由一匹战马和马下的一个匈奴组成。战马威风凛凛、雄壮挺立，它把一个左手持弓、右手持剑的匈奴踏翻在地，用4条刚健的腿紧紧夹住他。马下仰卧的匈奴毛发森森，无可奈何状，生动逼真。

霍去病有“战神”之称，一句“匈奴未灭，何以家为”成为千古名言。但天妒英才，他24岁就辞世。汉武帝悲痛不已，特地在自己陵园旁为其修建墓冢，形状有如祁连山，高峻奇崛，以表彰他的盖世之功。立碑“汉骠骑将军大司马冠军侯霍公去病墓”。

踏着石阶，登上墓顶，伫立览胜亭上，可将咸阳原尽览眼底，山河壮丽。览胜亭的楹联颇具新意：“转战西陲辟丝路，永留高冢像祁连。”有意思的是，霍去病墓冢背后有一块“三窝石”，石中有三个四四方方的天然小孔。据说，谁站在一米之外，将硬币投入小孔中，心想事成。山下有一块“去病石”，也很神奇。相传，汉武帝祭奠霍去病时，一脚踩上它，摇晃不已，让汉武帝惊出一身冷汗，顿觉感冒痊愈，便赐名“去病石”。

而今，汉武帝茂陵只剩下一座林木森森的山头，巍巍高耸。绕山脚行走一周，需半个小时。据说陵墓多次被盗。现陵园里有块宣传栏，概括茂陵7个之最：

营陵工期最长，历时53年之久；陵园规模最大，从葬坑400余处；随葬物品最多，陵内“不复容物”；耗费资金最巨，每年国税的1/3；陵邑最为繁华，住户人口27万有余；陵区最宏阔，陪葬墓100余座；陵体最为雄伟，西汉帝陵之冠。

“天下第一陵”的谜团

乾陵位于西安的梁山主峰之下，是唐高宗李治和大周女皇帝武则天，一对夫妇，两朝皇帝，合葬一室的陵园。据专家鉴定，它是唯一没有被盗掘过的唐帝王陵，种种谜团，等待着何时打开，石破天惊。故被誉为“天下第一陵”。

1994年，我们同行6人，西安东线游罢次日便做西线游，游览马嵬坡、法门寺与乾陵，早出晚归，收获满满。今天回忆，对乾陵印象最深刻的竟是那块“无字碑”。

武则天为自己竖立一块“无字碑”，成为千古之谜。有多种推测说法，比较权威的一种是，她将自己的功过是非留与后人评说——睿智过人武则天。

纵观中国几千年历史，唯一敢废黜正统，戴上皇帝帽子的女人，只有武则天一人。她 66 岁时撤掉了李唐王朝的龙案，宫门内外高悬武周旗帜，正儿八经当了 15 年皇帝。颇可贵的是，临终前把江山还给了李唐子孙。武则天才华横溢，诗文俱佳，可《全唐诗》只收了她很少一部分诗作。有人猜测，她失传的佳作也许陪葬到了陵墓。

虽然史书记载，唐太宗李世民遗诏，要把《兰亭序》枕在他脑袋下边，但唐昭陵被大盗墓贼温韬盗掘后，盗宝清单上却没有《兰亭序》。所以，有人推测，唐高宗李治风流倜傥，临终前遗诏，要把他生前喜欢的字画全部随葬入墓。也许，让世人期待的那件顶尖级国宝《兰亭序》，有可能藏在乾陵里。

郭沫若曾对周恩来总理说：“毫无疑问，肯定有不少字画书籍保存在墓室里。打开乾陵，说不定武则天的《垂拱集》百卷和《金轮集》十卷可重见天日。也说不定武后的画像、上官婉儿等人的手迹都能见到。石破天惊，一定是一件石破天惊的大事！”

郭沫若只字未提墓室里金银珠宝之类文物。有专家推测，墓室文物至少 500 吨，还不包括墓道里那些造型各异、刻有文字也属难得文物的条石。

墓室没有打开，谜团依然是谜团。发掘乾陵的时机到了吗？怎样科学发掘？揭秘和保护，哪个更重要？考古专家们对此争论不休，各持主张。我们吃瓜的平民百姓只能静静等候。

秦公大墓的震撼

2023 年国庆节期间，我与妻游历宝鸡市，在当地朋友引领下，到凤翔区的秦公一号大墓参观。我的观后感可以用两个字表达——震撼。

凤翔古称“雍城”，秦国曾在此建都达 293 年。据考古勘探，凤翔区南指挥村发现了 43 座规模较大的墓葬和车马坑，是秦始皇先祖的墓地。秦公一号大墓是最早发现和唯一发掘的，墓主为秦景公，是秦始皇的十八辈先祖，距今 2500 多年。

秦公一号大墓有 5 个之最：一是迄今为止中国发掘的最大的先秦古墓；二是自西周以来殉葬人数（186 具）最多的墓葬；三是椁室柏木“黄肠题凑”规制，是周、秦时代最高等级葬具；四是椁室两壁外侧木碑出最早的墓碑实物；五是墓中出土的石磬是中国发现最早刻有铭文（籀文 180 多字）的石磬。

走进秦公一号大墓大厅，壮阔的发掘地让你震撼，大墓呈“中”字形，全长 300 米，面积 5334 平方米，墓室与地面 8 层楼高，分 3 层。被人称之“倒金字塔”型。它的发掘工作从 1976 年至 1986 年，整整持续 10 年。想想 2500 多年前的修墓与国葬礼，举全国之力，一句霸气的话而已。

秦景公用一个“霸”字，足以概括其一生。如果说雍城秦地是他的“霸业”，那大墓则是标记了他充满血腥味的“霸道”。墓中 186 具殉葬遗骸，创造了历史以来殉葬人数最多的纪录，即是 186 条活生生的性命啊！一声令下，陪同一人死亡，竟有这样的殉葬文化！而今俯瞰坑底遍地遗骸，更是震撼，恐怖的震撼。回首中国残酷的殉葬剥度，自殷商时期开始，至秦始皇废除，改为陶俑替代，所以才有著名的兵马俑，仅此一举，秦始皇就该称“明君”。说明人类始终在进步，尽管进步的脚步很慢。

2023 年 10 月

地上文物也看陕西

有一句俗语是这么说的：地上文物看山西，地下文物看陕西。俗语上半句主要指山西有全国最多的地面古建筑；俗语下半句主要指陕西拥有着全世界叹为观止的陵墓群，中国的十大帝王墓，陕西独占 6 个。

这句俗语强调了两省文物的重点与特点，乍一听，似乎有道理，但吾辈多趟游历陕西，认真盘点思考，认为这种观点既不全面，又不准确，它的致命之处在于，忽视了地面上一个重要文物，还是活着的文物——古树名木。且看一个全新的权威数据：2022 年 9 月，第二次全国古树名木资源普查公布结果，全国古树名木共计 508.19 万株，云南第一名，超过 100 万株；陕西名列第二名，近 70 万株；山西（包括福建）名列 10 名之后，才超过 10 万株。更具有说服力的是，全国只有 5 棵树龄在 5000 年以上的古树名木，都在陕西。

五株古柏冠九州

2003 年初，我与周郎、沉洲、小郑诸君一起拜谒黄帝陵，曾写下《古柏参天黄帝陵》一文，现摘录一段如下：

这是一座被国务院编为第一号的古墓陵园——黄帝陵。

这是一株被林业部编为第一号的古树名木——轩辕柏。

那年元旦，西北冰天雪地，我们四人结伴而行，直奔轩辕柏与黄帝陵。

仰望轩辕柏，她虽然经历5000多年的风霜雨雪，阅尽人间沧桑巨变，树身遍布历史斑驳，但仍枝繁叶茂、伟岸壮观。导游介绍，与50多年前相比，古柏胸围又增加了33厘米，可见她老当益壮、充满活力。

全国5株树龄在5000年以上的古树名木，皆为柏树，其中3株在黄陵县，还有2株名曰“保生柏”与“老君柏”。

保生柏与轩辕柏相距很近，位于轩辕庙西前院祭祀文化展室与书画展室之间，树高15.50米，主干略向西南倾斜，老干新枝，生长旺盛。因其位于保生宫旧址而得名。万幸的是，明代保生宫被大火焚毁，它成为唯一“幸存者”与“见证者”。与轩辕柏相比，保生柏有点寂寞。

2023年小雪季节，我与妻和姐、姐夫四人拜谒了黄帝陵，在陵园摄影师指点下，驱车前往20千米的咀头村，拜谒老君柏。那天拜谒过程，让人忍俊不禁，值得一书：后面几千米路程多岔路，没有指示牌，只能几经下车询问，好容易到达目的地，终于眺望到矗立于山头之上的古柏了，却被拦在公园大门口。门卫老伯坚决不让进门，说是上级有指示，为了古柏养护安全，不允许任何人进门参观。我们说了一大堆如福建远道而来如何不易等求情话，老伯毫不为所动，又严词告示：“连大领导都对保护古树名木亲自做了批示，我们责任很大。绝对不允许游客进门。”听到“大领导”这句话，我急中生智，赶忙打开手机中的相册，找出一张当年与大领导的合照。老伯对我显摆的照片露出惊愕表情，看了又看，确认不假，开始转变态度，最终决定高看我们一眼，破例放行。离开老伯视线之后，我们差点笑岔了气。

老君柏原来生长在黄陵县北的葫芦河畔，那里有座老君神庙，故称

“老君柏”。但令人难以置信的是，老君柏现为移植树。2009年，延安市黄陵县阿党镇川庄村南沟门水库水利枢纽工程开工建设，老君柏处于淹没区，只好为之移植。2011年3月26日9时，老君柏经过4个多小时，历程2.5千米，顺利移植到南门沟水库坝后（现址）。古柏实际吊装重量达450吨，运输过程采用了国内最先进的650吨履带吊车和十轴液压板车。于今14年过去，我们今日有幸拜谒，感觉老君柏依然遒劲挺拔，其造型就像一个大盆景，特别漂亮。

应该归功于养护成果吧。祈祷老君柏平安长寿、寿比南山。

仓颉庙与黄帝陵相距60多千米。相传仓颉是汉文字创造者，是黄帝史官。在仓颉墓的东北侧，有一株5000年柏树，高逾16米，腰围7.8米，树纹像奔腾的河流。相传该树是仓颉为自己选择墓地时亲手栽植的，故名“仓颉手植柏”。

仓颉庙为全国重点文物保护单位，景区内有46株千年以上古树名木。黄帝陵、仓颉庙、曲阜孔庙的古柏群并称为“中国三大古柏群”。

仓颉庙里名气大的古树还有“二龙戏珠柏”“柏抱槐”“惊贼柏”“凤凰柏”“喜鹊柏”“三义柏”等，都有传奇故事，其中“柏抱槐”树干直径2米余，槐树坐于柏芯内，柏龄逾4000年，槐龄达千余岁，虬枝盘结，合为古树奇观。

仓颉庙里有一块石碑，碑文是彭德怀1949年任西北野战军总司令时亲自撰写的：“仓颉庙是国家文物，凡我中国人民解放军西北野战军全体指战员，均须切实保护文物古迹，严格禁止攀折树木，不得随意破坏。切切此令！”

仓颉庙是一座古风悠悠，让人徜徉许久、不舍离开的人文名胜。

第五株5000岁柏树生长在秦岭南麓洛南县页山脚下。我们此行经过商洛市，游览了丹阳市棣花古镇（贾平凹老宅与文学馆）。经了解，从市区驱车前往页山脚下，70多千米车程，有一段路狭窄难行，于是打消了前往拜谒的念头。留个念想也好，凡事“求缺不求全”，甚好。

搜索百度，这株古柏树高 23.16 米，树围 8.2 米，是 5 株 5000 岁柏树中最高最壮者。被列入“洛南八大景观”之一。因古柏旁有座栖霞观，故名“栖霞柏”。

如椽大笔史公墓

凤凰卫视主持人杨锦麟曾经说：“来到陕西，有两个地方是不得不去的，一个是黄帝陵，一个是司马迁祠墓，前者是文化人的根，后者是读书人的本。”

2019 年夏，我与妻自驾至韩城，登临巍巍梁山，拜谒司马迁祠墓，俯瞰黄河从山脚下蜿蜒东去，顷刻间感觉到历史凝结在两个词汇之中：高山仰止，大河长流。

墓冢状似蒙古包，青砖围砌，精雕细刻，周遭古柏森森。最为奇特的是，墓顶生长一株侧柏，树龄 1700 余年。古柏高耸云天，分为 5 枝，如巨伞撑天，导游说寓意“五子登科”，寄托着司马后裔与韩城人望子成龙的雄心。但在吾辈眼里，那就是 5 支如椽大笔，是太史公向苍天昭示，他一生的使命已完成；或者是苍天向天下昭示，太史公抒写皇皇巨著，“史家之绝唱，无韵之离骚”，必将名垂千古。

古树参天武侯祠

汉中市勉县武侯祠，建于蜀汉景耀六年（263），即诸葛亮逝世第 29 年所建，是中国众多武侯祠当中建祠最早，且唯一由皇帝（刘禅）下诏拨银修建的，故有“天下第一武侯祠”之美称，现为全国重点文物保护单位。2020 年春季，我与妻慕名前往拜谒。

祠内文物丰富，匾联层层，碑石林立，古树名木甚多。在众多文物当中，唐贞元十一年（795）由沈迥撰文、元锡书丹并刻立的《蜀丞相诸葛忠武侯新庙碑铭并序》碑、清嘉庆八年（1803）皇帝御书的“忠贯云霄”匾额、晋代石琴和35株古树名木最为珍贵。

古柏现存18株，经专家测定已有1700多年树龄。据说此地是诸葛亮北伐时的中军帐遗址，建祠时栽种了64株柏树，象征诸葛亮生前在定军山下所摆的六十四阵八卦阵。

祠内有旱莲一株，高13.4米，胸围1.36米，树龄400余年，比起古柏，实属小字辈。但旱莲是珍稀的木本植物，有“植物界熊猫”之说，况且这株旱莲被誉为“世界旱莲王”，名气之大，甚于古柏。“旱莲王”每年初春开花，有花无叶，初开时花色呈玫瑰红，盛开时红白相间，与水中莲花相似，故称“旱莲”。

满眼风光活文物

古树名木是古城、古村、古寺庙、古祠堂等所有古建筑的灵魂，寻古三秦，经常让你有这样的感悟。此番到西安，听朋友介绍，长安区的古观音禅寺，有一株1400岁的银杏树，从10月份开始，该寺院游客如织，皆是为了一睹那古银杏的伟岸身躯和金光熠熠的模样，曾创下一天朝拜者达7万的记录。

古观音禅寺始建于唐贞观二年（628）。相传这棵银杏树是唐太宗李世民亲手种植，为纪念文德长孙皇后为他生下儿子李治（唐高宗），也为产后体虚的皇后祈福。

2023年小雪季节，我们慕名前往古观音禅寺，虽然过了古银杏的最佳观赏季节，但游客还须排长队，绕着古银杏树而行，不得停留，以免造成拥堵。仰望1400岁的古银杏树，在一阵寒风吹过，将金黄的树叶抖落纷纷，铺设了一片金灿灿的土地。那种壮美，无以言语表达。

次日，驱车上终南山（翠华山）。天池旁生长着一株迎宾松，高大挺拔，姿态优美，伸展着茂盛枝叶，像似迎接八方宾客。该松为油松，种植于明景泰年间，已有600多岁。迎宾松背后20余米处，则生长着另一株同年代的油松，名曰“长寿松”，诠释“南山之寿”。

2023年11月

两条河汇成一个成语

“泾渭分明”，这个成语使用率极高。

其实两河相汇，一清一浊的“泾渭分明”现象，在神州大地许多地方都可见到。如，东北的松花江汇入黑龙江，重庆朝天门码头嘉陵江汇入长江，山东东营渤海接受黄河入海之口，皆乃一清一浊景观。但这句脍炙人口的成语只能诞生在八百里秦川，因为它有诞生《诗经》的厚重土壤。

查阅《辞海》，注释如下：

> 泾水和渭水。《诗·邶风·谷风》：“泾以渭浊。”孔颖达疏：“言泾水以有渭水清，故见泾水浊。”后常用以比喻人品的清浊。任昉《出郡传舍哭范仆射》诗：“伊人有泾渭，非余扬清浊。”

有意思的是，泾渭两河，谁清谁浊，历史上竟互为矛盾，争论不休，就连《辞海》注释也故意存在矛盾：《诗经》的“泾以渭浊”，意为泾水因为渭水的注入而变浑浊了，说明春秋时代是泾清渭浊。

到了唐朝，孔颖达所疏，则认为泾水浊。大诗人杜甫有“浊泾清渭何当分”“旅泊穷清渭，长吟望浊泾”等诗句。宋代和唐代一样，陆游的诗和朱熹的文都认定清渭浊泾。

到了清朝，乾隆皇帝是个饱学之士，决定对这个历史矛盾予以澄清，特令陕西巡抚秦承恩去实地考察。秦承恩在考察报告中写道：“泾水四时常清，只是每年十几天的汛期内河身浑浊。渭水挟沙行，四时常浊，从未见有清澈之日。”

渭河发源于甘肃渭源县，穿越八百里秦川，是黄河的上游，也是最大支流。如果说，黄河是中华民族的摇篮，那渭河堪称大摇篮里的小摇篮。关中八百里秦川就是渭河的杰作，中华文明最辉煌的周、秦、汉、唐 4 个朝代都在渭河流域建立首都。如果说中国有文字记载的文明史不过 3000 多年，那渭河流域执牛耳时间占 2/3。

泾河的发源地被确定为宁夏的泾源县，由北向南汇入由西往东的渭河。泾河流入关中平原的最后一座山叫“张家山”，大名鼎鼎的郑国渠就在这里开渠引水，浇灌关中平原。郑国渠始建于秦王政元年（前 246），2016 年，成功申遗为“世界灌溉工程遗产”，也是国家 AAAA 级旅游景区。景区集历史文化、自然人文、生态旅游为一体，有泾河地质公园区、泾河峡谷观光游览区、黑沟奇峡区、郑国湖休闲度假区，可作一日游。

中国成语源远流长，几乎每一个成语都蕴藏着一个丰富多彩的历史故事。“泾渭分明”这个成语，只要有小学文化的人，都明白它的含义，但有意思的是，历史上的泾渭何曾分明过？捋一捋两河发展脉络，春秋战国时期，泾清渭浊；到了唐宋元明时代，渭清泾浊；清朝至今，泾清渭浊。似乎说明了一个问题：两河流域自然生态变化，时好时差，反反复复。

2023 年小雪季节，我们在西安小住几日，特地驱车到高陵区，一睹“泾渭分明”成语的诞生地。当地的朋友告诉我，冬天是泾渭分明最好季节，其他季节两河清浊难分伯仲。这些年，两河生态修复初见成效，你若是二三十年前来此观看，一定会惊叹，“泾渭分明”成语已死，因为两河皆浊，不过是谁更浊而已。

导航泾渭分明观景台，从西安市区往东北方向行车40多千米，便到达。我原以为大概在两河相汇之处修建一处高台而已，下车一看，却是一座崭新的公园，创意之好，档次之高，出乎意料。

夕阳西下，镌刻着“泾渭分明”4个大字的照壁，熠熠发亮。请一位大叔为我们拍个合照，大叔应该是本地人，高兴地发表妙论：“泾渭分明虽然是举世闻名的自然景观，但以前这里不过是一块河边荒地，没啥看头也没啥游客。去年以来大变样，一下子冒出一个湿地公园，成了网红打卡地。政府现在重视文化了，也有钱了。”

我问大叔：“两条河都很清澈啊，泾渭不分明了？”

大叔答：“这些年两条河生态渐好，确实不太分明。而且现在夕阳照射两河口，逆光下水光一色，难以分辨。如果清晨来看，泾清渭浊还是分明的。”

我以为今天看到的两河交汇场景挺有意思。如果从自然生态角度考虑问题，河清总是大好事，不是有句成语“圣人出，黄河清”吗！

2023年11月

西安最大的地标

初莅西安者，印象深刻的莫过于那座周正的古城墙。倘若登城楼绕城墙，且行且观景，大概会赞叹一声：长安城古韵悠悠！

现在的西安城墙，是明洪武年间在唐朝长安皇城的基础上扩建而成的。城墙高 12 米，顶宽 12 至 14 米，底宽 15 至 18 米。城呈长方形，周长 13.7 公里。如果从唐朝算起，至今已达 1400 年。这座古城已成为中国乃至世界保存规模最大、成色最纯粹、历史最悠久的城墙。

中国幸好有了 1978 年之后的以经济建设为中心和改革开放，否则，连西安这样的著名古城，也许都保不住。我在田夫《城墙围起的西安》一文阅读到一段颇有意思的文字。2005 年，中国国民党主席连战访问大陆，回忆：“我的出生地西安，是日本飞机经常轰炸的地方。我至今记得西安城墙下那许多防空洞，父亲每天上班，都要绕着城墙走。”据统计，抗战期间，城墙被挖防空洞近 2000 孔。连战父亲上班之所以绕着城墙走，是因为随时能躲进防空洞避免挨炸。战争年代，市民为了逃命而挖城墙。祖先建筑坚固城墙，本为冷兵器战争所用，谁能想得到，热兵器战争也派上用场。这是残酷战争促发人们急中生智。活下去是第一位，城墙挖洞，无可厚非。

对古城墙的更大破坏是 1958 年。当时西安市人民委员会对古城墙保留还是拆除展开一场讨论。今天回看，似乎民主，但当年大凡有点政治常识的人都心悉肚明，“破旧立新”是新中国的主旋律！可想而知，“拆墙派”的力量远远大于“保墙派”，于是迅速爆发了有组织和无组织的拆墙行动，此起彼伏，古城墙可谓千疮百孔再加千蹂百躏。直至 1959 年《国务院关于保护西安城墙》文件下达后，拆墙行动才被予以制止，历尽沧桑而多灾多难的西安古城墙才奄奄一息存活下来。

后来的修复谈何容易。我 1994 年初莅西安，古城墙尚未贯通。直到 20 世纪末，古城墙修复工程才展示贯通目标。先是恢复了朱雀门（此门为唐时城市中轴线）、建国门、端履门、小北门，继而恢复玉祥门、朝阳门等。可谓工程浩大。但，我们今天看到的令人啧啧赞叹的古城门与古城楼等气派建筑，其实皆是近一二十年的仿古赝品。

有意思的是，1998 年美国总统克林顿访华，首站选择西安。西安方面迎接他的是一场盛大的仿古迎宾入城仪式。这样的安排大概寓意：进入西安，当为中国历史源头；了解中国，当自西安城门始。这是西安古城一次精彩的古为今用。我们 2023 年小雪季节登临西安城墙，克林顿与希拉里夫妻笑得无比灿烂的相片还挂在城门洞里。

其实，古城的古为今用从 1993 年已闪亮登场——在古城墙上举办马拉松比赛，全称“西安城墙国际马拉松”，简称“城马”。跑步者身处古城古韵之中，脚踏古城砖，穿梭于历史与现实之间，在全球也算是独一无二。主办者从 2015 年始，纪念奖牌以西周元素为开端，之后延续秦、汉、隋、唐等古代曾在西安建都的朝代最具代表性的元素，让每一届“城马”对应一个朝代，展现出历史延续性。只是后来不在城墙上跑，改在城门前举办开跑仪式，据说为运动员安全计。

而今到西安古都旅行，不妨上古城墙漫步一番，最好是华灯初上时分，请个导游，了解一下古城墙的前世今生。

导游会告诉你，西安古城的南部地区文化积淀非常深厚。这里曾是王公贵族及名人学士私家园林的集中地带。著名的有王维的辋川别墅、杜甫别墅、韩愈庄园、韦庄宅第等。导游说：李白当年居住在现西安和平门外的崇义坊一带，而白居易则居住于城东南的唐朝常乐坊。

提起白居易故居，令我兴致盎然，因为想起一个有趣的故事：话说白居易 16 岁那年，带着自己的诗稿来到长安城，拜访文坛大咖顾况，想得到老前辈提携，好混入京都文坛。顾况一看到白居易姓名，不禁嘲笑道："长安米贵，居大不易。"虽然这句话看起来是顾大诗人拿晚生的姓名开个玩笑，言外之意，辛辣着呐。但且慢，故事还没讲完：当顾况看到白居易诗句"野火烧不尽，春风吹又生"时，拍案叫好，立马为自己的嘲笑圆场，赞扬："道得个语，居即易亦。"从此，著名嘲笑句"长安米贵，居大不易"流传不息，收入中国成语词典；至于赞扬句，则被遗忘。

今天的白居易故居自然是赝品，不看也罢。唯有"长安米贵，居大不易"成语真实可靠，让人笑罢沉思，余音袅袅。

此番来到西安，结识了闽东乡贤寿宁人李氏姐弟。他们到西安经销茶叶 10 多年了，艰苦创业，敢拼能赢，事业不断发展壮大，许多年前就成为福鼎白茶品品香公司西安总代理。迄今为止，在西安市开设了品品香白茶专营门店达 30 家，去年销售额突破 2000 万元。在 2019 年福鼎白茶品品香经销商年会上，西安市总经销名列全国各大城市前茅，品品香公司奖励其一辆特斯拉轿车。今年的销售业绩依然向好。

我借用顾老夫子的"道得个语，居即易亦"赞扬李氏姐弟，以表钦佩之情。

2023 年 11 月

长江三日可读书

美国早年总统罗斯福曾说，每个美国人都一定要去看看科罗拉多大峡谷，因为峡谷是用时间缓慢雕刻出的惊心动魄。窃以为，每个中国人应该去看看长江三峡，因为同样是大峡谷，三峡是柔软的水加时间，不仅雕刻出惊心动魄，还演绎出风情万种。而且那是一条哺育中华五千年文明的通道，厚重的文化甚于科罗拉多大峡谷。

最早对三峡的向往，来自刘白羽的《长江三日》。这篇文章撩拨起吾辈一代少年郎乘船畅游三峡的梦想。而20世纪80年代《长江之歌》的旋律，又令已是中年人的我有点迫不及待地想去领略，那从雪山一路奔腾而来的磅礴大气与柔肠百转的长江。1995年春季，我终于如愿以偿，在重庆登上游轮，行程四日，终点为武汉，赶在三峡大坝蓄水前游览三峡。

2012年秋季，我又体验了一趟长江三日游。今非昔比，这些年重庆凭借长江黄金水道打造出豪华五星级酒店邮轮“黄金号”，让客房配有临江阳台，比起当年八人挤在一个房间，只有小小的圆形窗口的三等舱，舒适惬意多了。鉴于岸上的许多景点如张飞庙、石宝寨、丰都鬼城等，当年皆游览过，于是此番，则选择窝在床上，声称效仿1960年秋乘“江津号”的刘白羽先生，在船上读书、思考和赏景。

读“大禹开江”的传说，说的是蛮荒之时，天下洪水泛滥，大禹以天下兴亡为己任，三过家门而不入，决巫山，令江水“东流之注五湖”（洞庭湖、鄱阳湖、太湖、洪泽湖、巢湖），从此，长江才“大江东去”“两岸猿声啼不住”。大禹导江治三峡，是有史料记载的，从中不仅读出了古代人民在与洪水搏斗中的美好愿景，还读出了古代伟人如何尊重和遵循自然规律。

“朝辞白帝彩云间，千里江陵一日还”，李白的船开得飞快，尽管动力只是大自然的风，便“一日游”了今天我们的“三日游”，即从奉节白帝城至宜昌南津关，全长193千米。犯下大罪刚被朝廷赦免的李白，真是一身轻松舟船疾，走马观花了“山水峡林泉洞，包罗万象；雄奇秀险峻幽，无奇不有”。而我今天却有充裕时间慢慢品味，从雄奇绮丽的百里山水画廊，到历代骚人墨客的迎风歌咏。

瞿塘峡以雄伟险峻著称，虽只有8000米长，但峡江两岸似斧劈刀削，南岸的白盐山和北岸的赤甲山对屹而立，形成一座天然的雄伟峡门，称为“夔门”。此乃瞿塘峡的点睛之笔，古诗云：“众水会涪万，瞿塘争一门。”又有俗语：“峨眉天下秀，青城天下幽，剑门天下险，夔门天下雄。”此时伫立邮轮甲板上，顿觉山高峡窄，仰视碧空，云天一线，真正体验到什么是大山压顶。脚下江水汹涌，奔腾呼啸，邮轮疾驰而过，顿觉右边白盐山粉壁最大幅题刻“夔门天下雄，舰机轻轻过”也太举重若轻了。郭沫若先生的诗最好：“若言风景异，三峡此为魁。”

巫峡是三峡中最长的峡谷，以幽深秀丽的十二峰闻名，陆游诗云：“放舟下巫峡，心在十二峰。”吟罢，尚不过瘾，又吟：“十二巫山见九峰，船头彩翠满秋空。”十二峰自然以神女峰最具魅力。船进巫峡，甲板人头攒动，争看神女峰。适逢夕阳西下，亭亭玉立的神女金碧辉煌，披着圣洁光环，大家久久不愿离去。我回船舱再读《长江三日》，对刘白羽先生描写神女峰一段颇感失望。他是这么写道：

看到万仞高峰之巅，有一细石耸立如一人对江而望，那就是充满神奇缥缈传说的美女峰了。据说一个渔人在江中打鱼，突遇狂风暴雨，船覆灭顶，他的妻子抱了小孩从峰顶眺望，盼他回来，一天一天，一月一月，他终未回来，而她却依然不顾晨昏，不顾风雨，站在那儿等候着他——至今还在那儿等着他呢……

学问深博的刘老先生肯定熟读宋玉的《高唐赋》和历代文豪名士咏神女峰诗文。《高唐赋》称："昔日楚怀王巡游云梦之台，远眺高唐之观后，曾梦见一窈窕仙女从太空中冉冉而下，愿自荐枕席。云雨之后，先王问曰：'卿是何人？'该女答曰：'妾乃巫山之女，高唐之客，住在巫山之阳，高丘之岖，旦则为云，暮则为雨，朝朝暮暮，阳台之下。'"而当地传说，神女乃西王母最小的女儿瑶姬，她在帮助大禹斩孽龙、导大江之后，自愿留下来，为航行于峡江的船只导航。唐朝诗人刘禹锡诗曰："巫山十二郁苍苍，片石亭亭号女郎。晓雾乍开疑卷幔，山花欲谢似残妆。星河好夜闻清佩，云雨归时带异香。何事神仙九天上，人间来就楚襄王。"而唐朝诗人元稹的"曾经沧海难为水，除却巫山不是云"更是成了千古绝唱。可以这么认为，挚爱与真情使历代文人墨客，无不为三峡云雨而动情，足以使巫山云雨冠盖天下。

刘老先生对此故意充耳不闻，杜撰了一个代表劳动人民情爱的、神州大江大海随处可见的"望夫石"故事。如今读来，味同嚼蜡。想想也可理解，国家三年经济极度困难时期，作为"歌德派"的刘老先生只能抒发"曙光就在前面，我们应当努力""我们创造的新世界多么灿烂"等诸如此类的豪情壮志。

刘老先生描绘的西陵峡很是到位。西陵峡本为三峡最险处，礁石林立，浪涛汹涌，两岸怪石横陈，滩多流急。但如今三峡工程建成后，江面骤然开阔，水流由急变缓，江中千帆飞驰，两岸橘林遍坡，风光殊异，何险之有？只能在刘老先生文章中体验“西陵滩如竹节稠，滩滩都是鬼见愁。青滩泄滩不算滩，崆岭才是鬼门关”的情景了。

世事就是如此矛盾，自从“更立西江石壁，截断巫山云雨，高峡出平湖”之后，许多延续千万年的风物从此沉入江底。就如 1995 年，我乘一叶扁舟，溯流而上小三峡，那河滩白花花的鹅卵石，历千年沧桑的大昌古镇，高亢惊魂的纤夫号子，一一皆已不复存在。

船过秭归，这里是英雄和美人的故乡。千古英雄屈原的青铜塑像正“低头沉思，迎风徐步”。而出生在香溪畔的绝代美人王昭君，17 岁奉旨入宫后，便再没有返乡了……此时船已鸣笛，提示泊港。但愿笛声不会惊扰他们。

长江三日可读书，但长江是读不够、读不透的。当我以为收获颇丰下船之时，隔壁舱的少年郎，一位新疆来的初三学生问我：“伯伯，你都不上岸旅游，多可惜啊！”妻替我回答：“伯伯认为船舱设施太好了，不待着才可惜。”

在一片开心笑声中，我觉得问答都尽如人意。

2012 年秋

神女峰上看巫峡

吾辈对三峡的向往，最初应来自刘白羽先生的散文《长江三日》。那时没有关于三峡的影视作品，文学的力量更显得强大，何况这篇散文被选入中学语文课本，影响了几代人。待至人到中年，《话说长江》纪录片让人看得回肠荡气，也就记住了陈铎与虹云两位老艺术家绘声绘色、翰墨华章的解说，还有那首脍炙人口的《长江之歌》。

当然，与《话说长江》同一时期的电影故事片《巴山夜雨》，以长江三峡为背景，对“文革”的反思，也让吾辈印象深刻。尤其是片名出自著名唐诗：“君问归期未有期，巴山夜雨涨秋池。何当共剪西窗烛，却话巴山夜雨时。”极容易勾起我与妻那段时间异地分居的情感共鸣。

至于后来层出不穷的关于三峡的纪录片与故事片，真不好意思，没有记住些许。

每个人都有时代烙印。

2022 年霜降季节，我与妻自驾，计划到三峡两岸看红叶，首站是宜昌，先看西陵峡。但有一句老话“计划没有变化快”，疫情期间，更成经典语录。那天从洪湖市出发，目的地为宜昌夷陵区，行车中途，妻在手机上看到宜昌今日突然增加本土疫情多例，赶紧电话夷陵区预订的酒店问询，酒店服务员告知，疫情发生在西陵区，夷陵区无碍，欢迎前来下榻。我们权衡利弊，还是保险为好，便改变计划，驱车直达巫山，全程约500千米。

巫峡在我印象中特别绮丽浪漫。记得那年乘游轮过巫峡，游客们最关心的是巫山十二峰，早早地站在甲板上迎候。清朝诗人许汝龙写的“放舟下巫峡，心在十二峰”，道出了大家的心思，因此这两句平白如话的诗便成为经典。十二峰中最引人注目的自然是神女峰。那尊亭亭玉立、高不可攀的神女，几千年以来，撩拨多少文人墨客为她妙笔生花，留下美妙诗篇。我以为，首功应归于战国时期的楚人宋玉，他的《高唐赋》：

> 昔日楚怀王巡游云梦之台，远眺高唐之观后，曾梦见一窈窕仙女从太空中冉冉而下，愿自荐枕席。云雨之后，先王问曰：“卿是何人？”该女答曰：“妾乃巫山之女，高唐之客，住在巫山之阳，高丘之岨，旦则为云，暮则为雨，朝朝暮暮，阳台之下。”

可以这么认为，自从宋玉《高唐赋》之后，巫山神女就成了爱情与真情的化身，使得后代文人墨客，无不以为巫山云雨冠盖天下，直至唐朝诗人元稹的两句诗出现：

> 曾为沧海难为水，除却巫山不是云。

从此成为千古绝唱，无人敢与比肩。

但有意思的是，刘老先生在《长江三日》中是这么描写巫山神女的：

> 看到万仞高峰之巅，有一细石耸立如一人对江而望，那就是充满神奇缥缈传说的美女峰了。据说一个渔人在江中打鱼，突遇狂风暴雨，船覆灭顶，他的妻子抱了小孩从峰顶眺望，盼他回来，一天

一天，一月一月，他终未回来，而她依然不顾晨昏，不顾风雨，站在那儿等候他——至今还在那儿等着他呢……

学问深厚的刘老先生肯定熟读宋玉的《高唐赋》和历代文人歌咏神女峰的诗文，但他却故意充耳不闻，编撰了一个代表劳动人民爱情的“望夫石”故事。刘老先生写作《长江三日》之时，正是国民经济极度困难的20世纪60年代初期，此时去津津乐道帝王将相、才子佳人的情爱显然不合时宜，只能描绘一个劳动人民坚贞不二的爱情故事，只能在文中抒发“曙光就在前面，我们应当努力”之类的豪情壮志。

即使是优秀作家，也有他的历史局限性。

我与妻傍晚下榻巫山县城的汉庭酒店。房间窗口正对着巫峡入口处。此时烟雨迷蒙，巫山笼罩在云雾之中，我拍了张相片发给文友，题曰：“临窗看巫山，除却巫山不是云。”文友很快答复：“我看除却巫山都是云。”哎！确实有点郁闷，明天还是雨雾天，酒店服务员建议：“还是等天晴了上神女峰，去那里的路又陡又弯，晴天安全，而且雨雾天气神女很可能不待见你们，红叶也不亮丽。”

第三天，雨停了，没有阳光，仍是云雾缭绕。时不我待，只能驱车前往神女峰，全程30千米，沿途多处可在岸上观赏巫峡。巫峡自巫山县城东大宁河起，至巴东县官渡口止，全长46千米，有“大峡”“画峡”之誉，令人向往。

巫山人民很用心，在沿途开辟五个观景台，用男女不同手势的雕塑，分别命名“相遇”“相识”“相知”“相爱”“相守”。在后四个观景台上，都可远眺或俯瞰巫峡。今天虽然没有阳光，红叶缺少了艳丽，但云雾时聚时散在巫山之巅、之腰，这主画面不就是巫山独有的魅力吗！

通往神女峰之路，就是一条秀恩爱之路，弯弯曲曲的长江可以作证。

但我以为，“相遇”这个环节多此一举，因为“相识”的前提未必一定是“相遇”，比如从前就有青年男女是在书信上相识的，未必先相遇，而且相识本身就涵盖了相遇之意。男女一生有相识、相知、相爱、相守，足矣。

偌大的神女峰景区今天只有 8 名游客，除我俩外，其余 6 人是一个大家庭，中年夫妻带着一双儿女和两位老人。缆车照样为我们开动。缆车上站海拔 1000 余米，下行到神女峰瞭望台海拔 800 余米，还需隔着二三百米距离眺望神女。缆车站工作人员说：你们运气很好，前一阵子神女还躲在云里雾里呢。我询问：好像从自媒体上看到，你们当地摄像“驴友”攀爬到神女脚下，近距离拍照。答：现在已经不允许了。

是的。从游轮甲板上仰望到如今平视，从高高在上的女神变为绰约多姿的美女，不管何种角度，“距离产生美”，都美。唯有“神女应无恙”是大家的共同心声。

看完神女峰后，乘缆车返回，漫步蜿蜒山峰之间的栈道，去欣赏江北江南十二峰景观，同样美不胜收。但如果没有导游指点和脚力支撑，你不可能逐一赏析。其实，听听它们的名字，已经很形象，也很诱惑人了：登龙峰、圣泉峰、朝云峰、神女峰、松峦峰、集仙峰、聚鹤峰、翠屏峰、飞凤峰、净坛峰、起云峰、上升峰。

沿着松峦峰山脊向下行走，遇见一道奇景，右手边的神女峰云烟升腾，就是不越过山脊，让左手边一派清朗。莫非十二峰之间各有各的领地，各自负责自家风景。

神女峰上看巫峡，还是喜欢云雾缭绕，这是巫山巫峡印在脑海中本来的样子。

2022 年 10 月 27 日

三峡之巅看夔门

改革开放初期，年轻人观看一部电影就是一场“诗和远方”。

1980年有一部电影《等到满山红叶时》，描述一对年轻男女的事业与爱情故事，背景是长江三峡。此番去三峡之前，我又在手机上观看这部电影，感觉故事情节与表演艺术都太一般了，唯有三峡风光与电影歌曲仍然吸引人。而当年，吾辈莘莘学子皆是为之“我心飞翔”，“诗”是一首爱情诗，“远方”就是三峡风光。何况电影中的女主角吴海燕，即是1975年最红火的电影《海霞》中的女主角。吴海燕主演《海霞》之前曾是福建省京剧团演员，也曾下放到宁德地区文工团当演员。所以，闽东那一辈人把她当成邻家小妹，多了几分熟悉与亲切。

瞿塘峡是《等到满山红叶时》的取景地，我与妻来访之日，正是满山红叶之时。但令人遗憾的是，天公不作美，阴云不开，没有阳光照耀，红叶难以灿烂。

白帝城·瞿塘峡不愧是AAAAA级景区，对65岁以上老人不仅免票，而且乘轮渡也免票（全国AAAAA级景区少有的优惠），简直让老夫有点受宠若惊。我俩穿过长长的风雨廊桥，走进矗立大江中心的白帝城，遥望两岸青山，各面江树立一幅标语“朝辞白帝彩云间，千里江陵一日还”与“好山好水好风光，有诗有橙有远方”，不禁开颜赞叹：“中国诗城就是有文化，标语都起得经典、务实，还幽默。”（别忽视标语的力量，当晚我们就在奉节城采购标有中国地理标识的橙子。）

接着发现，宽阔的江面，漂泊着一座钢构大舞台，颇气派，仅观众席就有上千个座位，每天上演张艺谋导演的、大型诗词文化实景剧《归来三峡》，很受欢迎。如果不是疫情的原因，这个季节正是三峡红叶浪漫之时，想必游人如织，剧场欢腾，而今天整个景区游客，估计不上百人。我俩站在廊桥，远眺大舞台，空空荡荡，若有所失，不禁长叹一声："归来热闹。"

噫！"归来三峡"是思千古幽情，"归来热闹"是念人间烟火。

白帝城当年游览过，印象深刻的是托孤堂里众多人物蜡像，皆造型生动、形态各异、个性鲜明。据说比如魏延，脑后的那根反骨，也可从其神态中读出。托孤堂蜡像依旧，只是白帝城彩门旁，多了一块江泽民同志的手书石碑，碑面镌刻李白"朝辞白帝彩云间"全诗，与毛主席、周总理同样的手书诗石碑并列。

瞿塘峡以雄伟险峻著称，虽只有 8000 米长，但峡江两岸似斧劈刀削，北岸的赤甲山与南岸的白盐山对峙而立，形成一座天然的雄伟峡门，称为"夔门"。古蜀国有俗语："峨眉天下秀，青城天下幽，剑门天下险，夔门天下雄。"1995 年春季，我赶上了时髦，参加"告别三峡游"（后这个提法被制止），从重庆乘游轮至武汉。记得经过夔门之时，伫立甲板上，顿觉山高峡窄，仰望高空，一线天际，真正体验到什么是"大山压顶"，什么是"井底之蛙"。脚下江水汹涌，奔腾呼啸，游轮疾驰而过，惊心动魄，顿觉右边白盐山粉壁最大幅题刻"夔门天下雄，舰机轻轻过"，那题词的高人也太举重若轻了，我可是血脉偾张啊！

船过夔门，回首许久，赤甲山高高的山尖仍在双眸中，从此也定格在了脑海里。其实不必刻意定格，因为这个画面经常出现在我们日常生活中——10 元人民币的背面图案是也。

与瘦骨嶙峋的老杜雕像合个影，便去搭乘"孔明"渡轮。在船舱墙壁上，发现一块“温馨提示”牌：“此处去三峡之巅来回约 10 小时，请注意渡船收班时间为 17：30，以免误船。”（提示同时有英语、日语、韩语。）我向船员讨教沿着古道攀登事宜，船员看看我俩，说：“古道险要，有陡峭的 66 道拐，估计你们体力吃不消。何不自驾前往，25 千米车程，50 分钟到达三峡之巅。”

攀登一段古道是必须的，它确实风光无限，特别是你脚下的夔门水始终相伴而行。徒步到老关庙信号台，一眼就看到《等满山红叶时》影片画报栏。虽然历经多年风吹雨打，画报已然褪色，但熟悉的男女主角青春洋溢的形象，依然撩拨人心。是啊，42 年过去，帅哥已陌路，美人已迟暮，唯有诗和远方是不会褪色的。

赤甲楼几毁几修，依然飞檐翘阁、红墙釉瓦。古炮台上，锈迹斑斑的铁炮，始终如一对准窄窄的夔门，真是一夫当关，万夫莫开。但俯视脚下的夔门之水，忽然感觉有点失望，那已经不是汹涌澎湃、奔腾东去的长江之水，而是风平浪静、波澜不惊的长江之湖了。是啊，如今，从三峡大坝直至重庆的长江，只不过是一条长湖罢了。所以，有时赶时髦是对的，当年让我体验了三峡滚滚东流水，不就是告别吗？

现代化就是一把双刃剑，得到的总是以失去的为代价，但我们还是乐于享受现代化带来的成果。当我俩驱车从白帝城直上三峡之巅之时，不得不惊叹新建的盘山公路带来的便利。这条旅游公路全程 25 千米，二级路标准，大巴都开得稳稳当当，我们小车只用时 40 分钟。

三峡之巅景区位于赤甲山顶，夔门之上，于 2020 年“五一”节正式开园，10 月被评上国家 AAAA 级景区。为何命名“三峡之巅”？理由有二，一是赤甲山海拔 1388 米，为三峡群峰之首；二是奉节人认为，老杜在唐朝诗人中对夔州最是一往情深，他的《夔州歌十绝句》“赤甲白盐俱刺天，闾阎缭绕接山巅”诗句，似乎千年之前就为今天的命名准备好了。

我俩傍晚登上三峡之巅，才知晓“夔”字除了夔州用名外，中国历史上的一位音乐家、雅乐的鼻祖也名“夔”，而三峡之巅即是4000多年前上古夔乐的发源地。于是这个新景区就打造出夔鼓神坛、四望乐坛、音祖雕像、夔字门、竹律雅栏等景物。我有点想不明白，夔音祖为什么要跑到三峡之巅发明雅乐呢？是离天神近一点吗？或许只有在三峡之巅才能触类旁通，激发灵感，有道是：“青山不墨千秋画，绿水无弦万古琴。”

我俩迫不及待登上最高瞭望台，这里真是长江三峡物理形态最高处，景观形态最美处，凌空俯瞰，群山连绵，峰峦叠嶂，玉带长江，蜿蜒飘动，一幅千里江山图尽收眼底。

还是老杜的诗最好：“会当凌绝顶，一览众山小。”

2022年秋

从奉节到恩施

奉节夔门酒店是我见到的最富有创意的酒店。10 月 29 日午后，我与妻驱车至此，见一指示牌：夔门酒店地下停车场由此进。我们驱车而入，停车后按照惯例，拖着行李箱从负二楼乘电梯上一楼，去寻找酒店。但走出电梯，发现地面是一座庞大的沿江而建的美食城，“城里”可以让你一边品尝美食，一边欣赏长江风景，但哪有酒店身影？一问，才知道酒店也在负二楼。原来夔门美食城负二楼负一楼皆是停车场，创意者把停车场的沿江一面改造成为一整排的望江酒店，达到了理想效果（而且价格经济，大床房 240 元）：当你坐在房间沙发上，甚至躺在床上，都可以透过落地窗望江，仿佛自己乘坐着豪华游轮，宽阔的长江就在脚下荡漾。

酒店大堂女服务员很热情，为我俩介绍奉节景点，推荐了“天坑地缝”。这个景点距离奉节城 50 多千米车程，位于奉节至恩施大峡谷景区的中点站。

我俩决定游览“天坑地缝”，而后再往恩施大峡谷。

次日晨驱车而往。沿途翻山越岭，大都在海拔千米之间行车。途中遇一处观景台，停车看景，只见脚下有两峰对峙如门，峰壁黑白相间，巍峨沧桑；峰底有村庄与田地，翠绿欲滴，屋舍俨然，相映成趣。观景台上竖立一块山石，镌刻“旱夔门”3 个大字，倒也形象。

10点左右到达“天坑地缝”景区，望见停车场颇气派，空无一车，游客服务中心大门紧闭，赶紧下车查看，只见一块布告栏摆设在那，上书“关于天坑、三峡原乡景区暂停开放的公告”，理由：“因景区安全排危和设施设备维护工作需要。”公告日期为2022年8月15日。哎！夔门酒店大堂小妹的资讯也太落伍了，景区都关闭两个多月了，竟然一无所知。

只好在门口拍一张“铁卷丹书”铭文“天坑揽胜”的相片为念。铭文开篇就吸引人：“天坑位于奉节县南部兴隆镇小寨村境内，故又名‘小寨天坑’。天坑上口径626米，最大深度662米，其深度、容积与口部面积均居世界同类喀斯特岩溶漏斗首位，被誉为‘天下第一坑’。”

接着一段描述更吸引人：“宏大的天坑胸怀古今，雄视苍穹，吞吐日月。站在坑口向下望，但见四面绝壁如斧劈刀削，直落千丈，直插地心，深不见底。若是天晴，但见坑内耸绿叠翠，盎然生机；若遇雨后，天坑里云雾缭绕，让人觉得身在九天云霄，飘飘欲仙；若逢大雪，万山银装素裹，而唯有天坑里雾气弥漫，热气腾腾，仿佛天上瑶池降落人间，别有一番天地；若在坑底，抬头仰望，天空只有簸箕大小，‘坐井观天’的无限感叹油然而生。”

遇见一个往景区深处走的小伙子，与之攀谈，知他是附近村寨人，刚从县城返乡。小伙子告诉我们：从天坑口走到坑底，近3000个石阶，有的地方很陡，往返需6个小时，很费体力。当然，也可以走一段路就返程，但体验不了“井底之蛙”的情境。如果你们去恩施看大峡谷，那里景色与这里大同小异。

接后又看了一个AAAA级景区。

景区往下行走三四百个石阶，而后是一条平缓的峡谷，两岸林木葱茏，适逢五彩斑斓季节，即使没有阳光与蓝天加持，有了云雾缭绕，枫叶红，银杏黄调色的青山绿水画面，似乎别有一番韵味；何况一路流水淙淙，还有闺女瀑、三叠瀑飞花溅玉，婉约灵动；最有收获的是，呼吸着浓浓的负氧离子，明白了形容词“清新”二字，是属于嗅觉范畴。

凡能评上AAAA级景区，通常是具备实力的。这个名曰“龙桥河”的风景区源自一条世界级暗河，长达50千米，据说是迄今为止世界上发现的最长的暗河系统。奇特的是，其中3.7千米的龙桥河是它唯一露在地面的一段阳河，有如一条淡绿窄长的丝带，水流潺潺，四季如一，清亮晶莹，蜿蜒曲折，盘山绕石，从阴河冒出，又流入阴河。龙桥河的两岸，悬崖峭壁，有天生桥、天生洞与几处瀑布等景色。

最让人称奇的是，那座天生桥，桥洞高20余米、宽10余米，天然的拱形，比人造的还工整。桥面宽达12米，是名副其实的桥面，至今连接着重庆奉节至湖北恩施的公路——将天生桥作为公路桥梁正常通行在全世界极为罕见。

我俩在闺女瀑遇见两位游客，他们从景区的出口处入园，自称本地人，因为今年遇到历史上罕见的大旱，想来看看龙桥河的水干没有。我说：“河水虽然不够丰盛，但至少细水长流，你看闺女瀑，就像小家碧玉，悄然无声。”他们笑了：“原先的闺女瀑可是大户人家，声响大着呢。”“再不降雨不行了，你看河底长满青苔，水质变差了。”“龙桥河夏天游客最多，这里海拔1500多米，属渝鄂边界避暑胜地。”

下午2点多到兴隆镇吃饭，有一道小吃让我俩赞不绝口。菜名“合渣”，土味十足却也风味十足，原料是用黄豆泡水磨成豆浆，与豆渣一起煮，并加入肉末，出锅后淋上油，撒点葱花和自制辣酱，吃起来有一种纯正的黄豆香，口味鲜美。据说土家族人特别青睐它，有着“辣椒当盐，合渣过年”的说法。我俩还点了苞谷饭与梅菜扣肉，苞谷香很正宗，梅菜有着太阳晒的味道。结账时吓一跳，一共23元，出奇的价廉物美。

2022年10月31日

云阳有个大龙缸

云阳县有历史悠久的张飞庙，有21世纪初与新县城一起建造的“万里长江第一梯”，皆属于AAAA级景区，到过云阳的人，几乎都领略过它们的魅力。然而，2017年，云阳诞生了一个AAAAA级景区，誉之“天下龙缸”。2018年，龙缸景区被评为国内十大旅游目的地之一。也就是说，它的魅力超过了云阳那两个王牌景区。

如果说龙缸景区有不足之处，那就是距离云阳县城太远，70多千米，尚无高速公路到达，驱车前往的公路路况虽不错，也需一个半小时车程。

名曰“龙缸”，浪漫色彩浓烈，相传它是小龙女用来泡汤的浴缸。这个“浴缸”大得吓人，长约300米，宽约200米，深达335米。享用如此巨大浴缸洁身休憩，当然只有小龙女才有资格这么奢侈，那老龙王得调动多少水资源啊。地理术语将“龙缸”称为喀斯特地貌“天坑”“漏斗”。云阳龙缸的深度在国内仅次于奉节小寨天坑和百色市大石围天坑，居国内第三位、世界第五位。

云阳龙缸最奇特的是，其中一面“缸壁”最薄处的厚度仅2至3米，远眺之有薄如蝉翼的感觉，让人很担心，若是小龙女在浴缸玩耍得心花怒放，手舞足蹈，撞破缸壁，那将是山崩地裂、洪水滔天。

龙缸景区2015年获得“中国最具原生态景区”称号。这固然是赞誉其自然生态之奇美无可比拟，但我以为，如果没有现代科技与巨额资金的加持，原生态之美，只是“养在深闺人未知”。除了地质工作者和诸如徐霞客之辈的探险者之外，又有几人能身临其境欣赏奇美之景？此时，我与妻行走在长达3000多米、犹如悬挂在半空中的绝壁栈道，一侧是千尺奇峰，一侧是深谷涧壑，使用“惊艳”“惊诧”“惊悚”等字眼毫不夸张，不禁连连感叹：生逢其时才能身临其境。

最为奇险的体验是，创意者竟敢在那片薄薄的缸壁之沿，也修了一条栈道，最宽处2米余，最窄处不足0.4米，游人行走于缸沿上，一边是千仞缸壁，一边是万丈深渊，怎不惊心动魄！

这种现代科技加持的原生态景观在龙缸景区还有多处，云端廊桥最为典型。有趣的是，它的横空出世，充分体现了国人爱争“世界第一”的好强心理。这里峰林遍立，落差很大，玻璃廊桥建在一座山峰之巅，海拔1106米，俯瞰峰脚的清水湖水面718米深度。廊桥悬挑长度26.68米，比美国科罗拉多大峡谷玻璃廊桥长5米多，位居世界第一，所以东道主请来中国书法家协会原主席张海题词：“天下第一廊桥。”自豪感爆棚。

玻璃廊桥周长60米，造型似一朵花蕾在云中绽放，小心翼翼踏上玻璃面，脚下是幽深的石笋峡谷和云烟弥漫的清水湖，有如太空漫步，飘逸刺激。

云端廊桥旁有一个“悬崖秋千”，钢构门形支架，看过去很稳固。简介：秋千高度12米，摆出去也12米，机械摇摆历时5分钟，在失重状态下带给人以惊险刺激感受。旁边贴有告示：只接受18至48岁、体重85千克以下的游客参与体验。

哈哈！49岁都算高龄被拒之门外，老夫还有什么遗憾。我发现，龙缸景区许多项目都是年轻人的专利，比如“云端彩虹秋千”，进景区大门就瞧见那个“大铁环”，环高108米，架设在悬崖边缘，秋千荡离悬崖80米远，此时双脚距离石笋河面600余米，每一荡都让你胆颤心惊。又如“飞拉达体验项目”，即岩壁探险，由彩虹桥、钢索、长空栈道、十二生肖秋千桥、空中图腾柱、攀爬梯道组成，全程体验下来靠的是胆大心细和旺盛体力。

所以，做很多事情都要趁年轻。

“天下第一廊桥”处自然是最佳摄像点，我俩请摄像师拍了张合照。领取相片时，工作人员是个中年汉子，对我们说：“听口音你们是福州人？”问：“好厉害，你怎么听得出来？”答：“我们老乡啊，我是将乐人。”他乡遇老乡，分外亲切，攀谈许久，让我感叹唏嘘。那位中年汉子曾在将乐玉华洞工作，对溶洞的开发管理甚有经验，八年前冲着云阳龙缸招商项目而来，投资开发龙洞（岩溶洞穴）。项目完工后，好评如潮，游客如织。

龙缸景区的基础设施比较完善，仅游客服务中心前的停车场，就比体育场还要大，进景区后的电瓶车停车场也有体育场那么大，足见旅游旺季时的热闹场面。老乡告诉我俩：“当年游客最多的一天 4 万多人。今天最多 200 人。”

在龙缸景区逛荡了整整 4 个小时，心旷神怡。下午 2 点满意返程，准备前往云阳邻居万州区，导航线路，有 3 条可供选择，从 103 千米至 110 千米，耗时均两个半小时左右。我想当然地选择高速公路优先的线路，便驱车出发。事后想想，其实我这样考虑问题不周到，因为电脑选择这条线路，只选择哪里离高速公路口近，不会考虑之前六七十千米的道路是大路还是无名小路。如若没遇上烂路，问题也不大，无非行车小心一些，费时一些，而我的选择偏偏遇上了几千米的路面改造，必须走一段烂路，偏偏又在拐弯处遇到一块大石的尖牙，防不胜防，只听到“噗”的一声，声响沉闷又结实，心里咯噔一下：“不好，爆胎了！”停车察看，右前轮果然瘪了。

此处前不着村，后不靠店，只能自己换轮胎了。打开后备厢，卸下备用车轮，找出千斤顶和套筒扳手，但就是找不到套筒扳手中的那个防盗螺丝套筒，怎么办？只好求助万州区车保公司派救援人员。此时，一位中年汉子骑着摩托车经过，见状，停车询问，告诉我，前面一千米路有个修车店，可帮助联系，请他们带工具来换车轮。他准备挂电话联系，又说："不对啊，你是辆新车，从未换过备用轮胎，工具不可能不配套。再找找。"我与妻掀开后备厢底盖，一人负责一边，开展地毯式搜索。很快，听到妻惊喜发声："找到了，卡在角落凹槽里。"

现在不用请救援队和劳驾修车店，可以自己操作了。中年汉子见我疲惫笨拙样，说：还是我帮你吧。他挽起袖子，三下五除二，换好备用轮胎，和我抬起笨重的瘪车轮，扔进后备厢，对我说："明天你到4S店换正胎时注意看一下，这些工具在后备厢都有固定位置，你起先应该是取下防盗小套筒，忙乱中又丢落车厢，因为它很小，不容易发现。"

我俩遇上的中年汉子是一个开大货车的老司机，经验丰富。妻拿出300元钱感谢他，他坚辞不收，说："我经常出门在外，也到过你们福建，也受过别人帮忙，帮忙别人也是应该的。"

我记住了，老司机是一位云阳好人。

2022年10月

武大樱花别样情

花没有国界，但花有情感。所以，杜甫先生抒发的“感时花溅泪”，就成了千古诗句。

武汉大学的樱花很漂亮，闻名于世超过半个世纪。但武汉大学樱花的情感却很复杂。

武大筹办于1893年清末湖广总督张之洞奏请清朝廷创办的自强学堂，历经传承演变，1928年定名为国立武汉大学，是近代中国第一批国立大学。武大校园坐落于烟波浩渺的东湖之畔珞珈山，风景优美，最初并没有樱花。1939年，侵华日军占领武汉，将武大据为司令部，从日本引进了一批樱花树苗种植，遂成后来的武大樱花大道。

1945年抗战胜利，武大回迁，当时有人主张砍掉尚存的28株樱花树，认为是“国耻之花”。但最终以不砍的意见占据上风，理由：既是日本侵华罪证，应作为战利品保留。1972年，中日邦交正常化，日本首相田中角荣访华，向周恩来总理赠送了1000株大山樱，其中50株被转赠给武大。20世纪80年代、20世纪90年代，日本友人又两次赠送樱花树苗给武大。武大校园现有樱花1000多株，以日本4个品种樱花为主。

武大是有着百年历史的名校，最初一批建筑既有中国传统宫殿式元素，又融入了西方古典主义的风格，绿色琉璃瓦，花岗岩墙壁与方柱，比如樱顶老图书馆、樱园学生宿舍、文理教学楼等，宏伟厚重，让人过目不忘。武大樱花盛开于三月中下旬，此时，粉红、粉白色的樱花与百年建筑相映生辉，樱花大道摩肩擦踵，人面樱花，暖风飘香，便有了“三月赏樱，唯有武大”的赞语。难怪武大被誉为中国最美的大学校园。

若论对樱花情有独钟，非日本国莫属。樱花被视为日本的“国花”，并与富士山并列为日本的象征。樱花短暂而绚烂的花期契合了日本文化中的“物哀”美学，让人更加珍惜当下，感悟生命的无常与美丽。樱花也与武士道精神紧密相连，象征着武士的忠诚、无畏和牺牲精神。花中樱花，人中武士，凄美宁静，以死为傲。

所以，武大樱花有其独特情感，其他地方的樱花很难取代。

乙巳春风季节，我们一批老友新朋，慕名来到武汉赏樱。导游安排东湖磨山樱花园游览。该园是中国改革开放不久新建的，第一批种植的樱花苗就有田中角荣的赠品。园林规划颇有气派，占地 260 亩，种植多种樱花树达 1 万株，其中不少名贵树种，亭台楼阁池水草甸为之配套，错落有致又突出主题，很快成为江城的一个主题公园，成为全国 AAAAA 级风景区。于是宣称：该园与日本青森县的弘前樱花园、美国的华盛顿州樱花园并列为世界三大樱花之都。

我们下榻的汉口酒店，距磨山樱花园约 20 千米车程，大巴竟然行驶了两个小时。结论是：堵在后半程，同是看花人。俗评：人比花多。雅评：倾城而出看樱花。媒体报道：近几天，日均到磨山赏花者 10 万人。老夫用一首打油诗感怀：

磨山樱花开满园，倾城而出皆有缘。
欢声笑语如潮涌，岁月静好伴婵娟。

人是一个有趣的动物，熙熙攘攘闹哄哄之际怀念冷冷清清独月明之时。几年前，吾与妻沿长江驾行，进出江城，因众所周知的原因，这里黎明静悄悄、白天静悄悄、夜晚静悄悄。那时，多么怀念人潮如织代表岁月静好的日子。

尽管磨山樱花园游览得淋漓尽致，仍然念念不忘武大校园。所以，吾辈念念不忘的不仅是繁花似锦、绚烂之极，更念念不忘的是武大樱花的别样情。

遗憾的是，武大每日发放 2 万张赏花门票已告罄。有趣的是，导游找的“熟人”，可让你作为学校教职员工，乘小车驶入校园第一道门，而后徒步进入百年建筑体育馆，顺便欣赏一下武汉大学 2025 年“火炬杯”学生排球比赛的备战场面，再从二楼后门出馆，踏上了樱花大道，如愿以偿。

其实，日本的樱花源自中国。据日本权威的樱花专著《樱大鉴》记载，樱花原产于中国，通过遣唐使传入日本。“传自中国，兴于日本”，说明各国之间的交流与发展是主旋律。

人的情感丰富且复杂，但有的情感是相同的、相通的，包括不共戴天的敌人。日军 1938 年占据武大作为大军营，特地从本土运来樱树苗种植，赋予的情感中，一定有思念亲人、思念家乡的千个情结。就如杜甫先生“感时花溅泪”的背景是：“烽火连三月，家书抵万金。”自古以来，乡愁都是与人性真善美划为等号，不论正义与邪恶。更何况，发动战争的都是政治家们，绝大多数军人也是受害者。

吾辈对日本国的情感也挺复杂，恨其侵略中国，烧杀掠夺，毫无人性，但自从两国建立邦交，特别是改革开放之后，日本又是帮助我国最多的国家。许多年前，走马观花了一趟日本，他们的礼貌待人、遵守交通秩序、环保意识、清洁习惯、科技创新、团队精神，包括日本料理，等等，无不留下美好印象。如果用“又恨又爱”4 个字表达，也许比较准确。

2025 年 3 月 22 日，高兴地从主流媒体看到，第六次中日经济高层对话达成二十项重要共识。看来，中日两国交流与合作的天空很晴朗。

最喜欢武大校园里粉白色的樱花，她在晴朗天空映衬下特别漂亮。

2025 年 3 月

击水三千里的毛泽东

2011年春节，吾辈走了一趟武汉东湖，得出一个结论，毛泽东主席一生爱水恋水击水，始终不渝，至死方休，就如他20多岁时所写的两句诗：“自信人生二百年，会当水击三千里。”

东湖是武汉这座城市的地标，面积大于杭州西湖6倍，属全国最大的城中湖；而湖畔的东湖宾馆，亦为武汉的骄傲，素有“湖北中南海”之称。毛主席曾在此下榻44次，每次少则十天半个月，长则半年之久，即是老人家谓之“白云黄鹤的地方”。

那天清晨，75岁的老船工划一叶扁舟，摇荡在水墨画般的湖光山色中，送我与妻往东湖宾馆梅岭一号参观。毛主席曾29次入住这里。挺拔的香樟、俊逸的玉兰、热烈的棕榈与芬芳的桂树掩映着一幢朴实的楼馆。楼馆门口挂着“毛泽东故居”匾额，旁有一个玻璃房，存放着镇馆之宝——斯大林赠送毛主席的“吉斯110”高级轿车。这款轿车为手工制造，产量极少，有普通轿车两倍大，现中国仅有三辆（其中一辆在中南海）。该车为毛主席在鄂时期专用。

沿着东湖之畔漫步。高高水杉林下弯弯石径，每隔百米就可观赏到一块天然湖石，石面嵌以毛主席当年在此生活剪影，其中一张是在东湖游泳相片：五六个年轻战士紧张兮兮地围盯着坦然自如的毛主席，意趣盎然。

其实毛主席的游泳技术十分高超，会自由泳、侧泳、蛙泳、仰泳，在水里可以“坐凳子”“立正”“稍息”，甚至可以仰身而卧，双手垫在颈部当枕头，浮在水面，长时间不动，任其漂流。这技术，就是许多游泳健儿也难掌握。但实事求是地说，老人家的泳姿基本属于自创式，最拿手的是半侧半仰，双手一并在水中左右摆动。这种泳姿既不符合国际泳协规定的四大主要泳姿标准，又不大美观，但毛主席毫不介意，认为管用就行，就如他把马克思列宁主义的革命理论与中国革命实践相结合，创造出了走中国人自己的路一样。管用。

毛主席出生的韶山冲没有江河，只有一口不大不小的池塘。那个小名叫石三伢子的调皮鬼，有一次犯了错误，被父亲追打，他灵机一动，跳入池塘，

父亲十分无奈，只好作罢。大概从此以后，石三伢子就爱上了游泳。读私塾时，他为带领同学到池塘游泳而受到老师的责罚，并罚他对对子，幸亏他对得工整，才免挨了一顿打手心的皮肉之苦。石三伢子长大后，大名毛润之，到长沙读书，十分喜爱体育运动，并刻意磨炼自己的意志，经常进行冷水浴、日光浴、风浴、雨浴、游泳、爬山、露宿等，尤其喜欢游泳。1915 年，毛润之在湖南一中上学期间，写了一首仿古诗，题目叫《游泳启事》，张贴于校园，全诗如下：

铁路之旁兮，水面汪洋；
深浅合度兮，生命无妨。
凡我同志兮，携手同行；
晚餐之后兮，游泳一场。

诗风轻快畅达，洋溢着浓浓青春气息。10 年之后，毛润之回长沙开展反对军阀斗争和发动工农运动，重游岳麓山、橘子洲，面对滔滔

湘江水与满山红叶，写下了著名的《沁园春·长沙》。最后一句：“曾记否，到中流击水，浪遏飞舟？”你们还记得吗，当年在大风浪中奋力拼搏，激起的波浪竟挡住了顺流直下的快船。何等的豪情激荡。毛主席后来为此诗批注：“击水，游泳。那时初学，盛夏水涨，几死者数，一群人终于坚持，直到隆冬，犹在江中，当时有一篇诗，都忘记了，只记得两句：自信人生二百年，会当击水三千里。”

毛主席100周年诞辰那年，吾辈有幸拜谒橘子洲头。橘洲公园耸立着一块汉白玉纪念碑，碑上镌刻毛主席手书“橘子洲头”4个大字和《沁园春·长沙》一词。当年大家就纷纷建议，应该在这里立一尊青年毛润之“指点江山，激扬文字”“击水三千里”的塑像。2010年，此议果然付诸实施，而且是大手笔，一尊高32米、长83米、宽41米的花岗石半身像落成于此，32岁的毛润之风华正茂，长发飘曳，注视着湘江北去……

击水三千里是青年毛泽东的夙愿与豪情，但在旧中国动荡岁月难以践行，待到中华人民共和国成立之后，年过半百的毛主席让这股豪情不时激荡在大江南北，在韶山水库畅游，在北戴河、湘江、邕江、长江击水，每每从容不迫，自谓：“胜似闲庭信步。”并总结：“水越深，浮力越大，游泳起来当然越要便利些。”他对湖南省委第一书记周小舟说：“两年不当省委书记，也要学会游泳啊！”还说：“到江河游泳，有激流，可以锻炼意志和勇敢。”“长江，别人都说很大，其实，大并不可怕，美帝国主义不是很大吗？我们顶了他一下，也没有啥。所以世界上有些东西其实并不可怕。”

1954年夏天，毛主席来到北戴河，正值狂风大作，洪波百丈。老人家极目幽燕，缅怀魏武，兴致勃发，下海畅游了一个多小时。上岸后，意犹未尽，一气呵成，写下了《浪淘沙·北戴河》。

我发现毛主席的许多著名诗篇往往是在游泳之后写下的，老人家不擅长饮酒，当然没有“斗酒诗百篇”之类佳话，但游泳却能给他独特灵感。1955年6月，毛主席回长沙视察工作，在南郊猴子石跃入湘江，畅游许久，从岳麓山下牌楼口登岸，就写了一首七律《和周世钊同志》：

春江浩荡暂徘徊，又踏层峰望眼开。

……

有趣的是，按毛主席自己的话说，他几次游湘江，是为了去武汉畅游长江做准备的。当时罗瑞卿、汪东兴、王任重等领导及保健医生都坚决反对，可是63岁的毛主席一定要实现多年夙愿，畅游长江。

1956年6月1日，毛主席首次从武昌游过长江，到达汉口。6月3日，从汉阳下水，穿过长江大桥桥洞，游到武昌。6月4日，又从汉阳游到武昌。每次都下水2个小时多，每次都游20多华里。游泳后心情特别舒畅，估计食欲也好，东湖宾馆南山甲所大厨杨纯清做了四菜一汤，其中有一道清蒸鳊鱼，毛主席赞不绝口。当晚，毛主席就满面笑容地对杨师傅说：“你做的鳊鱼非常不错。”并从口袋里掏出一张纸条：“我刚刚填写了一首词，送给你要不要呀？杨师傅，不吃你做的武昌鱼，我是填不出词来的。”杨纯清接过来一看，写的正是：

才饮长沙水，又食武昌鱼，

万里长江横渡，极目楚天舒。

……

这首充满革命豪情的浪漫主义佳作，第一位读者就是杨师傅。后来，东湖宾馆设计了一款别致的传统信封，将《水调歌头·游泳》印在上头。当年毛主席先后下榻15次的南山甲所，如今已对外开放。那天，我们徜徉于此，并求得信封一枚，爱不释手。

据统计，从1956年至1966年，毛主席在武汉畅游长江达18次，但影响力最大的是1966年7月16日。73岁高龄的老人家再一次横渡长江，似乎在向全世界表明：中国共产党的主席体魄依然是健康的，精力依然是旺盛的，一定能够继续领导中国社会主义革命和建设勇往直前。

那天天气晴朗，上午8时，武汉市5000名游泳健儿，遵循毛主席“到大江大海去游泳去锻炼”的教导，举行第11届横渡长江游泳比赛。比赛刚开始，人们惊喜发现，一艘乘风破浪而来的快艇上站着毛主席，大江两岸顿时一片欢腾。毛主席红光满面地为游泳大军引航。托举着红旗和巨幅语录牌的游泳大军组成了一条“水上红色长城”。毛主席向大家频频招手并高呼：“同志们好！”“人民万岁！”整个江面欢笑声、掌声、汽笛声、欢呼声，响彻云霄。11时整，毛主席走下快艇，伸开双臂，扑入长江。汛期的长江，水流湍急，波涛滚滚，毛主席时而挥臂侧游，劈开层层波浪，奋力向前；时而仰卧水面，头枕浪峰，放眼万里长天；时而踩水前进，闲庭信步于万顷波涛之上。游程近30华里，历时1个小时零5分。几天后，全国各大主要报刊，在头版头条登载了毛主席横渡长江的报道和照片。当看到毛主席身着白色泳袍，站在快艇上挥手检阅游泳大军时，人们对毛主席的领导艺术产生了一种无法形容的崇拜感。

20世纪60年代末和整个70年代，每逢“7·16”这一天，全国各地大都组织集体横渡江河湖海之类活动，来纪念其伟大意义。那个年代，游泳运动十分时尚和普及。眼前那位75岁的老船工自豪地告诉我们，他亲眼见过毛主席畅游长江。那个年代的那一天，他参加横渡长江不下10次，他的游泳方阵名曰“东湖渔工”，可与武汉大学方阵相媲美。是啊！那是一个激情燃烧的年代。我告诉老船工，我也曾在江河湖泊参加过这样令人难忘的纪念活动。而当年武汉的横渡长江始终是吾辈的朝圣之地。

毛主席终究老了。1966 年 7 月 16 日是老人家最后一次击水长江。回到北京不久，他就搬出了丰泽园菊香书屋，搬到中南海的北海湖畔，一个当年中共高端人士敬畏又神秘称谓之“游泳池”的地方。那是毛主席用自己稿费修建的一个游泳池和一座简朴的平房。从此，一直住在那里，直至逝世。

英雄暮年，壮心不已。莫非唯有朝夕厮守着一池碧水，方能抚慰“自信人生二百年，会当水击三千里”的壮烈情怀！

2011 年春

林家大湾见闻录

国人对林彪的感情十分复杂。1971 年 9 月 13 日，他折戟沉沙于蒙古国温都尔罕，吾辈正在农村广阔天地里接受贫下中农再教育。这条信息有如晴天霹雳，惊得大家目瞪口呆。可以说，是“9·13”事件使吾辈单纯的思想政治陷入了迷茫和反思。

一晃 40 年过去，龙年春节期间，我与妻子游览黄冈的东坡赤壁，无意间得知林彪故居距此才 30 千米路程，便欣然驱车前往。

停车问路，一位十八九岁的姑娘说：“林家大湾就在我们回龙镇，你们顺路捎我回家，我给你们带路，如何？”我们不花钱请了个导游，利己利人，何乐不为。

问询为何名叫“回龙镇”。姑娘小陈说，听老辈人讲，这里曾出了一条苍龙，却常年在外挟云播雨，后来老了，带了一条小龙回来，所以叫“回龙镇”。这个故事耐人寻味。

农历正月初四，游客三三两两，林家大湾显得有点冷清。迈进挂着烫金“帅门”匾额的林彪故居，迎面是一尊戎装在身的林彪半身铜像，室内陈列着林彪在“文革”前各个历史时期的丰功伟绩，同时也陈列着林育南、林育英两位英烈的事迹。他俩是林彪的堂兄，与林彪在林家大湾并称“林氏三杰”。

著名地质学家李四光的父亲李卓侯是林氏三兄弟的启蒙老师，李老师极喜爱三兄弟，曾说："育南秉性聪慧，育英勤奋刻苦，育蓉（林彪）既聪明又刻苦，日后都会大有出息。只是育蓉性子阴柔，不好把握，是龙是虫，一切全靠他自己。"不愧是李四光之父，看人入木三分（隔壁村子有李四光故居）。

林育南曾任中国共产主义青年团书记，是"二七"大罢工的主要领导人，中共第五次代表大会的中央候补委员，1931 年在上海被捕，牺牲于龙华。林彪去黄埔军校学习还是他促成的。林育英 1935 年从苏联回国后改名张浩，曾任八路军一二九师政委，后来参加中央政治局工作，1942 年病逝于延安，毛主席等中央领导亲为执绋和抬棺。

林家大湾真是藏龙卧虎之地。

黄冈是著名的将军之乡，"帅门"展室用一到八的数字归纳得颇有意思：

一位元帅：林彪；

两位国家主席：董必武、李先念；

三位中共一大代表：董必武、陈潭秋、包惠僧；

四位副总理：林彪、李先念、陈锡联、李富春；

五位科教名人：毕昇、李时珍、李四光、王亚南、熊十力；

六位政治局委员：董必武、林彪、李先念、谢富治、陈锡联、秦基伟；

七块国际奥林匹克数理化金银牌；

八位 1955 年授勋上将：许世友、韩先楚、陈再道、陈锡联、王建安、周纯全、王宏坤、谢富治。

看了这份名单，极容易联想到东坡赤壁那首千古一词："大江东去，浪淘尽，千古风流人物……"莫非当年谪居黄州的苏东坡，就意识到此地：江山代有才人出，各领风骚数百年？

当我们走出"帅门"时，小陈悄悄扯了我的袖子，说："我带你们去看真正的林彪故居。"把我们领到一条小巷子里，拐了几拐，果然看到一块指路牌写着：林彪旧居，欢迎光临，前面收费与旧居无关，单独收费，每人五元。谢谢支持！

原来，“帅门”是林彪父母1936年建造的房子，而林彪1907年出生在另外旧居。这座旧居简陋多了，一位60多岁的妇人，自称是林彪的侄媳妇，面带哀怨，对我们说：“帅门”收20元，是公家开办的，我这里是私人开办的。她让我看墙上旧居简介：此处为林彪出生地，20世纪60年代是林彪旧居的主要参观地点，林彪堂侄林从章出资修复。小陈对我耳语：其实“帅门”也是林彪另一位侄子林从安出资修缮和经营的，并不是公家办的。

在潮湿昏暗又冷清的旧居里，我和老人家攀谈起来。当问及“文革”时期的事情，老人家马上精神一振，她自称1968年嫁到林家，担任过林彪故居的讲解员。那些年的参观者人山人海成了她难忘的记忆。故居前原来有座小山坡，为了迎接朝圣般的人流，半个月内就被铲平为小广场，上面耸立起一座巨幅画像：毛主席神采奕奕，挥手向前，他的亲密战友林副主席手举红宝书，含笑在旁。

“那人多得我陪嫁的嫁妆都抬不进湾子，那人多得连门口的池塘水都快被喝干了。”老人家回忆起那一段往事，一脸幸福。

当聊到“9·13”事件之后，老人家的脸马上变色，说，林家湾子突然从天上掉到地下，塑像被推倒，风景树被挖走，林彪故居也被拆除，之后20年归于寂静。

直到1991年《大决战·辽沈战役》电影公映，黄冈人和全国观众在大屏幕上看见了一位身穿黄呢军装，一边吃黄豆，一边思考战局的指挥官，双眉浓黑，神态淡然的老乡林彪。2007年建军80周年前夕，林彪戎装照片重新出现在北京军事博物馆。同年，在京举办林彪元帅诞生一百周年纪念会。

临走之前，我安慰老人家：林家大湾以后一定会热闹起来的。

也许是忙于过年，也许是游客稀少的原因，林家大湾的几家饭庄都歇业了，只有到处销售林彪爱吃的炒黄豆，每包5元。已是下午4点，我们还未吃午饭，小陈便带我们到回龙镇找了个饭店，谁知人家也不营业。不知小陈用本地话与老板讲了些什么，老板竟答应为我们煮两碗面条加肉丸。我问小陈，你都说了什么？她说，我告诉老板，你们专程从福建大老远地来看林家大湾，我们回龙镇人应该高兴，应该马上营业，欢迎人家！

那碗面条加肉丸让我们吃得特别可口、特别热乎。

写这篇文章之时，我再次温习林彪简历，可用“戎马一生”概括：

早年进入黄埔军校，参加国民革命军的北伐；

大革命失败后选择了革命，参加了南昌起义，上井冈山跟随毛泽东；

23岁任红军第四军军长，长征时，率领的红一军团是主力部队之一；

到达陕北后，出任抗日红军大学校长；

抗战中，任八路军第一一五师师长，平型关之战，打破了日军不可战胜的神话；

解放战争，指挥辽沈战役，赢得东北全境解放，又指挥平津战役，和平解放北平。而后，率领“四野”南下，解放中南地区，打到海南岛。可称“常胜将军”。

十大元帅，林彪排在朱德、彭德怀之后，名列第三……

2012年春节

桂子月中落咸宁

南方多桂树，深受人们喜欢。据说以桂花为市花的城市就有十多个：杭州、合肥、桂林、苏州、咸宁……

1982 年秋季，我与妻到杭州旅行，初次领略“天香云外飘”的诗情画意，并品尝了杭州特产桂花糕、桂花糖，嗅觉味觉激发通感，美妙体验，印象深刻，从此以为杭州就是“桂子之乡”。

也还有唐朝诗人白居易的《忆江南》佐证：

> 江南忆，最忆是杭州，山寺月中寻桂子，郡亭枕上看潮头，何日更重游。

2022 年寒露季节，我与妻自驾游到咸宁，才知道这里的桂花不管是产量还是数量都是全国第一。2000 年，国家林业局和中国花卉协会命名咸宁市为“中国桂花之乡”。

所以到咸宁，一定要去桂花源走走，然后你才知道“桂花之乡”的含金量。

为什么冠名“桂花源”？这得从“吴刚伐桂”的民间故事说起。

吾辈少年时代听说的吴刚故事是这样的：

天庭管南天门的吴刚和月宫里的嫦娥对上了眼，常因思念或约会而疏于职守。玉皇大帝生气了，惩罚吴刚砍伐月宫里的桂树，砍倒之后才能与嫦娥修百年之好。吴刚砍啊砍，不停不歇，夜以继日，但月桂随砍随合，终不能砍倒。只是每年农历八月十六那天，月亮最圆最亮之时，桂花雨一般纷纷而落，对吴刚报以悲悯回应。

一场相爱，终成悲剧。

但桂花源山顶矗立一尊“吴刚伐桂”石雕像，镌刻着一段文字，是这么诠释的：

> 吴刚是咸宁西河村人，大孝子，因母亲得一怪病，四处求医无果。吴刚经太乙真人点化，建造高塔入云霄，进入月宫，砍下月桂枝叶连带桂花，嫦娥帮助掷下人间，吴刚将之带回咸宁家乡，熬汤给母亲服用，母亲怪病很快治愈。

母子情深，一场喜剧。

从此人间有桂树，咸宁成为桂花之源矣。

唐朝诗人宋之问诗：“桂子月中落，天香云外飘。”似乎也为“桂花源”做了注释。

桂花源核心区占地 800 多亩，位于咸宁城区南面的桂花镇。远眺就是一座遍植桂树的普通山头，近看是桂树森森桂花园。但它的不同凡响在于，这里隐居着中国一群桂树老者（中国最大的古桂群）：树龄 50 年至百年的 2000 多株，百年以上的 576 株，最老的一株 800 余年。而且它们老而弥坚，老干新枝，年年盛开桂花。

800 余岁的“桂王”成为“人气王”，游客都想傍着王者留个影，沾沾福气。

踩着青石路径，盘旋林下，不用一个小时，便让游客见识千姿百态的桂树，有“瑶台桂母”“夫妻桂”“姊妹桂”还有“龙鳞护桂”“咏岩桂”“九桂成廊”“百桂成园”等等，真是目不暇接，叹为观止。还可以驻足一株“抗倭神桂”旁，听一个悲壮故事：1938年，日寇占领咸宁，得知桂木炭火旺香浓，即砍桂烧炭，咸宁两万余株古桂遭劫。一天，日寇到木梓坳（桂花源）砍桂。一个当官模样的举刀便砍，连砍三刀，桂树惊叫三声，吓跑日寇，古桂群幸免于难。而今，那株被砍三刀的古桂仍然郁郁青青。

我们来访之时，桂花盛开季节已过，但桂花源品种众多，四季桂不少，四季开花，还有一种“日香桂”，日日有花香；再有丹桂，尚是满树繁花。徜徉桂花园中，仿佛浑身上下都沉浸在桂花香中，喝一口保温杯的白茶，竟喝出白茶桂花香；擦一把额头微汗，似乎也有桂花香，突然明白，古诗书中描写典雅女子的“香汗”，不过如此。

悄悄折一枝丹桂在手，轻轻摇晃，颇感称心，因为想起了“折桂”美事：我国古代科举考试皆在秋季举行，恰逢桂花盛开，又把登科夺冠称为“折桂”。妻笑我，一个大闲人，为何忍不住还要折桂？莫非贼心未灭？

桂花源山脚有个村庄，开着好几家菜馆，我们进去打听这里的桂花产品，本以为会像杭州那样，会有桂花糕、桂花糖、桂花茶等，结果让人惊奇，竟然没有一种。店老板告之：“我们这里人只做桂花树苗生意，已经忙不过来了。”

这种商品意识够淳朴了。

在“嫦娥掷桂”雕像前遇上一支三四十人的团队，皆是老夫老太，叽叽喳喳说嫦娥。观其服饰言谈举止，大概是某乡镇组织的一支退休人员队伍。他们兴致甚高，请来景区工作人员，手持长长竹竿，怀抱一捆塑料布，要去体验和观摩一场收获桂花时，用竹竿敲打下来的“桂花雨”。

他们应该和我俩一样，也属于闲人。不禁想起王维诗句：

人闲桂花落，夜静春山空。

2022 年 10 月 23 日

洪湖水浪打浪

陪伴吾辈少年时代有几部电影，皆是看了一遍又一遍，《洪湖赤卫队》算是一部。那时我还是小学生，经常去县城工人文化宫蹭电影，因为有一位检票员是我父亲同事。他每见我仰起脸作可爱状，就会摸着我的头微微一笑，算是检票了。

《洪湖赤卫队》由谢添导演，王玉珍主演韩英，谢添还兼演打入敌保安团的中共地下工作者张副官。这部歌剧讲述了20世纪30年代，洪湖赤卫队党代表韩英带领赤卫队与敌人展开艰苦斗争，保卫湘鄂西革命根据地的故事。苦大仇深、智勇双全的韩英，有勇无谋、逐步成熟的赤卫队大队长刘闯，还有那位为了营救韩英出狱的张副官，英姿飒爽地挺立在后花园门口，为韩英挡子弹，壮烈牺牲前还不忘将头上的国民党军帽，狠狠摔到地下的形象。这些情节无不铭刻在少年郎的脑海中。影片中的歌曲《洪湖水浪打浪》《没有眼泪没有悲伤》《看天下劳苦人民都得解放》，以及《小曲好唱口难开》等，一下子唱红了大江南北，呈现出“处处洪湖水，天天浪打浪”的文化氛围。

所以，我的脑袋瓜里，洪湖就是革命的湖、红色的湖。2022年霜降季节，我与妻自驾到洪湖市，往瞿家湾的路上，迎面看到一块跨街横幅，上书7个大字“革命常思洪湖水”，不禁笑出声来：“洪湖和我半个世纪前想象的一样。”

我的定势思维找到了两位大人物佐证，一位是董必武，他的诗，《观〈洪湖赤卫队〉》：

仿佛当年作斗争，韩英刘闯造型真。
一篇诗史流传出，音乐悠扬更动人。

另一位是谢觉哉，他的诗：

三十年前战斗湖，而今鱼鸟稻粱多。
年华许我重游访，羽扇轻摇认旧居。

洪湖不仅是洪湖赤卫队的故乡，还是红二方面军的摇篮、湘鄂西苏区首府，是“两把菜刀闹革命”的贺龙一手创办的。据说，贺龙第一次来到洪湖，看到一碧万顷的湖泊，就说这里可以藏兵30万，适合打游击。1927年底，贺龙参与领导的南昌起义兵败后，与周逸群等来到湘鄂西，开辟革命根据地。鼎盛时期，苏区覆盖周边58个县市，拥有2万名正规红军和5万人的地方武装。

在我印象中，贺龙形象就是一个爱叼烟斗的赳赳武将，当我读到他写的《哭向应》长诗，深深感受到武将军如泣如诉的诗句，坦露出丰富的内心世界，也是文采斐然，且节录一段如下：

整整十五年，
你我同生死，共患难：
洪湖、湘鄂西、鄂豫皖，
黔、云、贵、川陕边，
雪山草地，西安平原，

踏晋绥，出河北，
几万里长途征战，
入死出生！
无论在战场上、工作中，
也不管在草亭茅舍，大厦高堂，
我记不出何时不在一起！
何时有何分离？！
而今你是永别了！
翘首苍天，
你的音容宛在，
我则寐不成眠。

也许“将军本色是诗人”的基因留给了下一代，贺龙女儿贺捷生是我军的一个大作家、少将。她出生于1935年底，在襁褓中就跟随父母长征。前些年，贺捷生写的报告文学《父亲的雪山　母亲的草地》获得鲁迅文学奖。书中有段情节让人读罢无不动容：贺龙将出生3个月的捷生绑在怀抱中，骑着高头大马突围，杀红了眼，狂奔几十里，将敌军甩在后头，长舒一口气，准备掏烟袋时，却发现女儿不见了，欲哭无泪……（女儿幸好被战友从草丛中捡到）。

贺龙革命遗迹在洪湖特别丰富，游客走进洪湖，会误以为洪湖是贺龙故里，其实贺龙是湖南桑植人。

洪湖很老了，清朝之前名称有多个，康熙年间洪水泛滥，将两个湖冲成一个湖，康熙到此视察，问：这叫什么湖？地方官回答：未有名，请皇上赐名。康熙说：既被洪水冲成一个湖，就叫“洪湖”吧。

洪湖县却很年轻，1951年6月20日，国务院批准建立洪湖县。建县的初衷是为了缅怀先烈，激励后人。新县辖区将沔阳县、监利县、嘉鱼县、汉阳县部分地域划出，以境内最大湖泊命名县名，既有纪念革命根据地之意，又标示了水乡泽国的特点。1987年改县为市，现属荆州市管辖。

洪湖是中国第七大淡水湖、湖北最大的淡水湖，水面面积340多平方千米。通俗地做个比较，即有9个闽东古田县翠屏湖大。但洪湖蓄水量才3亿至4亿立方米，而翠屏湖达6亿立方米。因为洪湖是天然湖泊，平均水深才1.34米，所以才会出现《洪湖赤卫队》电影中，小船驶入一望无际的采莲挖藕场景。洪湖不仅产莲，也产菱、芡等浮叶植物和菰、苇、荻等挺水植物，湖底长年水草丰茂，素称“水下大草原”。

洪湖东西两侧与长江相通，是淡水鱼生长的王国和鸟类生活的天堂，曾是中国生态系统优良、水质达到二类标准的大型淡水湖泊。但由于20世纪80年代开始的大规模围网养殖和过度开发，导致生态恶化，直到2016年当局铁腕整治，近些年洪湖才重现昔日风采。

现在的洪湖，红色旅游是一道亮丽的风景线。洪湖市区距离湖畔仅三四千米车程，湖畔有红色湘鄂西旅游区，占地1500余亩，内有贺龙元帅全身铜像、贺龙岛、赤卫岛、“9·8”抗洪纪念园、国际友人路易·艾黎铜像等。可惜来得不是时候，该景区已关闭，说是邻县发现疫情，我们只能隔着铁栅门拍一张贺龙元帅全身铜像。

洪湖湿地生态旅游区倒是没有关闭，游客中心建筑气派堂皇，配套的酒店、商场一应俱全，但码头游船泊岸，景区冷冷清清，游客只有我俩。

我们驱车50多千米，从洪湖南岸绕到北岸的瞿家湾，拟参观湘鄂西革命根据地旧址。遗憾的是，这座全国重点文物保护单位也因疫情原因闭门谢客。

景区大门对面是洪湖水乡特产直销店，门口摆着几十面竹席，晾晒大大小小10余种鱼干，让人看着觉得很好吃。想起有一部拍摄美食的纪录片，起名“听着很好吃”，比如听炒菜发出的声音；我看导演可以继续拍“看着很好吃”，比如眼前各式各样的鱼干。店里销售各种鱼干和莲子、莲芯、藕粉、芡实等特产，琳琅满目。我们边挑商品边与售货小姑娘聊天，了解了不少信息：

洪湖禁捕了10年，现在生态越来越好。湖里的鱼可多啦，很多鱼游到河里，那些鱼干是河里捕的，河里又不禁捕。

洪湖莲子为什么比你福建莲子小粒，因为我们是等莲子成熟透了，才采摘，这样口味好、营养好。

在小姑娘建议下，我们返程的车开上了湖堤。驱车前行，左边是兴湖村，粉墙黛瓦，房舍俨然，望湖阳台，现代温馨，稻谷成熟，丰收在望；右边是湖水茫茫，水天一色，芦荻迎风，飞鸟翔集，舟楫往返，渔歌唱晚。

眼前景物似乎呼应了谢老那句诗：“而今鱼鸟稻粱多。”遗憾的是，此行没能游湖，没能在湖面上重温一回《洪湖赤卫队》的场景。

2022年10月24日

八百里洞庭英雄与美人

“洞庭天下水，岳阳天下楼。”

花甲之年，兴致勃勃，登临岳阳楼，全是因为范大人的《岳阳楼记》，几十年来老在脑海里留下一个画面：“衔远山，吞长江，浩浩汤汤，横无际涯。”何时一睹，幸甚！

可惜来得不是季节，再加上这些年湖水渐少、游客渐多，嘈杂声中排队登斯楼，如何体验得到那千古文章的境界？但两天的行程，却另有收获。感觉到“洞庭天下水”似乎是属于英雄与美人的。

十分惊奇4000多年前的尧，凭什么那么死心塌地地看重舜。一定将江山禅让与他，还要把两个仙女般的女儿都嫁与他，不知是江山陪嫁女儿，还是女儿陪嫁江山？抑或唯有如此这般，万里江山仍在自家人手中，放心！当然后来事实证明，尧老大的眼光毒得很，舜女婿果然殚精竭虑鞠躬尽瘁治理九州。都100岁了，还轻车简从，到南方搞调查研究，终因劳累过度，驾崩于苍梧之野，葬于九嶷山上。两个妃子见丈夫久未返回，就出门四处寻找，来到洞庭湖上君山岛，闻噩耗，柔肠寸断，泪如雨下，直至双双哭死。那泪水，斑斑点点，都滴到青青翠竹之上，于是那竹子就成了著名的斑竹或叫“湘妃竹”。对这个美丽故事，连毛泽东主席也唏嘘不已，写下了“斑竹一枝千滴泪”的婉约诗句。

据说君山的得名就是来自二妃墓前对联的嵌首两字“君妃二魄芳千古，山竹诸斑泪一人”。可见斯墓历史久远矣。如今墓碑上刻着“虞帝二妃之墓”。墓头翠竹仍在，泪痕犹存。传说中，二妃魂魄飞到了九嶷山，化为娥皇峰和女英峰陪伴着舜源峰。让舜英雄永远躺在美人怀抱里，咱们民族神话的情感修复功能多么圆满。

二妃墓至此成了爱情的凄美胜地，似乎使人感到有些缺憾。幸好君山岛还有一个爱情完美归宿的故事——柳毅传书。20世纪60年代同名越剧电影名噪一时，话说长安落第回乡的秀才，在泾阳冰天雪地里偶遇三龙女，此时的美娇娘已被其恶丈夫家暴得生不如死，风雪中牧羊，饥寒交迫。龙女的遭遇让柳书生顿生英雄救美的气概，义无反顾地远赴洞庭，从君山的一口古井进入龙宫，送信龙王手中，及时解救了三龙女。

脱离苦海的三龙女自然对优秀的好男儿倾心爱慕，按常理故事到此水到渠成，英雄美人该大团圆了。但且慢，柳英雄竟然一口回绝，因为救人于患难之中，施恩不图报才是大丈夫本色，岂能见美色忘大义。越剧中，当柳毅黯然离别龙女时，有笙歌呜咽：“执手相看泪眼，竟无语凝噎，念去去，千里烟波，暮霭沉沉楚天阔。”这柳毅实在太坚强太完美，明明为美人所倾倒，却坚决推却这美差事。当然，上天决不能让老实人吃亏。于是神通广大的老龙王让三龙女化身渔家孤女，嫁给了柳毅。洞房花烛夜，当新娘的红盖头缓缓飘落时，真相大白，柳毅美死了。但再且慢，还有更美的事在后头，蜜月期间，柳毅被龙王封为“洞庭王”。

今日柳毅井，古意盎然，仍然深不见底，仿佛真的通向那个神秘的龙宫。导游说，有人曾用四两丝线系一枚铜钱放入井中，结果丝线放完，仍不到底。现有一斜坡甬道可达井水边，喝一口井水，清冽甘甜，据说岛上产的全国十大名茶的君山银针，只有此水才可相配。

洞庭庙里所供的洞庭王柳毅是一个凶神恶煞的黑脸。为何如此呢？传说是龙王大人见女婿长相太善，担心镇不住虾兵蟹将，于是给他做了个黑脸面具。柳大王戴着它上起班来果然有效。但这面具一定要在鸡鸣前摘下，否则就摘不下来了。开始柳大王一下班便急匆匆摘下面具见娇妻，但百密终有一疏，一日发生意外，居然忘了鸡鸣前摘面具，于是永远摘不下来了。

我想这是后人恶搞柳毅的。谁让他那么幸运，还那么坚强完美得几乎挑不出毛病，英雄岂能没有缺憾。伟大的舜抛下两位美娇娘，以身殉国，人们在羡慕之余只能敬重他。你柳毅算什么，充其量一个落第书生，不过送了一回信，又娶美娇娘，又当洞庭王，如再不让他摘不下面具，中国男人们心理怎能平衡！这种心理古今高度一致。洞庭庙里有清朝名士文杏一副对联："落第寄书邮，事缘羊牧阿娇，云外神仙当尚主；中流恁砥柱，嫁得龙乘佳婿，世间才子几封王？"联中的醋意显然挥之不去，弦外之音：我文大才子还封王无望，你一落第秀才竟有那般福气，想不通啊！当然也有少而又少的大气男人，如左宗棠，他对柳毅的评价很高："海国传旧书，是英雄自怜儿女；湖山今入画，有忠信可涉风波。"

岳阳楼畔还有一双让人抱憾的大英雄和大美人。大英雄是后羿。上古时代，洞庭还有一个更为诗意的名字——云梦大泽。但那是一个蛮荒时代，暴雨成灾，雨落成蛇，横流遍野，民不聊生。从天而降的后羿，手持箭镞，斩尽巴蛇，使之尸骨成丘，始有巴陵，即巴蛇堆成的陵墓。如今，岳阳楼前的民本广场，竖立着一尊巨型雕塑——后羿斩巴蛇，雕塑高 16 米，净重 2000 吨，大哉伟哉！唯有如此，才可以寄托岳阳人对这位大英雄的仰慕。

后羿所干的事从来是经天纬地，最著名的莫过于把天上多余的 9 个太阳一个个地射落下来，让神州大地从炎炎赤地中解脱。他的妻子应该是中国第一个美人，但空有美人胚子，却不能理解丈夫的伟大抱负，情操根本比不上舜帝二妃，竟耐不住寂寞，偷吃了后羿从西王母那里请来的不死之药，结果成仙是成仙了，却飞到了月宫，永远留在那里。她肯定追悔莫及，于是不少后人为之叹息：“嫦娥应悔偷灵药，碧海青天夜夜心”“寂寞嫦娥舒广袖”等等。但大英雄还是以事业为重，坚持把射日任务完成。

还有一位大美人是小乔，周瑜的妻子。以赤壁大战而一生闪耀光环的周郎，36岁便英年早逝。我不知道小乔送走她心爱夫君之后又寂寞在世几年，她的墓为何孤零零坐落在岳阳楼旁？

据说近些年去凭吊小乔墓的游客越来越多，主要是因为香港导演吴宇森拍了部大片《赤壁》，演小乔的乃是号称“台湾第一美人”的林志玲。但我看罢电影很生气，大导演凭什么把国人皆知的赤壁大战拍得像古希腊的弗罗伊战役，小乔成了海伦，成了赤壁大战的导火索。本来战争没有女人什么事，可该片小乔却成了主角，周瑜的形象反倒叫人记不清。我看这也是恶搞。还是早年电视剧《三国演义》堪称经典，让人铭记住了风流倜傥的周郎形象——理所当然的赤壁大战主角。君不见如今的小乔墓园，最醒目的是一块屏风碑，上刻苏东坡笔迹：“遥想公瑾当年，小乔初嫁了。”

是啊，美人成就英雄，英雄引领美人不朽。此刻再登岳阳楼，眺望洞庭天下水，满眼风光，皆是英雄美人。

2010年春节

九宫山上读闯王

上九宫山主要是想看看闯王遗迹，凭吊一下这位农民英雄的殉难地。

我大概和许多人一样，是先读了姚雪垠的历史小说《李自成》，后知道鄂赣边界有座九宫山。2022 年寒露季节，我与妻自驾拟往长江三峡看红叶，顺道上九宫山。

20 世纪 70 年代，许多中外名著被打成“封资修”，如想阅读，只能冒风险“偷读”，但《李自成》可以明目张胆地读。这源于当时发生了一件大事：1975 年，曾是“右派”的姚雪垠正在修订《李自成》第二卷，赶写第三卷，却遭到严重干扰，他受高人指点，上书毛主席，请求支持。毛主席接到姚的上书 14 天后，用铅笔作出批示：

> 印发政治局各同志。我同意他写《李自成》小说第二卷、三卷至五卷。
>
> 毛泽东　十一月二日

从此之后，《李自成》成为热销书。20 世纪 80 年代初期，其书第二卷被评上首届茅盾文学奖。相当一段时期，《李自成》是民间公认的新出版小说中文学艺术性最高、最受读者欢迎的小说。

我当年是个颇前卫的“文青”，内心里十分拥护邓公的“全面整顿”，渴望中外名著不断“解放”。《李自成》得到毛主席的肯定，似乎是个风向标，我自然如饥似渴地阅读，也深为姚老先生的大手笔所折服。现在时过境迁，平心而论，书中农民领袖李自成形象，还是笼罩着“高、大、全”的光圈，但仍不失为一个有血有肉、丰满生动的人物形象。印象深刻的还有崇祯皇帝，他宵衣旰食，励精图治，却难挽帝国大厦土崩瓦解之败局。感叹末朝皇帝，不是权力问题、能力问题，而是运也，势也。可谓有心杀敌，无力回天。

小说描写崇祯皇帝上朝时，传承永乐先帝以来的大阵仗与大排场，竟有几对大象充当仪仗兵，它们分列承天门外两旁，伸出长鼻子相互交叉，形成一道道屏障，只有皇帝召唤哪一位大臣上殿觐见，大象才会依次有序地将鼻子放下，等到大臣通过后，大象又再一次举起鼻子交叉守护。朝会结束后，大象们还会向皇帝下跪。读到这些描写，当年让我惊奇万分，至今记忆犹新。

毛主席对李自成的成败教训十分关注。1944 年是农历甲申年，历史学家郭沫若写了一篇近 2 万字的《甲申三百年祭》，剖析李自成如何因骄傲懈怠在短短 40 余天内便功败垂成。毛主席大加赞赏郭沫若的观点，要求《解放日报》全文转载。随后，又将该文作为延安整风文件印发全党学习，提醒党员干部“必须永远保持清醒与学习态度，万万不可冲昏头脑，忘其所以，重蹈李自成的覆辙。”

1949 年 3 月 23 日，毛主席带领中共中央和军委一班人离开西柏坡，启程迁往北平。出发前，毛主席笑称这是“进京赶考”，还特别补充道：“我们决不当李自成，我们都希望考个好成绩。”

2019 年夏，我与妻到过陕北米脂县，慕名参观李自成行宫。米脂是李自成的故乡，他的夫人高桂英也是米脂人，俗称“米脂婆姨绥德汉”，但那高桂英不仅是美女也是女汉子，她帮助丈夫问鼎天下，厥功至伟也。李自成在西安建立大顺国后，即派侄儿李过回家乡大兴土木，建立行宫。

行宫建于城中一座山顶的空阔平地上，雄奇挺拔，巍峨堂皇，精致之美令人赞叹不已。

应了那句名言："富贵不归故乡，如锦衣夜行。"

但李自成肯定没有想到，还有一句名言"兵败如山倒"，更应在他的身上。曾几何时，金銮殿上，江山美女拥入怀中，志得意满，岂能料到，才40余天，仓皇下台，亡命九宫山，被小源口寨勇头目程九佰杀害，"有庄人怜者，草葬之"。时年39岁，千古遗恨。

而今，九宫山下有个闯王镇，就是为了纪念李自成而名。境内有闯王陵和程九佰宗祠等文物古迹。历史真是有意思，本是无名小卒程九佰，杀了闯王之后，也就声名远扬了。

闯王陵是全国重点文物保护单位，墓碑为郭沫若题写"李自成之墓"。不知咋的，我对那个"成"字的一捺总感觉太粗太硬太凶，像一把砍刀。陵园内还有郭老为李自成写的几百字的小传和"关于李自成死难地点的问题"的论证，皆刻于石碑上。李自成陈列馆是茅盾先生题写，姚雪垠1985年题写的长联挂两旁，概括了李自成一生，很值得一读：

纵横半中国锐意北伐渡河入晋过太原破燕京何其盛也终因人谋不臧山海关大军喋血前功尽毁黄尘万里无归处惟有英勇殉社稷；

苦战十七载铩羽南来离陕奔楚弃襄阳败武昌亦云惨矣毕竟图谶难凭牛迹岭巨星落地宏愿皆空青史千秋悲壮志何曾怕死遁空门。

陈列馆旁是牛迹岭，立有"李自成殉难处"石碑，迎面石崖上镌刻"激战坡"。这里处于九宫山南麓。

闯王陵对面是一座巍峨的现代建筑，名曰"闯王文化园廉政教育馆"。今日闭门谢客，不知为何？唯有门前的李自成铜像让人有亲切与熟悉的感觉，因为教科书上的李自成总是头戴毡笠、身披风衣、手持长剑、坐骑大马，威风凛凛的形象。亲切与熟悉的还有那首朗朗上口的儿歌：

杀牛羊，备酒浆，开了城门迎闯王，闯王来了不纳粮。

九宫山雄踞鄂赣边陲的幕阜山脉中段，与庐山相隔不过百多千米车程，有“匡庐天下秀，钟灵数九宫”之说。相传公元569年，晋安王兄弟九人造九座宫殿于此山，遂以为名。九宫山主峰老崖尖海拔1656米，有“鄂南第一峰”之誉。我感觉，庐山与九宫山有不少相似之处：首先，都是避暑胜地，云中湖海拔1200多米；其次，九宫山云中湖是缩小版的庐山如琴湖，湖水清澈，湖畔大树高耸，花草遍地，酒店民宿星罗棋布；再次，庐山山下到牯岭镇与九宫山下到云中湖村，皆20千米左右车程，皆“跃上葱茏四百旋”。

我俩下榻云中湖畔柏慢酒店，因游客稀少，酒店连早餐也不提供，只好在隔壁的高山野菜馆用餐。餐馆老板姓舒，热情，爱聊天，1950年生人。他说自己是1973年响应通山县委政府号召，第一批来这里开发九宫山的，有幸见过胡耀邦。1984年底，胡耀邦登临九宫山，兴致很高，走了不少地方，建议把九宫山辟为旅游避暑场所，并留下“九宫山”三字墨宝。九宫山旅游真正红火起来，还是21世纪之后，特别这些年，夏季避暑冬季滑雪，云中湖畔所有酒店爆满。今年夏季的游客很多，他自己烧菜忙不过来，就把儿子叫来帮厨。老舒拿出一本画册，指给我俩看其中三幅油画，是他儿子的作品。我笑曰：你怎么能让大画家帮厨？老舒也笑答：画画还不如当厨子赚钱。

云中湖畔有索道，可乘缆车下石龙峡景区，再由峡底向上攀登，体力好的人，花费5个小时，攀登至仅次老崖尖的铜鼓包顶峰（海拔

1583 米）。令我俩感动的是，那天仅我们 2 名游客，缆车照常开动。我们沿着林深峡险、泉水叮咚的石龙峡行走半程，在古琴桥领略了“天池倒泻”后返回，而后驱车上铜鼓包。

铜鼓包上，风车林立，在蓝天白云下缓缓摇动风叶，多看几眼，也觉得这些风车与大自然挺和谐的。风车阵里有一块山石，刻着“中国内陆第一风场，建于 2007 年”。

临近山巅，有一悬崖峭壁，上面镌刻着 6 个大字“登高必自卑”，为近代书法家李尔重所书。我的理解是：当一个人登到极顶山巅时，面对壮阔的千山万壑、江河湖海，必然感觉自己是卑微的。后查辞典：“登高必自卑，行远必自迩”是一句成语，出自《礼记 · 中庸》：“君子之道，辟如行远必自迩，辟如登高必自卑。”比喻做事要扎扎实实、循序渐进。

但我更喜欢自己的理解，尤其在九宫山上读闯王，闯王如若登至巅峰时，不那么忘乎所以，也许就不会亡命九宫山。

2022 年深秋

鄱阳水的风骨

“渔舟唱晚，响穷彭蠡之滨；雁阵惊寒，声断衡阳之浦。”这是唐代诗人王勃笔下的鄱阳湖。

鄱阳县面临中国第一大淡水湖，境内有1067个湖泊，毫无悬念获得“千湖之县”桂冠。这里人提出了“中国湖城”和“浪花上的城市，鸟语下的乡村”之定位和理念，可谓不辜负了王勃，也让外地人顿生羡慕之情。

县政府大楼置身湖光山色中，面前是一个大广场，高高的塔碑上有一只展翅欲飞的白天鹅塑像。鄱阳湖有鸟类310种，约占全国鸟类总数的1/4。一到冬天，有近8万只天鹅聚集在湖区，“飞时遮尽云和日，落下不见湖边草”，一幅壮美画面。

清晨，徐君陪着我们来到广场。徐君是我新结识的鄱阳朋友、拍摄鄱阳湖鸟类专家。我从他那里听到天鹅和大雁的故事，让我对它们肃然起敬：

天鹅是第一“睡美人”，当夜幕降临时，它弯曲着脖子，将脑袋伸入翅膀之间，身体恬静地漂浮在水面上，堪称高贵与优雅的化身。全国各地许多天鹅粉丝为一睹这风雅，宁可彻夜不眠，守候湖湾。

天鹅还是世上最忠贞的鸟类，它们生死相依，从一而终。若一方受伤，另一方则形影不离，千般呵护；若配偶遇难或病死，活着的一只仍痴痴守护，不断爱抚依偎，企盼死而复活，最后见配偶确实死了，便伸开翅膀，围绕尸体，盘旋三匝，哀鸣阵阵，而后如离弦之箭冲向云霄，直到最高处，猛收翅膀，心怀决绝，垂直栽落，殉情而亡。倘若侥幸存活，则乃终身不嫁不娶，在今后孤独的日子里当一只“鹅奴”，为成双成对同伴充当守护者。

而大雁的团队精神同样令人震撼。每年到鄱阳湖越冬的6万只大雁，都是按时排成“一”字形或“人”字形的阵队来的，犹如天边飘来一片褐云，使湖空迷蒙。领头的大雁迎着空气阻力飞得最累，但能使身后的雁阵飞得轻松，头雁疲倦了，就会有另一只强壮的大雁来接替它，轮当重任，井然有序。

上午，我们乘一艘装饰古雅的画舫游览鄱阳湖。伫立船头，极目眺望，天地一色，舟楫如林，众鸟高飞，顿时生发“渺沧海之一粟”的感慨。徐君介绍，鄱阳湖的博大与富足为人类作出了卓越的贡献，仅淡水鱼类就达110多种。鄱阳人吃鱼十分讲究，有“四时三鲜”之说。“四时”指“春鲇夏鲤秋鳜冬鳊”，“三鲜”指“银鱼、鳗鲡、凤尾鱼”。据说当年蒋介石在庐山开办三青团骨干培训班，特命蒋经国备下“三鲜筵”以示倚重。朱德老总转战江西时独爱银鱼，中华人民共和国成立后仍期望老表进京看望他时能带此物。

鄱阳古人洪适写有《银条鱼赋》：

> 兹银条之小鱼，实群游于深水，闯双日之如漆，体洁白之无比，绝肺肠与鳞腮，信清莹之堪美。

洪适笔下的小银条鱼犹如大神鱼。神奇的是，造化未赋予银鱼生殖器，它产卵之时须将肚皮在砂石中磨破，于是，繁衍后代之时便是牺牲自身之日，生命短暂却壮怀激烈。

鳗鲡也如是。它每年要到长江入海口产卵，整个行程不吃不喝，仅靠消耗体内皮下脂肪维持体力，等产卵毕，即耗尽体力死去。卵孵化为幼鱼，又溯流而上，回到鄱阳湖，周而复始，一代一代，义无反顾。

我在湖中岛的渔业村品尝“三鲜”时，一种虔诚油然而生。感觉八百里烟波浩渺的鄱阳湖，孕育了禽鱼之风骨。

《鄱阳县志》记载：“宋文忠公江万里罢相回鄱，凿池芝山后圃，池边筑亭，额书‘止水’二字，及元兵陷鄱城，全家十七口赴水殉国。”

我们来到芝山，看过了北宋范仲淹守饶州时所建的碧云轩，徘徊于止水池旁。这不过二三百平方米的池水，却激荡着南宋王朝没顶之灾时的惊涛骇浪。江翁当年凿池，本是感于庄子“人莫鉴于流水，而鉴于止水”，而率全家老少蹈水就义，却是浩气如水，水系国魂。

士大夫风骨如此，平民百姓风骨也如此。唐朝14岁民女饶娥之父捕鱼湖中，落水而亡，饶娥驾小舟寻父三日不得，最后投入水中，第二天与父亲尸体同时浮出水面。唐德宗钦准修饶娥庙于鄱水之滨，赐“天下至孝”匾牌。

东晋大将军陶侃谨慎守职，为世人称道，其母谌氏“截发延宾”的典故流传至今。儿子有朋自远方来，家中拮据，陶母卖了头发置酒菜。斯地有俗语“待客一餐，议论一世”。这不只是一个母亲的以礼待客行为，而是鄱阳人的品性，是诚意如湖水、热情如湖水的品性。陶母被誉为与孟母、岳母齐名的“中国三大贤母”。

几乎每个鄱阳人都知道一个故事，那就是毛主席去世前13天，还向身边人提出要看《容斋随笔》。这部书是宋朝鄱阳人洪迈所著，连当朝天子宋孝宗都赞之“煞有好议论”。该书被《四库全书》推为南宋笔记小说之首。可以说，这位鄱阳人的学问就如湖水一样宽厚。

鄱阳至今还流传着一个风俗：人死之后，亲人要到湖边，虔诚地往水里放上几枚铜板或硬币，“买水”给逝者净身。在这遍地是水的世界里，尚存这种近乎宗教的仪式，只能说明鄱阳人对大自然慷慨赠予的珍惜、尊重与敬畏。

美国作家梭罗在著名的《瓦尔登湖》中写道：湖泊是风景中最美，最有表情的姿容，它是大地的眼睛。

水有风骨。这是鄱阳湖告诉我的。

2010 年 5 月

空中神秘军号声

壬辰年盛夏，我与宁德市茶叶协会李会长参加南京茶事活动，到句容县考察闽东茶业企业。福鼎人氏张总，在句容从事茶叶生产与销售20年，十分熟悉这里的山山水水，极力邀请我们上一趟茅山，看看“江南第一山”，而且一定要去拜谒山下的抗战纪念碑，听听空中神秘的军号声。

茅山是抗日战争时期毛泽东主席亲自确定的全国六大根据地之一（另有长白山、五台山、太行山、泰山、燕山）。陈毅、粟裕等领导的新四军曾在此浴血鏖战，7000名英烈长眠于此。抗战胜利50周年之际，一座气派的苏南抗战胜利纪念碑在茅山脚下落成。两年之后，一个神秘的现象发生在纪念碑前。那是1997年除夕夜，村民李冬贵在纪念碑附近的家中燃放鞭炮，隐隐约约听到军号声。又燃放几次，都听到同样的军号声。便将这神秘现象告诉乡亲们，大家也都屡试不爽。于是“碑前放鞭炮，空中响军号”有如一句偈语，迅速蹿红大江南北，游客络绎不绝。

新四军纪念馆就在纪念碑附近，规模宏大，占地1.6万平方米，造型新颖，外形是茅山3座山峰的“抽象派”，很有气势。馆名为江泽民同志题写。20世纪末，原中顾委委员、新四军老战士江渭清坐着轮椅看完展馆之后，感慨地说：“这个陈列馆已达到新四军纪念馆一流水平，可以说是华东第一家。”

我们进馆时，已是傍晚，来不及全面观看，便请解说员带我们重点看看闽东子弟兵事迹。身着新四军军服的解说员十分熟悉地介绍叶飞所带领的“老六团”，如何参与开辟茅山根据地、东进北上驰骋江南、艰苦卓绝反扫荡等等大事记。在将帅馆里，我们找到陈挺和黄烽将军大幅相片，并代表闽东人民向他们致敬。阮英平烈士和陈挺、黄烽少将都是福安人氏，是叶飞带出的1300名闽东子弟兵中的佼佼者。但在牺牲将领的名单里却找不到阮英平，当年叶飞任“老六团”团长时，英平任副团长，是闽东子弟兵中职级最高的。1947年，他在新四军一纵一旅政委（后改任野战军师政委）任上，受组织委派，秘密回福建开展游击斗争。1948年在闽浙赣省委常委、军事部部长任上不幸遇难。可能牺牲在福建原因，也可能没有把他列入将军行列的原因，纪念馆的这份名单把这位英杰漏了，甚感遗憾。而闽东子弟兵中名气最大的，应是常熟沙家浜中，36名伤病员之一的叶诚忠。20世纪70年代，他成了京剧《沙家浜》英雄排长郭建光的原型之一，当年可是风靡全国。

苏南抗战胜利纪念碑高高耸立在茅山镇望母山巅，28米高，寓意新四军第一二支队来自南方八省子弟。一共617级台阶分为6组，每组50级寓意抗战胜利50周年，6组代表6月，最高处的17级台阶代表17日，6月17日乃新四军挺进苏南敌后的韦岗首战告捷日。碑名由国防部原部长张爱萍题写。傍晚，我们来到纪念碑前，广场中央矗立着陈毅和粟裕两人铜像，他们戎装在身，谈笑风生，相携相谋在战马上。夕阳下，眼前的铜像金碧辉煌，远处的纪念碑光芒四射，令人肃穆与景仰。

我们在铜像后的广场中央点燃两组炮仗，随着每声炮仗响，空中果然传来军号声“嘀嗒嘀嗒嘀嗒”，急促、嘹亮、清晰，分明是铜质的军号声。炮仗一共30多响，军号也吹30多次。同行的李会长行伍出身，曾任团政委10多年，此时最为激动，大声喊道：“那军号手吹的是冲锋号，有6个音符。”

声响过后，一切归于沉寂，而我们的心头还一阵阵发热。炮仗的烟雾缓缓地顺着纪念碑升起，仿佛充当人天对话使者。此时此刻，你无法不动容。

当地流传着这么一个故事：一个团的新四军被日军围困在山坳里，几次突围不成，濒临弹尽粮绝。此时，一位满脸稚气的司号员趴到团长耳朵边嘀咕几句，还没等团长缓过神，小号手已消失在密林中了。一个时辰过去，远方的山头突然响起急促的军号声，那是集合收拢的号音，久久在山头上空盘旋。于是日军集中兵力循着号声追击。新四军主力终于突出重围，进入茅山腹地。那一晚，嘹亮的军号声渐行渐远，直到拂晓时戛然而止。

我们在纪念馆目睹了一把铜军号，60多载岁月沧桑，铜军号绿锈斑斑，冷峻而深沉，尾端扭成了麻花状，喇叭口有两个显著的弹孔。也许，正是这两颗罪恶子弹夺去了才16岁的小号手生命。茅山人说，小号手牺牲后，葬在茅山脚下，他的英灵不肯离去，还执着履行自己职责。直至今天，每当鞭炮声响，警觉的小号手就像听到战斗枪声，便奋力吹响冲锋号……

不久，望母山下，纪念碑旁，又矗立起一尊小号手塑像，他依然奋力地吹响军号。前些年，冯小刚导演的电影《集结号》上映，茅山人很高兴，说，茅山是集结号故事发源地。冯小刚也很激动，说，非常愿意去那里纪念可爱的战士。于是，苏南抗战胜利纪念碑下，一场缅怀先烈，宣传《集结号》上映的活动又人潮如织。

10多年来，许多探秘者纷至沓来，欲想解密，不乏物理学家、声学家、环境学家等。其中扬州大学信息工程学院的严教授和他的实验小组，论证出军号声与台阶有必然的联系，军号声是6段音符组成，纪念碑下共6组台阶，每登上一组台阶放鞭炮，军号声音符就少一个。这现象是因为特有的建筑环境、声学环境造成的。但这结论太抽象了，缺乏详尽的科学论据支撑，人们还是宁愿相信小号手的感人肺腑传说。

张总告诉我们，号称“第一福地，第八洞天”的茅山也有许多奇特现象。山上有一尊全国最大的老子青铜神像，高33米，重106吨。前些年，马蜂在老子巨手上营建了一个大蜂窝，起初山上的人怕蜇了游客，老捅马蜂窝，但捅了马蜂又造。许多人就说，不能捅了，这不是寓意游客蜂拥而至吗？山上还有一池泉水，曰“喜客泉”，只要客人站在泉边一击掌，池里泉水便四涌翻腾、欢喜雀跃。余秋雨先生为之题“上善若水”。

我也和许多本地人一样，宁可愿意相信带有感情色彩的许多神秘和奇特现象的传说。我试着继续诠释着小号手的故事：望母山——一个充满深厚情感的名字，而建在山巅的纪念碑不就如英雄母亲一样吗？她深情俯瞰茅山大地的儿女们，祈福儿女们和谐平安。小号手仰望着母亲，时时用军号声向母亲报告和谐平安……

2011年夏

第五辑

茶旅

蒙顶山拜茶

一

蒙顶山山门有一副很牛的楹联："扬子江心水，蒙顶山上茶。"说的便是历史曾经公认的第一泉水与第一茶山的绝配。

蒙顶山的"牛"，底气很足。2004年，28个国家和地区共同签署了世界茶界著名的《蒙顶山国际茶文化宣言》，确认"蒙顶山是世界茶文化发源地、世界茶文明发祥地"。

创造荣誉的首功应归属茶祖吴理真。公元前53年出生于名山县的吴理真，鬼使神差，在蒙顶山种下7株茶树，从此开世界人工种茶之先河。如今2000多年过去，那7株茶树仍茁壮生长在海拔1400米的山中，不知为何，老长不大，不过一米高。也不知哪一年，后人为这7位茶祖宗修了个皇茶院，红墙黄瓦围护之，石雕猛虎看护之，一派森严肃然状。

皇茶院旁有蒙泉井，那井神奇，据说只要掀开石井盖，对井口大声吆喝，几分钟内天空便飘下绵绵细雨，屡试屡应。前些年，中央电视台《走进科学》栏目到此论证一番，结论是井周围水汽含量充足，几乎达到饱和状态，厚重井盖掀开的响声和吆喝声，引起空气震荡，导致落雨。那日，我俯身使尽气力一试，井盖纹丝不动，一种敬畏之情油然而生。

巴蜀多雨，雅安地区被称为“西蜀漏天”。蒙顶山中的石径，长满青苔，让你走出幽深与苍凉的感觉。满山的茶树，层层叠叠，青翠欲滴，云雾缭绕中仿佛生长在洞府仙境。这环境，这气候，特别适合茶树生长，却不适合凡人居住。我们下榻的银杏宾馆，盛夏季节，又湿又凉，床铺开了电热毯，墙壁挂满一滴滴水珠。

但晴好之日，登蒙顶山，可东观日出，北眺贡嘎山，西望四姑娘山，南拜峨眉山。据说这样的地理方位，方能孕育出好茶山。

二

“甘露”是蒙顶山名茶。有趣的是，吴理真种茶树时间是西汉甘露年间，宋代皇帝赐封他的名号里，也有“甘露”二字。甘露茶是蒙顶山第一名茶。

1958 年，毛泽东主席等一批党和国家领导人到成都开会，名山县委书记紧急带领党团员和劳动模范，上山采摘芽茶，连夜烘焙制作甘露茶，送往成都金牛宾馆供中央会议用茶。据说贺龙元帅和朱德老总品茗之后，以“扬子江心水，蒙山顶上茶”赞之。但毛主席毕竟是毛主席，品啜一口就想起人民群众，当场批示：“蒙山茶要发展，要和群众见面。”如今，27 万人口的名山县，农民人均拥有茶园 1.1 亩，茶叶年产量 4 万吨，其中名优茶 1 万多吨，成为全国“绿茶第一县”。首功不能不归于人民的伟大领袖。

甘露茶不仅口感好，还耐泡，俗语：一道水，二道茶，三道四道是精华，五道六道味更佳，七道八道加班茶。

蒙顶山天盖寺中有 12 株千年银杏树，树下摆有几十张茶桌。那天上午，我们落座于此，品饮甘露茶，观赏蒙顶山茶艺“龙行十八式”表演。

一把灿黄锃亮铜壶，一米多长的细细壶嘴，三男三女，双双对对，博带宽服，各持一壶，辗转腾越，不洒不溢，将茶水一一注入各位茶客杯中。十八式中每一式都是龙的姿势：吉龙献瑞、玉龙叩月、惊龙回首、乌龙摆尾、祥龙行雨、白龙过江……

茶艺师风生水起的表演，让你不得不惊叹：茶，这么一种普普通通饮料，在龙的子孙手中，竟然会演绎出如此深厚与多彩的龙的文化。

据说，“龙行十八式”为北宋高僧禅惠大师在蒙顶山结庐清修时创立，逐渐演变成融茶道、武术、舞蹈、禅学于一炉的表演。上海世博会期间，蒙顶山茶艺表演队表演了 72 天 600 余场，引起世界友人极大兴趣，香港《文汇报》以“昔日皇帝茶，今入百姓家”为题报道。

三

皇茶的高贵，禅茶的神秘，蒙顶山给了我满意答案。

皇茶即贡茶。据《名山县志》记载，蒙顶山贡茶有正贡和陪贡之分。那皇茶院里 7 株茶树制的茶，为正贡茶，连皇帝本人都不能饮用，乃皇室祭祀天地、供奉太庙列祖列宗的专用品。陪贡茶可遍及蒙顶山名茶，皇亲国戚才可饮用，也可赏赐给大臣。古人对天和祖先的尊重与敬畏，和尊重自然、敬重自然是一脉相承的。

智矩寺相传为吴理真所建，自唐至清，一直为制造贡茶场所。正殿里供着两位先贤，右边为茶圣陆羽，左边为茶祖吴理真。两位先生，都雕塑得超凡脱俗又和蔼可亲。古时以右为尊，这般摆位，是后人以为茶圣为尊，抑或茶祖尊重远方贵客呢？不得而知。

“永兴寺是佛教界至今仍在传承演示的禅茶采制、供奉礼仪的唯一寺庙。”这行字写在寺院墙壁上。

永兴寺建于三国时期，一直是尼庵，为清一色女性世界。踏入尼庵的游客，每一位都把脚步迈得轻而又轻。一位朴素端庄、内敛淡定的老尼为我们介绍禅茶采摘、制作、供奉的一套程式。

僧尼们在采茶前先在寺院虔诚诵佛，然后仔细净手，再到她们亲自栽种的茶园祈祷，而后才能开始采摘新茶。禅茶的采摘非常严格，必须“三采三不采”：采一芽一叶茶，确保芽叶鲜嫩；采阳坡茶于午前，阴坡茶于午后，以保汁水充足；必须在阳历四五月开采，不能超过时令。化妆者不采茶，骄阳下不采茶，下雨天不采茶。

采回的鲜叶要马上制作。完全沿用古法，分为杀青、揉捻、干燥三大步骤。在高温铁锅中用手不断翻炒，出锅后用双手不断揉捻，经“三炒三揉”的茶叶，最终被平铺在一个垫着白布的竹匾上，用木炭烘烤。每个步骤都必须讲究。老尼说：比如干燥，温度高，茶叶有炒黄豆香味；温度适中，一定有熟板栗香；温度低，散发的大都是清香。

我大致明白了，禅茶既非茶叶品种，也非茶叶品牌，似乎没有一种统一制作标准。它其实是一种佛教文化、一种境界，我颇赞同一位茶人对“禅茶一味”的立意阐述：

希望通过饮茶把自己与山水、自然、宇宙万物融为一体，求得美好的韵律和精神开释……

赵朴初先生所言极是：“万语与千言，不如吃茶去。”

上蒙顶山“吃茶”，应揣一颗顶礼膜拜之心。

2012 年夏

潮汕宋种凤凰茶

中国茶文化发展到宋代，可谓灿烂辉煌鼎盛之极，而广东潮汕地区的茶文化，最为人津津乐道的是南宋王朝终结的那段岁月。

据《宋史本记》载，南宋景炎二年（1277），少帝赵昰被元兵追杀，逃亡至闽粤。相传，在逃经潮州凤凰山时，饥渴难忍，苦无水源。此时，一只凤凰嘴含一束茶枝，枝叶青翠，枝头一对并蒂茶果，从空中掷下。少帝拾之，将茶叶嚼后，生津解渴，爽心提神。将那茶果埋入土中，便繁衍成宋种茶树。

如此动人传说，就如一架导航仪，导引我与妻慕名前往，适逢2012年采摘春茶季节。云雾缭绕之间，那丛宋种茶标志——“宋茶王”，700多岁了，岿然屹立在李家村口。我们目睹了“十人上树，只闻其声，不见其人”的采摘画面。

导游见我兴致高，便讲述“宋茶王”几度兴衰的历史。它早年称“大丛茶”，“文革”期间改名“东方红”，10多年前称之“宋种黄枝香”，俗称“宋茶王”。“宋茶王”1963年制春茶17.8斤，为历史之最。现虽雄姿依然，但毕竟已呈老态，近些年产量均未超10斤。许多茶商每年都来竞标订购，有一年新制春茶一斤高达12万元。凡中标的购茶大腕，必蹲守村中，监看采摘和整个制茶过程。

凤凰镇海拔280米，而著名景区凤凰山天池海拔1390米，一条公路12千米长，蜿蜒如蛇，盘山而上，险峻奇崛。为安全起见，谢绝自驾车上山，只能乘旅游公司中巴，每车至少6名游客才发车。

我与妻等了半个小时，来了4位汕头中年汉子，大家高兴地结伴而行，一路便聊开了。汕头汉子是专程上凤凰池“吃茶”的。我有些纳闷，不说“买茶”“游玩”“看风景”“赏杜鹃”，而说“吃茶”？我将疑问道出，他们大笑，说：确实是“吃茶”为主，凤凰天池水泡凤凰山宋种茶，潮汕一绝也。

凡称“天池”，大都与王母娘娘有关，我们导游认定凤凰天池是她老人家沐浴戏水的私家游泳池。我却更喜欢继续上文的那个传说：南宋小皇帝逃难至此，一只美丽凤凰衔来茶树枝让他解渴，但解了渴，肚子又饿，见天池中的鱼儿游来游去，小皇帝望鱼兴叹：“鱼儿鱼儿你能爬上岸就好了。”说来也奇，话音刚落，鱼儿便长出四肢，乖乖爬上岸献与小皇帝充饥。于是这食指大小、酷似娃娃鱼的四脚鱼繁衍至今，成了天池特产，鱼干一包2两，售价50元。

4位汕头汉子每年都来凤凰山买茶。他们笑谈，去年徒步登山，走了4个小时，路遇村庄，都问茶价，山下一斤茶叶50元，山上一斤600元，海拔上升100米，茶价上调50元，高山出好茶嘛。他们指点车窗外一道景观让我们猜猜为什么：不时有茶农开着摩托车往山上奔驰，摩托车后座捆着高高的麻袋装的新茶。我们不禁笑出声：哈哈！活跃的市场经济孕育出滑稽的物流走向。

多少滑稽事，付与笑谈中。

一起行走到太子洞旁，4位汉子打开鼓鼓背包，取出小巧的液化气炉、水壶和紫砂壶茶具，还有三五种干果茶点，汲来天池水，冲泡凤凰单丛乌龙茶。因为小茶盅只有3只，我们6个人便轮流品啜，而他们4位汉子则轮流执壶。

一池碧水，5万平方米，锁在云雾中。之前我们沿着小径绕天池一圈，王母娘娘撒下的神秘面纱始终没有撩开。当茶过三巡，只见风掠水面，云走山岗，雾散天空，天池终于露真容，如一面镜子，波光粼粼之后清明可鉴。环湖四周，峰峦叠翠，怪石嶙峋，神似观音坐莲、神龟探海、鳄鱼出洞，状如纱帽峰、试剑石、太子椅，而满山遍野的红杜鹃竞相开放。

此情此景，让你飘飘然恍如梦境。原来品茶与赏景可以如此水乳交融，感谢汕头汉子的乌龙工夫茶艺，让我们体验了喝茶赏景有机统一。想必多少年后，凤凰山乌龙茶的醇厚绵长，与天池云雾的飘忽灵渺，有时将会在身心柔软处悠然飘出。

汕头汉子推荐我们去天池凤凰茶叶有限公司买茶。应该是茶缘吧，我竟与公司董事长的儿子小柯一见如故，相聊甚欢。这位年轻人，前年辞去广州市公务员职务，协助父亲打理茶企，使之成为潮州茶企纳税第一大户。他为我们泡了三种凤凰水仙单丛，其中一种“宋茶王”的下脚料。在氤氲茶气中，芳香溢齿颊，甘泽润喉咙。

凤凰山茶之旅，让我增长了潮汕茶文化知识。潮汕是我国四大乌龙茶产区之一（闽南、武夷山、潮汕、台湾）。有俗语，“茶三酒四踢跎（意谓游玩）二”，意谓喝酒以四人为宜，游玩以二人为佳，饮茶以三人为趣。所以潮汕人只摆三个小茶杯，讲究个“品”，皆因三杯为品，而三人共饮，三口亦为品。当然，从一人到多人品饮也各有各的情趣，谓之“一人自叹、二人对斟、三人共品，多人则轮流共品”。唯品，才是饮茶的真谛和灵魂，品出茶的芳香，品出茶的韵味，品出茶的灵性。

要品出潮汕工夫茶的感觉，还必须把握五个要素：

一是纳不过饱。因为单丛茶是条形茶，条索肥硕紧结，若“大把茶叶塞满壶”，条索润湿膨大，导致茶多汤少，茶汁浓苦。

二是汤必须沸。若汤未沸，会有一种温吞感觉，香味逊色。

三是泡不宜久。冲泡潮汕工夫茶，壶小茶多，茶汤浓酽，杯小如酒盅，一啜而尽，讲究旋泡旋冲，旋冲旋啜，一泡饮毕，再行冲泡。

四是斟需沥尽。洒茶时茶壶内的茶汤一定要沥尽，即“关公巡城”之后的“韩信点兵”，这除了以示公平、好茶共享含义外，意义还在于沥去茶壶中的残汤，不影响下一次冲泡的滋味。

五是喝要趁热。热能持味，热可细品，闻香寻韵，人走茶凉，香散味钝。

想起鲁迅先生说茶的语录：有好茶喝，会喝好茶，是一种清福。不过要享受这清福，首先必须有工夫，其次是练习出来的特别感觉。

2012 年春

陆羽墓冢草青青

湖州市西南郊区有个妙西镇，镇区入口处立着一尊陆羽石雕像：手持一卷《茶经》，博带宽袍，美髯飘逸，凝视远方，若有所思。石像基座赫然镌刻6个大字：陆羽故里妙西。迎宾门上写着“宜居宜业宜游的妙西镇欢迎您”。

其实陆羽真正的故里在竟陵（今湖北省天门市）。陆羽字鸿渐，号桑苎翁，又曾自号“竟陵子”，这足以说明他对故里的情结。相传陆羽是弃婴，多亏竟陵龙盖寺积公禅师收养，自幼得其教诲，深明佛理；又因积公好茶，所以陆羽从小就耳濡目染禅茶之道。12岁那年，因不愿削发为僧，逃出寺院，跟随戏班习艺。后来在一次官宴献艺时，为竟陵太守李齐物赏识，收为门下，并让其至火门山邹夫子别业读书。李齐物升迁之后，继任太守崔国辅同样赏识陆羽，让其作为书侍伴游3年。公元756年，唐朝发生“安史之乱”，24岁的陆羽在战乱中渡江南下，几经跋涉，来到杼山妙喜寺，在此隐居近40年，并以此为家，潜心于茶事，踏遍南方茶叶产地山山水水，用全部心血撰写出世界第一部茶文化巨著《茶经》。公元805年，陆羽病逝，葬于杼山。应该说，陆羽事业真正起步于斯，鼎盛于斯，妙西人完全可以引以为豪。妙西应是陆羽的第二故乡和《茶经》诞生地。

2012年，夏日炎炎季节，我们寻访陆羽墓，走错了路，见镇政府就在不远处，干脆驱车前往问询。一位城建站的小伙子十分热心，不仅为我们画路线示意图，还跑到文化站，帮我们索取资料。他自豪地说，妙西是陆羽故里、《茶经》诞生地、茶文化发祥之源，镇政府人员都有责任打好这张品牌。

据史料介绍，妙西的名字来源于当年杼山妙喜寺。距镇区 8000 米的妙峰山，就是当年的杼山。1993 年 11 月 18 日，恰逢农历癸年癸月癸日，妙西人集资，在此重建三癸亭、陆羽墓和皎然塔。之所以要选择这个特殊的日子，是为了纪念 1200 多年前的同一天，时任湖州刺史的颜真卿于妙喜寺东南建一亭，亭落成之日，请陆羽题名，陆羽以新亭落成适逢癸丑岁、癸卯朔、癸亥日之巧，取名为“三癸亭”。后由颜真卿题写匾额，妙喜寺住持皎然作《奉和颜使君真卿与陆赴士羽登妙喜寺三癸亭》诗一首，记述当日群贤毕至盛况。时人将陆羽的起名、颜真卿的题字、皎然的赋诗称为“三绝”。陆羽在湖州期间，与颜真卿和皎然交往甚密，成为挚友，三癸亭便是三位茶人品茗吟诗的绝好去处，自然也就成为当年湖州胜景之一。

妙峰山现已规划为茶文化景区。入山门不远便迎来一座气派、精巧的大理石牌坊——慕羽坊。为四柱三门，置抱鼓，两边各有一尊石狮。上刻对联：

茗水长流璀璨茶经传四海，
妙峰矗立辉煌圣绩耀千秋。

坊旁有一块小石碑，记述着该坊 1999 年由湖州市旅游局和韩国茶人联合会共同出资修建。

陆羽墓特色鲜明。在四周苍松掩映之中，大理石砌成的圆形墓冢，弧形墓项长满花草灌木，青翠盎然，墓前石碑镌刻“大唐太子文学陆羽之墓”，墓后依山势砌成拱形墓圈，上嵌 37 块黑色大理石，以小楷镌刻《茶经》全文。游人可步入墓冢与墓圈中的甬道，诵读茶经，追思茶圣。

陆羽墓右侧约 50 米处建有皎然塔，与陆羽墓遥遥相望。皎然是中国山水诗开山鼻祖谢灵运的十世孙，和他的老祖宗一样多才多艺，尤其通晓茶道。陆羽以妙喜寺为家，以茶事为一生志向，几易其稿，终成巨著《茶经》，与皎然的无私相助是分不开的。皎然曾有一首《九日与陆处士羽饮茶》，诗云：

九日山僧院，东篱菊也黄。
俗人多泛酒，谁解助茶香？

寥寥数语，足见两位茶人心心相印、息息相通。而在皎然塔的旁边，一块黑色大理石格外引人注目，那是韩国茶经研究会会长崔圭用先生题写的“吃茶来”3 个大字。这又是一位虔诚茶人的精神呼唤。

不要看这简单的 3 个字，它蕴含着深刻的禅机。此禅机源自唐朝赵县柏林禅寺的真际禅师（法名从谂）。他认为“茶能悟性”，于是“吃茶去”便成了赵州僧人的法语。清代汪灏的《广群芳谱》引《日指录》载：“有僧到赵州，从谂禅师问：曾到此间吗？曰：曾到。师曰；吃茶去。又问僧，僧曰：不曾到。师曰：吃茶去。后院主问曰：为什么曾到也吃茶去，不曾到也云吃茶去？师召院主，主应诺，师曰：吃茶去。”自此以后，“赵州茶”和“吃茶去”成了“以茶悟性”的“赵州门风”，成为著名的禅茶典故，流传千年。赵朴初先生诗云：

七碗受至味，一壶得真趣。
空持百年偈，不如吃茶去。

启功先生也诗云：

> 古今形殊义不差，古称荼苦今称茶。
> 赵州法语吃茶去，三字千斤百世夸。

而今，韩国崔会长改“吃茶去”为“吃茶来”，该是深悟禅机又谦逊有加了。

晚上，在酒店翻阅从妙西镇得来的资料，一帧《韩国友人拜谒茶圣》的相片引我关注。11位韩国女士，一律身着洁白的朝鲜族长裙，双手相握，紧贴在小腹前，虔诚肃穆，围站在陆羽墓碑旁，在明媚的阳光里宛如一尊尊圣洁女神。

我有些感慨，中国是茶的原产地，是茶文化的发源地，几千年茶文化的渊源和内涵，可以折射出中华民族的智慧和精神，陆羽无疑就是这智慧与精神的杰出代表。他老人家不仅是中国的，还是世界的，我们没有理由不感到骄傲。然而，一千多年前传播到海外的茶文化，就如韩国，可以传承得如此之好。当他们虔诚地前来寻根问祖，和带来令人耳目一新的茶道以及许多友好举动时，我们应该感到压力与鞭策。

2012年盛夏

第一个贡茶院与紫笋茶

“唐兴宋盛”，这是历史对中华茶文化的经典概括。

中国的第一个贡茶院——唐代顾渚紫笋茶作坊，位于现湖州市长兴县顾渚山南麓。贡茶又称“顾渚贡焙”，始于唐大历五年（770），最初年贡只500串；唐建中二年（781）贡3600串；到了唐会昌年间（841—846），增至1.84斤。据宋嘉泰《吴兴志》载：“自大历五年（770）至贞元十六年（800），于此造茶，急程递进，取清明到京……工匠千余人，引顾渚泉亘其间。”以上史料说明，顾渚贡茶院130余年间不断发展壮大，历时之长，规模之大，令人惊叹。

至于顾渚紫笋茶受宫廷青睐的程度，时任吴兴（今浙江湖州）刺史张文规在《湖州贡焙新茶》诗中写道：

凤辇寻春半醉归，仙娥进水御帘开。
牡丹花笑金钿动，传奏湖州紫笋来。

说是顾渚紫笋新茶送进宫时，花枝招展的宫女们立即向寻春半醉的皇帝禀报喜讯，分明是宫中的一件大事。还有御史李郢诗为证：

十日王程路四千，到时须及清明宴。

说的是这贡茶即是四千里加急的“急程茶”，皇上在清明时用以祭祀和宴请百官。这和“一骑红尘妃子笑，无人知是荔枝来”似乎有异曲同工之妙。让驿马送荔枝宠幸爱妃，总有点偷偷摸摸的味道，但同样加急送茶进宫则堂而皇之，因为关乎社稷。

不知为什么，唐明皇看了杜牧写的这首明显讥讽他和杨贵妃的诗，却不生气，还让时任监察御史的杜牧去湖州当监茶官。当年监茶官职级颇高，由“刺史主之，观察史总之”，至少五品以上官员。于是小杜美得不行。自诩“修贡亦仙才”，而且文思泉涌，先是写一首诗夸顾渚紫笋茶：

山实东吴秀，茶称瑞草魁。

接着又白描勾画江南茶区，河里船多、岸上旗多、山上人多之胜景，并憧憬茶农辛勤，紫笋贡茶顺利制成，自己妙笔生花，修具奏章；押运贡茶，日夜兼程，直抵长安，受到皇帝嘉奖。

这紫笋茶，经历代文人雅士描写得几乎是神仙味道，应该极少人能抵得住诱惑。2012 年盛夏一个清晨，我与妻驱车从湖州出发，沿着南太湖环湖公路往长兴县。一边是碧波万顷，薄雾轻纱；另一边是青山如黛，翠竹鲜花。迎面而来的还有长桥卧虹，飞跃太湖。显然是一条新辟的景观大道，直达顾渚山。这行程十分适合品好茶前的环境氛围。

大唐贡茶院亮煌煌地出现在你面前，除了两块石碑是遗迹外，其余都是这几年新造的景观。但不得不佩服浙江人，即使是新造景观，也是大唐古韵，像模像样。整个建筑群分陆羽阁、吉祥寺和东、西长廊四个部分，四部分之间都由木栈桥和木廊道连接，清一色木结构的仿唐建筑，所用木料粗大厚实、古朴沉稳，与大院内百亩青青翠竹融为一体。据说贡茶院斥资两亿元人民币，历三年建成，建材全是加拿大进口的花旗松。

陆羽阁位于贡茶院中央，矗立在高高的石台上，花旗松的圆柱就有近百根，可用“恢宏”两字来形容。我不知怎么会联想到曹操当年修的铜雀台。阁的底层是洋洋7000字《茶经》全文，二层是陆羽倍加赞赏的顾诸山景物与紫笋茶园风光。三层则四面通透，陆羽手持书卷的大尊铜像端坐于此。登斯阁，凭栏处，尽收眼底的是：万竿修竹，青翠欲滴；千亩茶园，错落有致；百峰叠嶂，清幽空远。此时清风徐来，顿觉心胸涤荡、神清气爽，唯有茶壶在手，一啜一饮乎。

凭60元一张的门票，可以到回廊茶室品一杯紫笋茶。泡茶的小妹吹嘘，这就是皇上喝了几百年的贡品，门票花得倍值了。紫笋茶属绿茶，因采摘时芽尖微带紫色，芽形如刚出土的笋而得名。陆羽于《茶经》中论述：“紫者上、笋者上、野者上。”即是对紫笋茶的最高褒奖。捧一杯在手，汤色青碧，明澈清亮，一旗一枪在杯中站立升降，可爱之极；举杯至鼻前，一缕清香直奔脑际，神清气爽；啜一口，微苦而不涩，略甜而不腻，齿颊留香，回味绵远。这大概就是神仙味道乎！陆羽对顾渚山紫笋茶推崇备至，认为“芳香甘辣，冠于他境，可荐于上”。而且经过一番比较后，还认为湖州的茶叶品质超过常州、宣州和其他各州，而那时，西湖龙井、苏州碧螺春、黄山毛峰则籍籍无名小卒矣。

品啜着神仙味道，我们饶有兴致在回廊里观看贡茶制作过程，唐代蜡人群像让你依稀一睹昔日大唐贡茶院辉煌。唐代诗人也是茶人的皮日休，一首小诗把制茶过程描述得完完整整：

棚上吸红泉，焙前蒸紫蕨。
乃翁研茗后，中妇拍茶歇。
相向掩茶扉，清香满山间。

诗中可概括出几个关键词：泉水、蒸煮、研磨、成型、烘焙。这样的制茶工艺实在太复杂了。精致的顾渚贡焙带来的是皇家的享受、百姓的灾难。后来，放牛娃出生的朱元璋改朝换代不久，便颁旨废贡。第一贡茶院便寿终正寝，前后历时606年。

顾渚山不仅出贡茶，还出贡泉。此泉名曰“金沙泉”，即是皮日休诗中提及的“红泉”。用之烹蒸涤濯制茶，才能制出上品茶，用之泡煎紫笋茶，更是绝配。明万历《湖州府志》载：“金沙泉在县北四十五里，顾渚山侧有碧泉涌出，灿若金星，唐宋时注以银瓶，随茶并贡。”好家伙，用银瓶装水运送京城，足见金沙泉水之珍贵。所谓“茶是水神，水是茶体”，两者相辅相成，缺一不可，贡茶院之典范也。

本拟一睹金沙泉之风韵，却无奈泉已干涸，倒是山坳深处，竹林丛中，还遗留着几处古茶园。盛夏季节，茶树都已长满厚厚的叶片，只好摘几片，放入矿泉水瓶中，不知能否浸泡出大唐风韵？

2012年盛夏

品茶问酒文君井

早年上古典文学课，穆克宏老师推崇“西汉文章两司马”：司马迁高山仰止，令人敬重；司马相如风流倜傥，讨人喜欢。史记与赋作为一种文体，写到两司马这里算是极致。

最能撩拨男女学生的，还是司马相如那首《凤求凰》的诗：

> 凤兮凤兮归故乡，
>
> 遨游四海求其凰……

精通音律的司马相如“琴挑”富家美女卓文君，一曲歌罢，余音袅袅，当晚就创造了“私奔”这个动词兼名词。待生米煮成熟饭后，竟敢返回文君故里，在老泰山眼皮之下，“文君当垆，相如涤器”，自主创业地过起小日子。这对才子佳人给后世留下了何为浪漫爱情的千秋佳话。

但前些年的《百家讲坛》，河南大学王立群教授端上“一坛美酒”，灌得不少人晕头转向。他老人家严正指出，司马相如与卓文君的传奇故事是欺骗世人两千多年的爱情神话。揭露：“司马相如追恋卓文君是他和他的密友——临邛（今邛崃市）县令王吉（婚托）共同策划的一个大阴谋，目的是为了劫财劫色。”王教授手握“证据”，口若悬河，俨然福尔摩斯在世。教我听罢，心中郁郁，怅然若有所失。

2012年夏，我与妻成都之行，慕名前往邛崃。那天直奔文君井而去。

在这座古典名园旁的一家户外用品商店，我们因购买遮阳帽和店老板聊了起来。老板热情，让我们和他分享新泡的花楸茶，我便请教他邛崃风物。店老板是位50多岁的新疆人，到邛崃20多年，营销过茶与酒，把四川定位为“茶酒王国”。邛崃不仅文君酒闻名全国，而且于2000年摘得“中国最大白酒原酒基地”金招牌，前些年开发建设一个中国名酒工业园，占地5平方千米，引来全国诸多白酒大腕落户于此，如水井坊、金六福、诗仙太白、湖北枝江酒业、河南汝阳杜康酒业、蒙古王酒业。那天下午，我们驾车前往雅安，一路检阅国道两旁堂皇气派又风格迥异的酒厂大门。这真是一道独特的风景线，让你缓缓而行，不时停车观赏。我给文君酒厂大门古香古色建筑打了最高分。

四川特别是邛崃还是中国最早种茶、制茶、饮茶地区，也是中国最早的茶市。司马相如的《凡将》一文，可能就是古代文人最早记述饮茶的名篇。司马相如和卓文君应该也是中国最早开茶馆谋生的人，夫妻俩既卖酒又烹茶。新疆人老板请我们喝的花楸茶是一种树名，也是邛崃的一个地名，“邛崃名茶十八堡，花楸茶列首堡”。早在“金沙王国”的开明王朝时代，人们就将它奉为解毒去瘴的仙茶。宋朝为贡茶，清康熙皇帝御笔题为“天下第一圃”。邛崃是文君故里，人们又将花楸茶叫“文君茶”，并于20世纪80年代以文君茶获得全国名茶殊荣。

其实，还是叫“文君茶”好，“从来佳茗似佳人”吧。

郭沫若先生对他的这一对四川老乡情有独钟，1957年到文君井一游，又写诗又题词，说：“卓文君与司马相如的故事，实系千秋佳话，故井犹存，令人向往。”现公园大门“文君井”3个大字便是他老人家飘逸欲飞的墨宝。

鼎鼎有名的文君井就如《邛崃县志》记载：“井泉清冽，甃砌异常，井口径不过两尺，井腹渐宽如胆瓶然，至井底径几及丈。”那天我们俯身探看，见井底银光闪烁，原来是铺满白花花硬币，足有一两寸厚，那是游客为祈求婚姻美满所投放的。我不禁笑出声来，妻不解笑意，我答：担心此处白花花的银子，又成了王教授“劫财劫色”的证据。

与文君井一水之隔的琴台，据说是当年司马相如抚琴弄曲，向文君发出爱慕信息的“琴挑”之地。亭上楹联饶有韵味：

井上风，疏竹有韵；
台前月，古琴无弦。

井旁有当垆亭，演绎着文君和相如卖酒烹茶的情景。亭里亭外摆着六七张桌子，只是如今不沽酒，只品茶。郭沫若有诗云：

文君当垆时，
相如涤器处，
反抗封建是先驱，
佳话传千古。

今当一凭吊，
酌取井中水，
用以烹茶涤尘思，
清逸凉无比。

捧一杯“文君嫩绿”在手，色香味俱全，芽翠形美，清雅灵韵，味鲜香浓，绵郁舒缓。只见茶桌旁有十多人悠闲品茗，可看出大都是本地常客。景区规定颇有趣：凡是到文君井喝茶的游客可以不用买五元的门票，付茶资五元即可。茶冲三巡，我和茶友们寒暄融洽，便开口谈及王立群先生的“劫财劫色”之说，马上引发一场“研讨会”：

一位颇有学者风度的老人平心静气开说：你们认真看看公园的碑廊，古往今来，有那么多名人称赞文君与相如，怎么到王立群口中，美好变成丑陋，爱情变成阴谋呢？

一位戴着眼镜的中年人语气明显气愤：王立群无非借媒体炒作出名，哗众取宠，他的“劫财劫色说”幸好不是中央红头文件。我们纪念司马相如的抚琴路不会更名，相如和文君铜像和诗碑也不会被推倒，文君井公园的游客比过去更多。

一位小伙子的发言更有意思：我们市去年举办文君文化旅游节，请王立群来参加研讨会，他不敢来，不知是理亏还是怕邛崃人揍他，哈哈！

七嘴八舌的研讨会，成了旗帜鲜明的批判会。我赶忙离席，因为我是始作俑者，似乎有可能成为嫌疑人。

细看园中碑廊，迄唐朝始，几乎历朝历代均有名人的赞誉诗词。郭沫若先生自不用说，因为他骨子里都带着浪漫主义，对家乡流传的千年佳话，唯有赞誉有加，这位大才子如果还再世，想必会让王教授活活气死。与郭沫若先生一样浪漫主义的还有明朝大戏剧家汤显祖，他的《相如诗》简直气冲斗牛：

知音偶一时，千载为欣欣。
上有汉武皇，下有卓文君。

把这一对情侣与大汉武帝相提并论，顶礼膜拜。诗外之音分明在呼喊：哦！多么令人向往的大汉时代，大汉气魄。

最有说服力的还是杜甫的《琴台》五律诗：

茂陵多病后，尚爱卓文君。

酒肆人间市，琴台日暮云。
野花留宝靥，蔓草见罗裙。
归凤求凰意，寥寥不可闻。

有“诗圣”之称的老杜可是每一根神经都具“批判现实主义”，这么严谨忧郁的人对这段千年佳话评价如此之高，特别是充分肯定司马相如，更是难得。

吾辈本是《百家讲坛》的“粉丝”，有一段时间挺欣赏“教皇”易中天、“教母”于丹等人，也包括古典文学功底深厚的王立群先生的讲座。但蜀中回来后，不是那么热衷了。

王教授啊王教授，感情问题就非得那么理性地进行学术探究吗？您的“千古骗局”结论太伤文君故里父老乡亲的心了，难怪您去不得邛崃。

有些事情确实不必太深究，还是揣着一颗向往之心，问酒品茶文君井吧。月明星稀之夜，饮一盅文君酒，雄关漫道，美酒壮英雄；品一杯文君茶，俊彩星驰，清茶育斯文。

2012 年秋

卢仝和七碗茶歌

中国古代有一位诗人，一生以半首诗而名扬天下。这位诗人姓名卢仝，后人为他的半首诗起名《七碗茶歌》：

一碗喉吻润。
二碗破孤闷。
三碗搜枯肠，唯有文字五千卷。
四碗发轻汗，平生不平事，尽向毛孔散。
五碗肌骨清。
六碗通仙灵。
七碗吃不得也，唯觉两腋习习清风生。

其实卢仝在唐朝算是著名诗人，《全唐诗》收录其诗作共3卷106首，但国人偏不买账，朗朗上口经常传播的就这半首诗。平心而论，整首诗都好，就是诗名起得不怎么样：《走笔谢孟谏议寄新茶》。意思就是，我挥笔疾书答谢孟谏议大夫寄来的贡焙新茶。这是告诉人家为什么写这首诗，所以后人完全有理由认为，这关我们什么事，我们只记住了7句。

全诗41句，以七言为主的排律，开篇“日高丈五睡正浓，军将打门惊周公”。春日昏睡，擂声惊门，一位上司兼朋友差军士寄来团茶三百片，顷刻激起诗人翩翩联想，“天子须尝阳羡茶，百草不敢先开花”，这是何等气派；“柴门反关无俗客，纱帽笼头自煎吃”，又是何等的痴馋。

接后，进入高潮，诗人连喝七大碗，碗碗感受不同，那每一碗的描绘，读者都得细心体会，最是第七碗，诗人大呼“吃不得也”！为什么？因为喝下第六碗，已经飘然成仙，妙不可言，自然不敢不能不必再喝第七碗。

若是老茶客，这七碗茶，句句喝到心坎上；若是遇上不会喝茶的人，读了这七碗茶歌，也即刻去喝上几碗。

但诗写到最后，笔锋一转：“安得知百万亿苍生命，堕在颠崖受辛苦。便为谏议向苍生，到头还得苏息否？”可惜如此忧国忧民的情怀，后人几乎记不住。

就这七句诗，卢仝把品茶感觉描写得如此细腻夸张、情感激越、大气磅礴、奇妙境界，茶在他笔下神化了。

所以，卢仝终以半首诗不仅名扬天下，还名垂千古。

中国茶文化发展史告诉我们，古人对茶的爱好由于时代不同表现出差异，汉朝有茶便饮，似乎没有偏爱某个品种的茶。唐朝以后就不同了，唐人“首称阳羡”，宋人则“偏好建州”，阳羡即现在江苏宜兴，是顾渚紫笋茶产地，属精工细作的绿茶。所以，现在宜兴人自然赞赏卢仝的那两句诗：“天子须尝阳羡茶，百草不敢先开花。”

2012年盛夏，我与妻慕名前往宜兴阳羡茶文化生态园。这园子占地5000亩，山涧溪沟环绕，竹海掩映茶园，近观南山悠然，远眺太湖浩瀚，真是一个品茗休闲的好去处。园子以卢仝草堂为标志。导游说是阳羡的茶和高山流水吸引了卢仝，使他遍游江南之后，选择定居于此。卢仝草堂即是《七碗茶歌》的诞生地，这是经过严格考证，在旧址重建的，既是诗人隐居生活的再现，又是他诗词作品的集中展示之地。

姑且不论卢仝草堂的历史真实性，但茶文化生态园的创意让人耳目一新，也给我普及了许多茶文化知识。如贡茶坊可以让游客自己动手制作紫笋贡茶，茗膳坊则可以品尝以茶叶为食材的美食，七碗居是设施齐全的酒店。茶博馆里还让我了解到，唐朝对中国茶文化贡献最大的三件事：陆羽的《茶经》、卢仝的《七碗茶歌》和赵赞的“茶禁”（提出对茶征税）。由于《茶经》博大精深，专业性强，反而不如《茶歌》平白如话、雅俗共赏，卢仝也就被国人誉为“第二茶圣”或“茶仙”。但在日本茶道中，卢仝的地位更高于陆羽。

卢仝的故里位于河南王屋山下的济源，日本茶道中人小川后乐于20世纪末访问济源，写下《济源寻访卢仝故里》，在中国《茶博览》杂志发表，文中写道：

> 我学习煎茶道（日本茶道分“抹茶道”和“煎茶道”）大概是在十七八岁的时候，最初的学习内容是七句茶歌，把七只茶碗按顺序放好，每只碗上分别写着喉吻润、破孤闷、搜枯肠、发轻汗、肌骨清、通仙灵、清风生，并将它的顺序背下来。以后在学习日本吃茶史、文化史过程中，我逐渐开始对卢仝产生了兴趣，以致为其颠倒。日本的煎茶界将卢仝崇为理想人物，近代日本煎茶道就是继承了卢仝思想而诞生的。

宜兴与生俱来是一个为饮茶文化诞生的地区，就连苏东坡那个老茶客也看上这块风水宝地，多次实地查看并草拟“买田阳羡，种桔养老”之规划，还挥毫写下“雪芽为我求阳羡，乳水君应饷惠泉”的咏茶名句。

饮茶核心三要素：好茶、好水、好杯具，宜兴一一具备。因此被誉为“饮茶三绝冠江南”：用宜兴水质上乘的金沙矿泉水冲泡阳羡茶，杯具即是宜兴特有的紫砂壶。

宜兴紫砂茶壶，可谓是一朵奇葩，更为饮茶艺术增添异彩。据说，宜兴紫砂陶艺，汉朝就有，但名声大振于明朝。从实用角度讲，宜兴茶壶里外不敷釉料，胎质细腻，既不渗漏，又能通气，泡茶不走味，贮茶不变色，盛夏不易馊，是理想茶具。奇特的是，紫砂茶壶经久使用之后，壶壁吸附茶汁，日久天长可以积成茶锈，茶锈能诱蓄茶香，对于嗜好品茶的行家来说，茶锈吸附多少，往往被视为饮茶水平高低的一种标志。所以，紫砂壶是越用越好。从艺术造型上来说，宜兴茶具的兴起造就了大批制壶艺术家，譬如明朝的供春、时大彬等，涌现出一批大师。如今，谁若有其藏壶，那可价值连城。

1982 年，我与妻探游宜兴善卷洞，沿途见本地老少爷们，手持一把小小紫砂壶，眯着眼睛，对着壶嘴饮茶的陶然状，很是羡慕，于是花七角钱，在景区紫砂壶摊前，购一小壶，也把玩多年，蓄得茶锈满壶，现已视为古董。此番故地重游，每见手持紫砂壶老少爷出现，总感觉是一股古风古韵重现。

那日在卢仝草堂里，品饮“阳羡雪芽”，见茶馆杯具俱全，有陶制茶碗、有紫砂壶、有玻璃杯，可观“阳羡雪芽”色翠星毫、沉浮飘逸，可闻山野之乡清心淡雅、沁人肺腑，可思中国茶文化源远流长、博大精深。

卢仝的七碗茶歌，应是中国茶文化殿堂的一件神器。

2012 年盛夏

天下第一泉

国人历来好评“第一”，这应该早于老外创办的“吉尼斯纪录”。君不见神州大地，“天下第一泉”就有好几处：

一是唐代茶圣陆羽确定的庐山康王谷帘水；

二是清代乾隆皇帝钦定的北京玉泉山泉水；

三是唐代晚生于陆羽的品泉家刘伯刍评的扬子江中泠泉；

四是清代蒲松龄在《趵突泉赋》中称济南趵突泉为“海内之名泉第一，齐门之胜地无双”，等等。

平心而论，公认度最高的还是陆羽评定的“天下第一泉”。

陆羽提出“山水上，江水中，井水下”，即是实践总结出的煎茶用水标准。为此他遍访天下名山大川，最后得出20处之水最宜泡茶，并给予排了座次。这20处后来皆成了珍贵的中国茶文化遗迹。

陆羽饮茶辨水的本事，唐代就传得神乎其神：李季卿任湖州刺史时，道经扬州遇陆羽，相约品茶。令一位军士，驾舟执瓶，到扬子江心取中泠泉水。水取到后，陆羽用杓扬起水，说：“是扬子江水没错，却非中泠泉水，好像是靠近岸边的水。”军士答：“我驾舟深入江心取水，有近百人看见，怎敢骗您？”陆羽不吭声，把水倒进盆里，倒了一半，突然停下，又拿杓扬水，然后说：“从这里开始是中泠泉水了。”军士大骇，伏地请罪：“我取中泠水后，靠岸之时，因船摇摆，洒掉一半，怕不够，就在岸边取水补足，您简直是神仙，我只能如实招认。”李刺史和在场宾客数十人，皆大骇叹服。

乾隆一生嗜茶。皇帝老儿总觉得自己什么都行，便自封评委会主任，开展对天下诸泉品评，那老儿还发明了一个极具操作性的标准，即特别精制一个方形小银斗，每次出巡带上它，“精量各地山泉”，以轻者为上，重者为次，从轻到重，排列优次，将天下名泉列出七品。由于玉泉水比重最轻，遂为第一品。遗憾的是，现代以来，由于北京地下水位下降，如今玉泉水已枯竭，唯留泉边石壁上“天下第一泉”五个大字。

2012 年盛夏，我与妻到庐山寻访谷帘泉。出发之前查阅：2000 年 4 月，此地召开过“天下第一泉”新世纪国际茶会，国内外茶文化界名流济济一堂，论茶品水，立碑为记。心想，一定是个设施齐全的著名景点。

驾车前往庐山脚下，下高速之后，道路越走越小，直至坑坑洼洼，茅草丛生，让你感觉走错了路。幸遇一个小村庄，停车问路，一老农告知，方向无误，可继续前行，只是十多年前那场盛会之后，访者寥寥，如今恐是荒芜了。

果然芳草萋萋掩映山门，满眼历史沧桑感，仅我们两位虔诚茶客，倍觉担负了历史重任。仰望迎面一座牌坊，上刻“天下第一泉”，五个苍劲大字为北宋文豪黄庭坚所书。进了山门，石径斑驳，鸟鸣山幽，约行五六里路，水声渐响，忽见泉瀑湍怒喷涌，散落纷纭，数十缕并发，耀眼如玉帘，悬注百十丈也。

谷帘泉位于汉阳峰西面，是庐山三大峡谷之一的康王谷底。危崖之上，建有一座单层四角四柱观瀑亭，是观看谷帘泉的最佳处。走到谷底，走过以鸿渐（陆羽字）命名的石拱桥，又见一座双层六角六柱的仰止亭，可登临仰脸，让丝丝瀑泉亲吻。俯身探看潭中一泓碧水，似乎有点恍惚，这就是诱惑无数茶客的神水吗？就是后人溢美之“清、冷、香、洌、柔、甘、净、不噎人”于一身的第一泉吗？

迫不及待伏身潭边贪婪吸吮，又掬双手泼面洗涤，再用矿泉水瓶装满神水，抬头忽见“谷帘泉”三字赫然崖壁之上，乃南宋理学家朱熹所题。

下榻于九江浔阳区的一个酒店，可临窗眺望浩渺苍茫的滚滚长江水。当晚，我们到长江之畔的白水湖公园大剧场欣赏了《春江花月夜》专场演出。这是一幅幅江西地灵人杰历史画图的生动演绎，厚重悠远，穿越时空，赏心悦目，耐人回味。

回酒店便迫不及待地烧水泡茶，用“天下第一泉”水冲泡庐山云雾茶，观腾腾而起婀娜多姿雾气，闻扑鼻而来山谷旷野幽香，品清爽冲喉回甘入心茶水，美滋滋啊，此举应是附庸风雅之极致。我与妻频频举杯，为辛苦的陆羽老先生，为神奇的“天下第一泉”，为预订到望江酒店，为欣赏一场精彩演出，为我们的茶之旅，干杯。

可惜只带回一瓶“天下第一泉水”，未能饮到七碗茶的境界，我突发奇想，烧一瓶娃哈哈矿泉水，再烧一壶酒店自来水，泡同样的茶，充当一回品茶师。

品评结果，实在不忍告白，吾辈皆乃凡夫俗子，无论如何细细品饮、慢慢咂摸，竟觉每一泡庐山云雾茶差异无几，都乃神品矣。

是因为品茶技艺太为精深，吾辈力所不及？应该不是，起码不全是。

那是陶醉于灯火阑珊，一桥飞架南北，滚滚长江东流水？是沉浸于绕梁三日，不绝于耳的古典曲目之中？是回味于飞流直下，空涧泉鸣，世外桃源的谷帘泉瀑？

我仿佛有所悟：原来心情好便是“天下第一泉”。

2012 年盛夏

分宁茶客黄庭坚

一

黄庭坚在北宋文坛享有诸多桂冠：

“江西诗派”开山鼻祖；

“苏门四学士”之一；

诗与苏轼齐名，世称“苏黄”；

词与南宋辛弃疾并称“辛黄”；

杰出书法家，与苏轼、米芾、蔡襄并称“宋四家”。

2012 年夏至，我与妻走了一趟江西修水县（古称“分宁”），发现黄庭坚家乡人还给他戴一顶桂冠——“分宁茶客”。

这顶桂冠比前面所有桂冠都来得早。当时一位宰相名曰富弼，约文坛新秀黄庭坚见面，谁知两人话不投机，不欢而散。富弼耿耿于怀，逢人就说：“我还以为黄庭坚有多么了不起，原来不过是分宁一茶客罢了。”宰相的话虽讥讽意甚浓，却歪打正着，从此官场文坛多有调侃黄庭坚为“分宁茶客”，但黄庭坚却乐意接受，因为他对家乡茶叶确实情有独钟。

黄庭坚自幼生活在江西茶乡，茶的淡泊、雅致、宁静、和谐已融入身心，从孩提到成人，从入学到入仕，家乡茶伴随他一路走去。中国茶文化到北宋已是鼎盛，如官焙贡茶大龙团茶、小龙团茶、建茶等不断推陈出新，已置于荣誉一样高的地位，官员若是得到皇帝的一小块赏赐，则是莫大的荣耀。黄庭坚，这位22岁中进士的茶农子弟，在皇城仕途早期挺顺畅，有机会接触很多好茶，到了任大名府国子监教授之时，常有贡茶珍品分赠予同僚。

难能可贵的是，黄庭坚对家乡的双井草茶独具慧眼，致力推销。何谓“草茶”？简单界定，即为民间焙制的、有别于官焙的茶。黄庭坚有了一定话语权后，就让乡亲们每年寄来大量新茶，亲自给京城达官显贵名人雅士逐一题诗赠送，大有王婆卖瓜的味道。应该说该茶确实品质优异，诗的广告又写得十分到位，很快，双井草茶声名鹊起。

“分宁茶客”很有一套宣传攻略。首先，文坛领袖欧阳修被他搞定，那老先生眯着眼睛啜了一口双井茶，便提笔称赞：

长安富贵五侯家，一啜尤须三日夸。

这个广告效应就如今天央视一套黄金时段播出，轰动京华。有一段时间，京城对双井草茶的评价甚至超过建溪龙凤团贡茶。有位名叫黄庶的名士夸之（我怀疑他拍欧阳公马屁）：

双井名人天下耳，建溪春色无光辉。

黄庭坚再接再厉，又瞄准了嫡亲的老师苏轼，奉上茶与诗《双井茶送子瞻》：

人间风日不到处，天上玉堂森宝书。

想见东坡旧居士，挥毫百斛泻明珠。

我家江南摘云腴，落硙霏霏雪不如。

为君唤起黄州梦，独载扁舟向五湖。

诗前四句盛赞苏轼的人品、才华和风度，五六两句说双井茶，最后两句又赞赏并委婉提醒苏轼，您当年贬官黄州时，那寄情山水、超然物外情怀，写下《赤壁赋》等千古名篇，多么令人向往啊！如果喝了我的双井茶，还会有黄州的作品问世的。

苏轼这位继欧阳修之后的文坛领袖，一边喝着学生源源不断送来的好茶，一边享受着高级吹捧，自然十分舒服，立马回一首诗盛赞双井茶：

磨成不敢付僮仆，自看雪汤生玑珠。

说得到双井茶后，欣喜万分，碾磨成茶末后竟不敢交给僮仆，而要自行烹煮，并用雪水烹茶，细赏茶汤上泛出如珠玑般的泡沫。

“分宁茶客”一生写了60多首茶诗，对茶文化研究可谓独树一帜，一首《品令·茶词》堪称咏茶奇作：

凤舞团团饼。

恨分破，教孤令。

金渠体静，只轮慢碾，十王尘光莹。

汤响松风，早减了二分酒病。

味浓香水。

醉乡路，成佳境。

恰如灯下，故人万里，归来对影。

口不能言，心下快活自省。

上片写碾茶煮茶，下片写品茶体验。尤其那体验，以故人重逢来比拟，碗中之味，怀中之趣，如饮醇醪，惬心之极，其妙处只可意会，不能言传。教你读罢，豁然领悟品茶有如此深奥又轻松的哲学和令人如梦如幻如痴如醉的美学。

黄庭坚为了做个纯粹的茶客，干脆把酒戒了。他早年嗜酒，40岁那年认定茶酒不同道，发愿戒酒，决定“煮茗当酒倾”，完全投入茶怀抱。他不但身体力行，还劝朋友也放下酒杯端起茶盏。从他好友晁补之的《鲁直复以诗送茶云愿君饮此勿饮酒次韵》一诗的题目就可以窥一斑见全豹。

二

那天，我们沿着清澈的修江，驱车来到双井村，只见古村背倚层峦叠翠的杭山，面向风生水起的秀水，尤其是山谷起伏的茶垄，田野平展的茶园，放眼皆是整齐有序的“双井绿”茶树。置身于这么一幅山水画图中，涌上心头的只能是那句陈词滥调——地灵人杰，但我改了一个字——茶灵人杰。

村口有牌坊，上书“文豪故里，进士古村”。双井村仅宋代黄氏一族，就考中进士48名，其中2名官至当朝尚书。仅此一例，不仅在宋朝凤毛麟角，就是历朝历代也属罕见。是生态自然，厚重人文，天人合一，无缝对接？不！一定是双井草茶立下不世功勋。我突发奇想，当年双井村的莘莘学子，十年寒窗，板凳虽冷，但草茶暖和，双手捧杯，轻啜慢饮，一定眼明心亮、泉思如涌。“分宁茶客”怎么就没有如此这般宣传呢！

山谷（黄庭坚别号）陵园坐落在老树和茶园丛中，山谷先生石像伫立于墓前，做若有所思状，看来他也在努力反思。

双井村现已开发成旅游区，推介出景点就有十多处：十里秀水、明月弯、仙人垂钓台、笔架山、上天梯、千岁桥、山谷陵园、高峰书院、进士墓群等。仅这一连串名称就让你心驰神往。“十里秀水”还是国家一级保护飞禽中华秋沙鸭越冬地。

高峰书院旁新拓展了一个广场，花岗石铺地，宽阔洋气，让你以为到了县城市民广场。广场尽头是正在施工的仿古建筑群，一幅效果图告诉游客，大兴土木处是黄庭坚故居，计划投资900万元，项目负责人为九江市委组织部部长。但广场中央新树立的黄庭坚石像，似乎郁郁寡欢，他老人家可能担心，当年祖上的几间草屋，怎么突然变成一片豪宅，万一皇上怪罪下来，如何是好？

陵园旁有一座古香古色的建筑，牌匾挂着“双井草堂”。走进一看，是一家茶叶公司。凑巧得很，售茶小妹是福建老乡安溪人，她泡一壶双井草茶让我们品尝，确实清爽，回味余甘，但形、色、味和闽东绿茶不相上下，只是价格太高，一盒80克的清明双井茶售价260元。

三

县城郊外有一座修水茶叶生态科技园，建在国道旁的一个山头上。整座山头被开辟成一圈又一圈的茶垄，簇拥着矗立山顶的一幢翘檐楼台，有匾高悬：“百茶楼。”原来此园遍种各地征集来的茶树种苗，不下百种。我们饶有兴致，穿行其间，当看到“福鼎大白”“福鼎大毫”赫然其中时，顿感亲切和高兴，因为吾辈也很想享用一顶“福鼎茶客”或“闽东茶客”的桂冠。

园中的茶博馆古朴典雅，大门左右两块牌匾颇具特色，左匾题曰“宁红祁红，并称世界之首”，落款“吴觉农，1989.9.1，时年93岁”。右匾题曰“茶盖中华，价甲天下”。注释：光绪十七年（1891），著名茶商罗坤化开设于漫江的厚生隆茶庄，产制的白字号宁红茶，在汉口以每箱白银100两卖给俄商，适逢俄国太子游历来华，赠予此8字真言。

黄庭坚自然不知道宁红的辉煌，因为是他身后800年的事。如果说双井草茶曾风靡京华，那宁红则是享誉全球。那些年，中国茶商中流传着“宁红不到庄，茶叶不开箱”之牛气行话，“分宁茶客”九泉之下有知，想必开颜一笑。如今，修水县重振双井绿茶和宁红工夫茶雄风，口号铺天盖地。我们下榻的珠江酒店就设有茶叶专卖店，琳琅满目，价格不菲。

修水县一天的奔波，腿涨膝酸，我们便造访酒店对面的富足脚浴城。两位做脚按的小妹技艺精到，当我们聊及双井茶和宁红时，她们却极力推荐一种修水茶，让服务生端出两杯，真让我们大开眼界。玻璃杯中内容丰富，色彩鲜艳，有碧绿茶叶、雪白炒米、金黄炒豆、油黑芝麻、深红枸杞，堆起半杯高。细细品饮，果然不错，香咸中有清苦味，清苦中有咸香味。

小妹说，这茶比双井宁红好喝多了，有滋味又保健，既解渴还解饿，最重要的，价格便宜，本地人都喝修水茶。双井宁红价格太高，主要销往外地，忽悠你们。

世事有时就这么奇怪，上有好者，下未必从。宁红茶闻名全国乃至世界，本地人却不以为然。难道仅仅是价格原因吗？应该不完全是。

俩小妹也是“分宁茶客”。

2012年盛夏

君山岛访黄茶

国内茶叶界一般把茶叶按颜色分为 6 种：红绿青黑黄白。黄茶是一种比较少见的茶，它的原产地和品牌出自八百里洞庭湖的君山银针。

2012 年春节，我与妻自驾至岳阳市，自然想到君山岛走走，导游小陈是位 20 岁出头的姑娘，她自信得很："让我带你们去岛上看茶叶算是找对人了，我在岛上卖茶叶卖了一年，但君山岛是国家 AAAAA 级景区，好些景点一定要去看看，况且它们和黄茶都有关系。"

据说黄茶的种苗是 4000 多年前舜帝的两位妃子娥皇、女英带到岛上的。话说舜帝当年爱江山顾不上美人，巡视九州，久未归家，两位美娇娘一路探寻，来到君山岛，忽传舜帝驾崩噩耗，柔肠寸断，泪如雨下，直至双双哭死。那泪水，斑斑点点都滴到青青翠竹之上，于是就有了著名的斑竹。那泪水也浇灌了黄茶种苗，使之在岛上生根发芽、茁壮成长。如今满山遍野郁郁葱葱的茶园和迎风摇曳的斑竹相依相伴，仿佛共同见证了这场旷世之恋。

岛上有虞帝二妃之墓，墓园里石碑林立，其中一块是 2002 年中秋时节福建省泉郡晋邑一行 190 人前来祭扫时所立。我对小陈笑道："我们福建人都特地来此寻根祭祖立碑，你们湖南茶人也应在此立一块君山银针始祖纪念碑啊。"

另一个景点是柳毅井，至今古意盎然，深不见底，仿佛真的通向那个神秘的龙宫。沿着斜坡甬道可达井水边，喝一口井水，清冽甘甜。小陈说岛上产的君山银针，唯有柳毅井水才能泡出真韵味。

君山银针是1957年被评为十大名茶后定名的。它之前的名字也十分好听，五代后唐名“黄翎毛”，宋代称“白鹤茶”，清代叫“旗枪茶”。1954年，君山毛尖参加德国莱比锡博览会，一举荣获金质奖，以“芽身黄似金，芽尖白如玉”被称为“金镶玉”。《巴陵县志》有载“君山茶盛产于唐，始贡于五代”。据说清朝时每年贡品才16斤。

君山御茶园是集加工、展销、品茗为一身的茶庄园。展柜上摆着五六种价格的银针茶，最便宜的一种一两一百元。小陈抓一点茶叶放在白瓷盘上让我们观看，介绍说像这一叶一尖的茶叶，制作一斤，须采摘三万多个雀舌大的嫩芽儿，而且要求清明前后六七天完成。采摘时要求“九不采”：“雨天不采、风伤不采、开口不采、发紫不采、空心不采、弯曲不采、虫伤不采、细瘦不采、长短不一不采。”制作更讲究，主要要经过杀青、揉捻、闷黄、干燥等工序。黄茶与绿茶制作最大的差异是多了道闷黄工艺，它是将茶叶趁热堆积，利用湿热使茶叶变黄。

品尝君山银针更是讲究。称之为“四美”即色、香、味、形俱美。小陈把茶叶放入玻璃杯内，用刚开的水冲下去，立即盖上玻璃盖，约两分钟时间，茶叶芽头全部冲向水面，悬空而立，如万笔书天。当她揭开玻璃盖后，杯内的茶叶有的徐徐下沉，有的慢慢上升，几起几落，如同在杯中跳舞。最后，茶叶都竖在杯底如春苗出土，竹笋并立，满杯的茶汤杏黄明净，宛如玉液琼浆。品尝一口，满嘴清香，甘醇绵长。

销售部经理给我们讲了个君山人都爱讲的故事。说当年毛主席问湖南省委书记张平化，“君山茶为什么会‘跳舞’？”张平化便一一介绍君山茶“四美”，并当场冲泡，可茶叶未能“跳舞”，主席笑着道：看来干什么都得实践才行。第二年张平化硬是挤时间到君山岛学茶艺。经理让小陈再给我们冲一杯演示。只见小陈将开水冲入杯中时，其间做了三次小停顿，又叫“凤凰三点头”。原来只有这样，才能使之“跳舞”。

八百里洞庭，君山像“白银盘里一青螺”。面积0.96平方千米，是共和国国土的千万分之一，多么神奇吻合。厚重的文化历史，优美的山水风光，独特的自然生态，孕育出的黄茶珍品举世无双。一位老诗人的诗写得好：

三上又三下，巧手弄新芽，
洞庭风物美，最是君山茶。

2012年春

浮梁买茶

“商人重利轻离别，前月浮梁买茶去。”

白居易的《琵琶行》虽然大大贬损了商人一番，但却透露了1000多年前的浮梁是中国产茶大户和茶叶市场中心的信息。

浮梁古县衙保存尚好，现为国家AAAA级景区，但它在唐代更牛，曾号称“江南第一衙”。之所以称“第一”，一是浮梁当年乃望县，属五品建制，连景德镇都归它管辖（现在却倒过来了，景德镇市管它，所以我这两天接触的浮梁人，都提及“当年”）。二是比一般七品建置县高两品，因为它对朝廷的贡献太大。《元和郡县志》记载“浮梁每岁出茶七百万驮，税十五万贯”。贞元九年（793）起，全国茶税每年40万贯，而浮梁一县就占15万贯，为全国的3/8。朝廷自然因为喜欢白花花银子而爱屋及乌。

这种昂首挺胸姿态一直持续着，宋朝，“浮梁仙芝”成为闻名的贡茶；明朝，汤显祖还发出“浮梁之茗，闻于天下”的赞叹；1915年“浮红”茶又在巴拿马万国博览会上荣获金奖。如今，氛围似乎依然，在浮梁县城入城处，有一座大型石雕像，黑色大理石基座上镌刻着“中国名茶之乡”，上立两尊白色花岗石美女像：一位身着古装，轻弹琵琶；一位现代村姑，灵巧双手正在采摘茶青。

创意者让白大人笔下的琵琶女一改“天涯沦落人”的悲情，而是面带微笑，弹奏起一曲欢快的《采茶戏蝶》。

大街小巷许多醒目的茶广告：“浮梁仙芝”“浮梁嫩蕊”“浮梁崖玉”等等。经了解，人口28万的浮梁县茶园10.6万亩，茶叶产量4000多吨，产量产值列江西省第一大县，尤其名优茶乃全省“领头雁”，被冠以“中国红茶之乡”“国家级茶叶标准化示范县”等诸多荣誉称号。

2012年四月天，第九届景德镇·浮梁茶文化旅游节在瑶里古镇举办，我与妻秋分时节慕名而来，仍感受到四处弥漫着“茶韵·绿语·民风”的主题。

瑶里古镇也是国家AAAA级景区，以“瓷都之源，名茶之乡”为旅游特色。古镇自然生态极好，位于赣皖交界的汪胡国家森林公园，物种繁多，潭深谷幽。我们行走在（上）饶徽（州）瓷茶古道上，脚踏青苔斑驳大麻石，身临两旁杂草茂林，仿佛置身千年前的瓷茶之旅。林中百年以上的红豆杉300多株，有一株树龄1500年，树干需4个人才能合抱，屹立村口，树身光滑，颜色如铜，枝干如一只巨手伸向古道，俨然是一位值守哨卡的老军士，伸手叫停，接受检查。

导游妹子小方，古镇人，见我们对茶叶感兴趣，便带领我们登上海拔1100米的浮梁茶一级原产地，观赏仰天台茶园。穿行其间，不禁惊艳眼前一片红、白、绿相间的画面，红的是垂在枝头的油茶果，白的是毛茸茸的板栗，掩映着一畦畦绿色茶树。小方随手折下几颗板栗，往石板路上敲开白茸茸的毛刺和硬壳，我们便品尝到清香脆甜的果子。原来浮梁茶的独特清香，全仰仗这些果树的芬芳。

瑶河把这座历史文化古镇一分为二，河水在一幢幢古民居倒映下显得更加清澈、宁静，水中肥硕的青鱼和红鲤鱼悠闲地游来游去，古树老屋，鱼儿泛波，青草弄影，颇有古韵。

古街长达2华里，为明清建筑。当地民谚曰：“上街头，下街头，街长不见头；瓷茶缎，糖醋油，店面八百九。”那店面全是斑驳厚重的木板，可自由拆卸。柜台又高又长，据说是为了避免外人看见店内财物而设计的，足见当年商铺之殷富。

小方三年前从瑶河的南岸嫁到北岸，丈夫是镇里公务员。婆家老厝坐落在一条用木墩支起的简易的木板桥桥头，因为那木板桥曾被《闪闪红星》电影中潘冬子走过，自然成了一处景点。小方邀请我们顺路到她家品一杯浮梁茶。老厝中，她婆婆正给两岁的孙女喂饭，又忙又乐。

和小方聊起当地婚嫁风俗，茶乡许多礼仪与茶密不可分。大婚之日，新郎新娘一拜天地，二拜高堂，夫妻对拜之后，新娘必须行“奉茶礼”即双手捧盖碗茶，先敬公公，后敬婆婆，并分别喊一声：“爸、妈请喝茶。”两位老人喝了茶便给新媳妇大红包，这叫“改口茶”。婚宴结束闹洞房，新娘又一轮奉茶，还必须亲自烧水泡茶奉客。烧水要在房屋之外如天井之类的露天，用 8 块砖头砌成灶，架上铁壶，点燃松木柴火，备好瓷杯和新茶，冲上七分杯茶水（民间说法：酒酙满杯，茶冲七分），从丈夫的舅舅开始，逐个给宾客奉茶，如果低眉顺眼，礼仪周全，闹洞房恶作剧也就少。小方说，她当年烧水时尽管精心挑了一捆松脂柴火，还是被爱捣乱的年轻人用水泼熄了几次，双手奉茶几十位宾客，第二天，手酸得抬不起来。

嫁妆也有茶。尽管现在彩电、冰箱等时兴用品不少，但古镇嫁妆中不可或缺的是：一个楠木制作的箱子（这些年楠木少了，樟木箱替代也行），两个烤火用的木桶，一个便桶。便桶里装着茶叶、花生、红枣、莲子、黄豆等，嫁妆抬进新房，让一位有福气的大娘将这些吉祥物取出，撒向新婚夫妇床铺，谓之“撒帐”。而此时空空的便桶必须让一个五六岁男孩撒一泡童尿，寓意早生、多生孩子，而且生男孩。但茶叶似乎和早生多生对不上号，谐不上音，确实如此，所以它承担着另一种重要职责——避邪。这种职责延续时间最长，如日后小孩受惊吓，便可将茶叶撒在房间 4 个角落，镇压牛鬼蛇神。

小方娘家有 3 亩茶园，今年清明前后，小方采摘一天“一枪一旗”的茶青，可炒制一斤清明绿茶，售价 300 多元。我们在她家细细品味着纯手工制作的浮梁茶，果真品出了板栗味、油茶味，进而领略到了淡淡的山野香味、浓浓的民俗韵味。

走进瑶里古镇，今日浮梁买茶去。这才不辜负有情有义的白居易大人。

2012 年秋

风雅碧螺春

2012 年盛夏的一天，浩渺太湖烟雨迷蒙，洞庭东山青翠如黛，我与妻围坐在陆莉碧螺春茶庄里品饮碧螺春茶，感觉新奇和惬意。

陆莉大姐将紫砂壶中沸水注入两个洁净透明玻璃杯，待沸水降温至约 80 摄氏度，再投入适量茶叶。她说，一般泡茶，先放茶叶后冲沸水。而碧螺春则不宜，因为她太娇嫩，500 克的一级碧螺春所用的茶叶嫩芽达 7 万个左右。她将茶叶洒在白纸上让我们观赏，只见那尤物幼嫩整齐，条索纤细，蜷曲成螺，白毛茸茸，银绿青翠。

当碧螺春茶投入杯中后，缓缓沉入杯底，瞬时间“白云翻滚，雪花飞舞”，“一旗一枪”徐徐展开，春染杯底，绿满晶宫，清香四溢。一啜，鲜爽；二啜，味醇；三啜，回甘。真是色、香、味俱佳。

有人曾以洞庭碧螺春与西湖龙井做个有趣比喻，碧螺春碧色悦目，细条蜷曲，娇嫩精致，似青春少女含情脉脉；西湖龙井扁平阔长，不用修饰，淡妆素抹，如新婚少妇之天然风韵。

“从来佳茗似佳人。”传说早年，一位 15 岁少女，身披晨雾，脚踩露珠，上碧螺峰采茶，指尖快捷，穿枝插叶，在茶丛中如鸡啄米般跳跃，成千上万个茶芽跳进竹篮，像是一层层青翠的美玉。适逢江南烟雨季节，蒙蒙细雨纷纷扬扬，少女心疼娇嫩茶芽受潮遭损，毫不犹豫解开胸襟，将之藏纳怀中。雨过天晴，彩霞满天，少女急匆匆回家，步入闺房，脱下被细雨淋湿外衣，掏出藏在怀中鲜芽嫩叶。茶叶附吸了少女体温，异香外溢，恰好其父从房门经过，惊奇问询："什么香？香得吓煞人！"从此"吓煞人香"的茶名被叫开了。此情此景让一位清代诗人浮想联翩而吟咏：

蛾眉十五采摘时，一抹酥胸蒸绿玉。
纤衫不惜春雨干，满盏真成乳花馥。

还是康熙皇帝老儿风雅，康熙三十八年（1699）四月，南巡途经苏州，品饮此茶，拍案称绝，但嫌茶名"吓煞人香"粗俗，遂据其翠绿若碧、卷曲如螺、采制于春的特征，御笔亲赐名"碧螺春"。这"春"字想必也隐含着美妙少女之春。

陆大姐所在的村原名"绿化"，现名"碧螺春村"，前些年，镇政府在村前修建了碧螺春广场，广场周边盖了几十幢前店后屋的茶庄，她和丈夫买了一幢二层楼计 400 平方米，当时一平方米才 3600 元，现在升值翻番了。她家有 120 亩茶园和果园，茶果各占一半。每年清明前后，要从苏北请来 40 多名采茶女，除管吃、住外，每日付工资 120 元。采摘的茶叶只管质量，不论数量，这样才能出好茶。清明前的茶一斤起价 1200 元，顶级的达 2800 元。每年她只需守在茶庄，和上门顾客品饮着自家好茶，就把茶叶卖光了。我问："你们村庄，大都姓陆，是茶圣陆羽之后吗？"她自信地回答："是的。"

在陆大姐引领下参观了她的茶山，我深刻体会到"物华天宝"这句成语在这里的含义。原来，茶树和枇杷、杨梅、板栗、桃、李、橘等果树交错种植，众多花果树木为茶树庇护霜雪，掩映阳光，茶果枝丫相连，根脉相通，茶吸果香，花窨茶味，孕育着碧螺春花香果味的独特品质。

伫立山顶，极目远眺，36000 顷太湖水天一色，波光粼粼，山里有山，湖中有湖，山环水抱，山辉水媚。洞庭东西两岛浸染在这水汽升腾、雾气悠悠之间，碧螺春乃秉天地之灵气，起居在这风雅境地。

碧螺春种植、采制、品饮的故事在苏州被附上许多风雅。江南名士周瘦鹃曾记载，1955 年七夕，苏州文保会和园林处在拙政园举办一个茶话会，文人名流云集，品茶专家汪星伯，将碧螺春用桑皮纸裹上 10 余包，于前一晚安放在即将开放的莲花中间，茶话会时一一取出冲泡，大家先还不觉得怎样，到了二三泡之后，就莲香沁脾了。周瘦鹃赋诗三首记述，摘录其一：

玉井初收梅雨水，洞庭新摘碧螺春。
昨宵曾就莲房宿，花露花香满一身。

戎马一生的朱老总也喜好碧螺春。1956 年春，他来到洞庭东山，特地观看炒茶能手周瑞娟炒制碧螺春。当这位山村少妇将一锅香喷喷的新茶炒制好时，一位老者递上一条毛巾，示意她擦擦汗，她抬头一看，觉得面熟，咦，他不就是画像上看到的朱德总司令吗？ 20 世纪 80 年代，周瑞娟荣获碧螺春全国大赛女“状元”、全国“三八红旗手”称号。2004 年，她的孙子施跃文在洞庭山碧螺春炒茶能手擂台赛上，一举摘得“茶王”之桂冠。

举目皆是江南风雅。东山岛雕花楼，占地仅 2 亩，固然没有北方庭院壮阔与气派，但园内古银杏郁郁葱葱，小桥流水，尤以其雕刻精致、结构奇巧著称，被誉为“江南第一楼”。该楼乃民国初年，金氏兄弟雇用 250 多名工匠，耗资 17 万银圆（合黄金 3741 两），历时 3 年才得以竣工。有楹联概赞：

门楼雕花窗格雕花砖石雕花栋梁雕花江南第一，

民族文化吴越文化建筑文化影视文化太湖独秀。

几天的洞庭东西两岛和苏杭之行，发现太湖风雅乃至江南风雅总有碧螺春身影。不知道1000多年前的张继先生，吟咏“姑苏城外寒山寺，夜半钟声到客船”之时，手中是否也捧着一杯碧螺春热茶？

2012年盛夏

独特的太平猴魁

许多年前，安徽的朋友带给我一包太平猴魁茶，茶的外形顿时吸引住我，那茶叶一根根长近两寸，两头尖尖，不散不翘不卷边，笔直挺立，皆是两叶抱一芽，芽隐而不露，色泽墨绿匀润，叶脉绿中隐红，绒毫多而不显。仅从外形看，便是茶中奇葩。我以为，在所有茶的形状中，似乎只有苦丁茶可与之媲美，但苦丁茶看似粗硕，条形却没有猴魁茶的整齐划一和纤长雅致，何况苦丁茶不是纯粹的茶，难于类比。

小心翼翼取出十余根，投入玻璃杯中，徐徐冲入沸水，些许时间，只见杯中立满“两刀夹一枪”的芽叶，浮沉飘逸在澄黄明亮的汤色中，有如一片茂密的森林，挺拔于水中央；又如一个方阵的士卒，执戟荷枪，列队摆阵，顿感视觉受到极大冲击，令你捧杯爱不释手，不忍品饮，生怕损坏了杯中造型。深深吸闻腾腾香气，高爽沁脾，一股明显的兰花香味。轻轻品啜一口，滋味醇厚，回味隽永。

太平猴魁茶的身世颇具传奇。上过黄山的人都知道北海有个著名景点，名曰“石猴望太平”：一只惟妙惟肖的石猴，蹲在巨石上，透过茫茫云海，俯瞰山脚下的太平县，寓意希望天下太平。据说那石猴浑身雪白，蹲在黄山上的只是躯壳，其真身带领小猴子下山，来到太平县深山老林中，结果把小猴丢失了，老白猴四处寻找，终因心力交瘁，累死在一座悬崖上。一位采野茶的山民看见，发善心将它就地掩埋，并在坟头种上野茶和兰花，此时，天上隐约传来声音：善良的人啊，您明年一定再来这里，我会报答您的。第二年春天，山民来到这里，只见悬崖峭壁，峰前峰后，长满旺盛的茶树和兰花，那茶叶长得又大又长又嫩，制成干茶后，奇香无比，饮罢生津解渴，祛病延年，成了茶中珍品。于是后来，掩埋老白猴的地方名为“猴坑”，那里生长的茶叶名为“猴魁”，那独特的茶香韵称为“猴韵”。

还有一个版本传说：太平县有个小山村，深涧两岸，悬崖峭壁之上，生长着一种野茶，与兰花为伍，每逢茶青茂盛季节，采摘非人力所为，村里山民便训练猴子，让它攀岩援壁采摘茶青，山民用猴子采摘的茶青制出了茶中珍品，这便是猴坑村与太平猴魁茶的由来。

当我品饮了太平猴魁，那茶形、茶韵和传奇故事，便于心中植下好奇种子。蛇年秋季，我与妻游罢黄山，决定自驾车去看看神奇的太平猴魁。猴坑村属于黄山区（原太平县）新明乡三合行政村。车驶入新明乡，就见乡政府旁一个偌大市场，九块圆形铁牌竖立棚顶，“太平猴魁茶贸易市场”九个大字异常醒目，但场内空空荡荡，毫无人气，因为我们错过了茶交易季节。

已近晌午，便到乡政府对面的姐妹饭店午餐。小店的小溪鱼、米豆腐、南瓜叶等家常菜被料理得有滋有味，我们夸奖忙里忙外的三位姐妹手艺好，服务周到。话音刚落，大姐就笑成一朵花。原来，我们竟把两位姐妹的母亲看成大姐了，年已半百的“大姐”能不高兴吗？于是，与我们相谈甚欢，我们的茶乡之旅便有了意外的收获。

小馆店有个专门存放茶叶的大冰箱，“大姐”从中提出 3 袋储存了半年的春茶，标价每市斤 300 元、400 元、600 元 3 种，她各冲泡一杯奉上，我们的视觉又让“水中的森林”和“执戟荷枪的武士们”所吸引，我对太平猴魁茶的视觉效果之好感，始终列于嗅觉味觉之上，将杯子端在手上反复品鉴，发现标价 600 元的茶叶，显然更长条与硕大。我问，是否以条形为论价的主要依据，“大姐”夸我基本内行，说：猴魁茶养眼养胃又养心。

攀谈中她得知我们想去猴坑村，便告知，若一定去，必须在乡里住一宿，第二天清晨出发，行车30多里路程，到太平湖摆渡，小车只能停靠码头，收停车费（代看管）100元，渡船航行一个小时，船费100元，靠岸后只能乘两轮摩托车的后座，颠簸一个小时，载你到猴坑村，再收费100元。即使到了猴坑村里，村里也像对面茶叶市场，空荡荡，因为不是采茶制茶季节，猴坑村杳无人烟，那里的茶农都富得流油，谁还住山上，都进城住别墅了。如果想看茶山，不如去她的老家木广村，她愿意陪同前往，木广村山清水秀，茶园最好看，所产的猴魁茶，质量和产量都不逊色于猴坑村。

我们欣然驱车前往，15里的山路虽然狭窄蜿蜒，但已铺上水泥路面，只要开慢些，并不难行，何况一路茂林修竹，流水潺潺，赏心悦目。

木广村给我的第一个印象是孤寂冷清，极容易联想起马致远的句子：“枯藤老树昏鸦，小桥流水人家。”远远望去，二三十幢粉墙黛瓦的古民居斑驳陆离，那是风霜雨雪留下的岁月痕迹，幢幢古民居错落有致地沿着一条溪涧分布两岸，家家户户掩映门户，人去楼空，连常有的犬吠鸡鸣之声都难以一闻。古民居的背后是茶山和森林，房前是清澈的溪水和满山涧大大小小的鹅卵石。站在村口，我忽然感觉到，幢幢古民居有如老者们，寂寞地守望着身后绿色的茶园和眼前奔流不息的流水。

“大姐”姓吴，30年前嫁到木广村，家有茶园8亩。她的老厝在溪对岸，今年夏季发了场大水，桥被冲垮，只好领着我们涉水过溪。吴“大姐”在大门顶梁上摸索半天，竟找不到存放于此的钥匙，干脆推开窗户，爬窗而入。我笑道：以后不必锁大门。她回答：其实也是，只是习惯了。院子有一块丰盛的菜园，琳琅满目，青色的葫芦瓜挂满棚架，黄色的南瓜卧在草丛中，紫色的茄子和红色的西红柿结满枝头，成熟得都开裂了，忽然，一只野兔窜了出来，逃之夭夭。吴“大姐”采摘了两篮子的蔬菜，准备带回小饭店，她有些不好意思地对我们说：今天可是麻烦你们啦，专车送我回家收菜。

与衰败的村落形成鲜明反差的是茂盛的茶山。猴魁茶园的模式让我们大开眼界，它全然不是传统的一垄垄、一畦畦，或平展展，或环山而绕的茶园，而是一丛丛、一棵棵散种在山坡，甚至峭壁上，掩映在树林竹林之下。茶树依附林子，林子养护茶树，茶树青青勃发，林子郁郁厚重，我明白了，这便是太平猴魁茶能够长得枝枝肥嫩高挑的理由。

吴“大姐”告诉我们，每年只有清明节过后，村民纷纷回家采茶制茶，村子才热闹起来，也就是20多天的热闹光景，又重归于寂静，幸好有几百亩茶园，否则，村子早就荒废了。茶区的许多村子，包括猴坑村，也和木广村一样，只有做茶季节，才能看到有生活气息的村子。我想，城镇化的进程，大势所趋，所幸的是，破落村庄仍可作为茶叶生产基地。

猴坑之行未能如愿，只能从吴“大姐”口中了解到该村简况：仅20多户人家，连出嫁的闺女计内，才80多人，每户平均年产猴魁茶500斤，总产量不过1万斤，近些年，每斤茶标价3000元（说是其中1000元卖文化，1000元卖生态，1000元卖茶叶），还供不应求，而且猴坑产的茶未出村子就出售一空，每逢出茶季节，山村挤满各地来的茶商，等着刚出锅的新茶。猴坑村有一个很严格的村规民约，在进村路口设卡，对所有进村的人检查，不允许将村外茶青，包括茶叶携带入村，以此保证猴坑村出产的太平猴魁茶的纯正。

我们带着遗憾离开新明乡，只能将太平猴魁茶倒入矿泉水瓶中，一路看着养眼。

养眼养胃养心的太平猴魁。

2013年秋

龙井天下第一茶

一

西湖龙井茶从声名鹊起，到身价倍增，缘于清乾隆年间，也可以说完全因为乾隆皇帝的偏爱所至，难得的是，荣耀至今达300年。中国是绿茶王国，西湖龙井茶名列绿茶魁首，应该众望所归，于是，又有“天下第一茶”称谓。

据说那是一个国泰民安，有条件讲究琴棋书画诗酒茶的时代，乾隆帝时不时下江南逛逛。那天，他游览西湖之后，心血来潮，要去茶山走走，接接地气。地方官吏赶忙引导皇帝去狮峰山，因为这里茶山鸟语花香，九溪十八涧流水淙淙，还有一口老龙井，甘洌沁脾，是泡茶的上品之水。

乾隆帝端坐胡公庙前，先是端详着一杯新制香茗，只见汤色碧绿，芽芽直立，上下雀跃，极是好看，品啜一口，清香四溢，齿颊芳香，回味无穷。眼前茶园葱绿，环山如髻，村姑们肩背茶篓，穿行于茶垄，双手灵巧如蝶，上下翻飞采茶忙。那乾隆帝看着看着，竟然坐不住了，径自走进茶园，学着村姑采起茶来。

乾隆帝兴致正浓之时，驿马急报，皇太后急病卧床，帝闻讯，急令星夜启程返京，风尘仆仆进宫，亲奉汤药于母后榻前，太后忽觉儿子身上一股清香扑鼻，便询问何来奇香，帝一摸衣袖，恍然大悟，原来他将胡公庙前采摘的一把茶芽顺手放入袖袋，几日旅途奔波，成为香气袭人的干茶芽了，于是，便叫宫女将茶芽泡成一杯茶汤，让母后品尝。太后饮罢，顿觉神清气爽，病体竟然康复了。帝龙颜大悦，下旨敕封胡公庙前的18棵茶树为御茶树，年年岁岁为贡茶。

这个动人传说显然杜撰成分颇多，但乾隆帝六下江南，四度巡幸西湖茶区，二探老龙井茶园，有确凿史料记载。还有咏茶诗为证，如《烹龙井茶》：

我曾游西湖，寻幽至龙井。
径穿九里松，云起风篁岭。
新茶满山蹊，名泉同汲绠。
芬芳溢齿颊，长忆清虚境。
……

西湖产茶历史久远，陆羽在《茶经》中就记载：“钱塘天竺、灵隐两寺产茶。”宋朝苏东坡两度任职杭州，建树良多，公务之余品茶、烹茶、种茶、咏茶、研究茶文化，无不在行，神来之笔的诗句“从来佳茗似佳人”，就让所有写茶的诗词顿失颜色。

虽然陆羽和苏东坡没有提及西湖龙井茶，但他们钟爱的茶无疑是龙井茶的前身。据史料记载，西湖龙井地区所产之茶的崭露头角，始于元代，明代已颇负盛名，在全国名茶排行榜中，已占一席之地。所以，乾隆帝对龙井茶的赏识，也是水到渠成。

到了民国期间，龙井茶已遍布西湖周边的狮子峰、龙井、五云山、虎跑、梅家坞等地。按这些地名，龙井茶又分狮、龙、云、虎四种品类。中华人民共和国建立以后，西湖地区所产的龙井茶统统称为“西湖龙井茶”，很快发展成为我国产量最多的绿茶珍品，品质和产量均第一，理所当然号称“中国第一茶”。

二

2016年清明季节，我与妻践行了一趟西湖龙井茶之旅。那天清晨我们兴致勃勃地走出酒店，竟然出师不利，问询几位的士司机，都不愿走狮子峰御茶园，说是山道弯弯，车水马龙，一路堵车，行不得也。几番商讨，一名司机答应送我们到龙井路途中的双峰村，并教导我们，那里坐落着一座中国茶叶博物馆，茶之旅应从茶博馆开始。

茶博馆背靠吉庆山，面向西子湖，环绕皆茶山，竟不设围墙。建筑粉墙黛瓦，与馆内外青翠绵延茶园相映成趣，好一个“馆在茶中，茶在馆内”的匠心创意。馆前一块天然卧石，镌刻“茶为国饮，杭为茶都”八个大字，让人肃然起敬。

沿着一条曲径通幽的双香径走入园中，脚下小径便是一道风景线，它镶嵌了历朝历代一百个“茶”字与茶的别称（如荈、荼、诧、茗）的不同字体，皆乃书法篆刻之精品。令你只能小心翼翼行走，生怕踩痛了脚下的艺术品，那“双香”，指的是墨韵书香与浓郁茶香交糅相汇，仿佛通过你的双脚漫延至全身。

步入馆内，一面十多米高的玻璃墙，流水徐徐而下，浸润着一个绿色的“茶”字，这是对“水为茶之母”的诠释。整个展馆分为茶史、茶萃、茶事、茶具、茶俗、茶缘六大部分，漫步其间，你若流连忘返，便有资格成为初级“茶人”。

我们落座于园内一张青铜茶桌旁，久久不愿离去。茶桌上摆放着铜制茶炉、茶碗等品茗之具，桌旁立有一尊仙风道骨的陆羽青铜像，只见他老人家左手端着茶碗，右手持着茶书，衣袂飘逸，眺望茶山，正在回味着唇齿之间茶香余韵，也感觉你有幸与老人家一起品味着别具一格的西湖风月。

三

西湖龙井茶之旅，似乎总有一位位古人、名人、伟人引导着你前行。

中午时分，我们登临修篁夹道的风篁岭，竹涛阵阵，溪涧潺潺，恍惚之间，迎面走来苏东坡与辩才，一路妙语机锋，让你穿越了千年。相传高僧辩才隐居龙井寺，因访客太多，便自立规矩：会客时间不超过三炷香，送客最远不过虎溪。苏东坡慕名拜访辩才，两人一见如故，秉烛烧茶，谈兴比茶浓，哪里还顾得上小和尚燃了几炷香。次日，辩才送东坡下山，一路相谈甚欢，不觉已迈过虎溪，小和尚大呼：师父过虎溪了！辩才顿时驻足，哈哈大笑：学士误我，学士误我。又道，杜子美有诗曰：与子成二老，来往亦风流。后来，人们就在两人送别处建亭，名“二老亭”，又叫“过溪亭”。

一路回味着这个有趣故事，不知不觉走到龙井寺，只是当年古老幽静的禅寺现已开辟为熙熙攘攘的茶室，只有寺院之中的龙井泉，依然汩汩流淌。龙井泉本名“龙泓”，现为直径2米左右的圆形泉池，相传晋代葛洪曾在此炼丹，龙井与虎跑、玉泉并列为“西湖三大名泉”。龙井泉早在1700多年前的东吴时代就闻名，有过“天下第三泉”之称，大旱之年也不干涸，古人以为与大海相通，属龙王居住之所，故又是杭州著名祈雨之地。

龙井泉有个奇特现象：如取木棍轻搅井水，水面会呈现一条明显的分水线，从外向内游动，逐渐缩成圆圈，继而成圆点而消失，民间相传，是惊动了井中龙王，龙王龙颜不悦，抖动出“龙须”。现井旁备有细长木棍，由工作人员为游客试验，果然可一睹水井“龙须”，游客无不称奇。

一饱眼福之后，可到茶室寻座，一饱口福，享用传统上“采取龙井茶，还烹龙井水”之说。步入茶室，但见座无虚席，男女老少各持一个通明的玻璃杯，热气腾腾，绿芽沉浮，满桌茶点，欢声笑语，这场面似乎不像品茶，更像粤港式的早茶，很难与龙井品茶的幽远、空灵、禅意等词汇融为一体。

明代田艺蘅《煮泉小品》描述：“今武林诸泉，惟龙泓入品，而茶亦惟龙泓山为最。又其上为老龙泓，寒碧倍之。其地产茶，惟南北山绝品。”文中提及的“老龙泓”，即狮峰山的老龙井，我们游历至此，已是下午时分，便急匆匆地寻找18棵御茶，其实不用寻找，游人如织处便是。果然，游客排成长队，欲与18棵御茶合影也。这又是一个有趣现象，18棵御茶应该可以申请茶树与人类合影的吉尼斯纪录了。我在御茶楼展厅看见许多珍贵照片，江泽民、习近平等几十位党和国家领导人都在御茶园留下身影。

毛泽东主席当年写下“龙井茶，虎跑水，天下一绝”的词句。1955年，他老人家草帽布鞋，登上茶乡五云山，写诗盛赞：

五云山上五云飞，远接群峰近拂堤。
若问杭州何处好，此中听得野莺啼。

周恩来总理五上梅家坞村，指导龙井茶生产，并亲自修改作曲家周大风创作的《采茶舞曲》。

朱德元帅也两上狮峰山，饶有兴致题诗一首：

狮峰龙井产名茶，生产小队一百家。
开辟斜坡四百亩，年年收入有增加。

四

龙井村号称“西湖第一茶乡”，村中皆是一幢幢小洋房，足见龙井茶让这里茶农富足发达。有着江南民居风格的茶肆遍布道路两旁，家家檐角高悬一杆红、绿旗幌，上书一个大大的“茶”字，在风中招摇。最具特色的是，每家茶肆前都摆放一口大铁锅，全是男子炒着茶。据说这是这里的老传统：女人采青，男人炒茶。

一位姜姓女子热情地请我们到她家茶肆喝茶，说是请喝茶，实质是请看茶、购茶。女子的男人在炒茶，那两只手掌在灼热的铁锅中颇具夸张地上下翻飞，看得我们眼花缭乱，甚至有点惊心动魄。男人边操作边讲解龙井茶的制作工艺，概括为杀青、揉捻、干燥三个步骤，最关键即在热铁锅中杀青，可根据鲜叶的老嫩、大小，通过抖、搭、带、捺、甩、抓、推、扣、压、磨“十大手法”，既要手不离茶，茶不离锅，又要不断变换手法，让鲜茶成型，达到“色翠、香郁、味醇、形美”的四大特色。男人从铁锅中抓出几根成型的茶叶让我们欣赏，那一根根形状为“一旗一枪”的龙井茶光扁平直，色翠略黄。放入玻璃杯中，冲入八九十摄氏度的开水，些许，一股优雅高清的香气徐徐升起，汤色碧绿清莹，叶底细嫩成朵，“一旗一枪”，浮沉有度，赏心悦目，品啜一口，就如乾隆帝评说的：一种太和之气，弥漫于齿颊之间。

龙井村的茶肆，完全不同于杭州城里茶馆和龙井寺茶室，它还是茶的手工作坊和科普课堂。我们与这对夫妻相聊甚欢，不觉天色渐晚，这时，他们的父母亲从茶山回来了，带回了两筐鲜茶青。那鲜活的茶青又让我们知晓了龙井茶的三种名称：只采一个嫩芽的称“莲心”；采一芽一叶的，芽似枪，叶似旗，称“旗枪”；采一芽两叶初展的，叶形卷如雀舌，称“雀舌”。近半个月，全村人都在与老天爷“抢天光”，清明季节，“早采三天是个宝，迟采三天变成草”，龙井茶一定要当天采摘，当天炒制，若是隔了夜，就辜负了老天爷赐予的“天光”，龙井茶的质量也难确保了。

暮色四合，龙井村依然车水马龙，熙熙攘攘，我们不禁哑然失笑，想不到践行茶之旅的队伍如此庞大，志趣相投的茶客如此之多。

2016 年春

千羡万羡西江水

不羡白玉盏，不羡黄金罍；

亦不羡朝入省，亦不羡暮入台；

千羡万羡西江水，曾向竟陵城下来。

这是“茶圣”陆羽流传于世唯一的一首诗，相传是为悼念他的养父兼师傅智积禅师而写的。关于陆羽的身世，至今还是个谜，他自传中也说自己“不知何许人”。《新唐书》记载陆羽是个弃婴，在竟陵县西江边被智积禅师捡来抚养成大，连姓名都是通过占卦得来的。所以，当陆羽云游江南，得知智积禅师圆寂消息，悲痛感恩之情，如西江之水，滔滔不绝，倾泻于诗中。

陆羽对于泡茶之水十分敏感，似乎与生俱来。《茶经》辟有专门论水的章节，他一生为寻好水，不断跋涉于大山名川，对天下泡茶泉水评定有 20 处等级，这些地方至今已成为茶文化遗迹。后世对他的许多传说，也大都离不开水。古竟陵相传，智积禅师非陆羽煮的茶不喝，唐代宗得知此事，召智积进宫，让宫中茶师煮茶，与之共饮，谁知智积一喝便皱起眉头，此时代宗已悄悄召令陆羽进宫，也煮一灶茶，智积刚端起陆羽煮的那碗茶，便连声夸好，代宗不得不叹服。

2013 年盛夏，我与妻走了一趟古竟陵（现湖北天门市），体验到了湖北“千湖之省”和江汉平原“水的王国”之盛誉。天门市区占地千亩的陆羽故园，三分之二是波光粼粼的湖泊，一座茶经楼高矗云天，倒映水中，是公园乃至城市的地标。天门人骄傲地把茶经楼与黄鹤楼、滕王阁等名楼相媲美。园中建有陆羽纪念馆、茶经广场、陆羽雕像、张港茶吧和历史留下的古西塔寺。

公园布局“三湖五岛”，其命名就茶韵十足，独具匠心：龙井湖、普洱湖、茉莉湖，观音岛、碧螺岛、银针岛、毛峰岛、云雾岛。可谓神州名茶相聚园中，香沁心脾。

我们来访之时，斥资2亿多元的陆羽故园刚开放不久，园中大幅广告尚未褪色，介绍：今年4月1日，天门市“全民饮茶日”启动仪式在刚落成的陆羽故园举行，茶艺表演和群众品茗为重头戏。园门楹联：一杯茶，品人生沉浮；平常心，造万千世界。

新公园在原有的陆羽纪念馆基础上扩建的。20世纪80年代，老文人贺敬之题写的馆额仍高高悬挂。纪念馆前殿为陆公祠，后殿名“鸿渐楼”。馆内有16幅绘画，表述陆羽传奇一生。

馆前的古雁桥是全国重点文物保护单位。据传，公元733年秋天的一个早晨，龙盖寺智积禅师漫步西江边，忽闻小桥旁芦苇丛中“群雁喧集”，隐约伴有婴儿啼哭声，循声而去，只见大雁“以翼覆一婴儿”，禅师慈悲为杯，将婴儿抱回，请人抚养。那婴儿即陆羽，此地被视为陆羽出生地，称之“雁桥”，只是雁桥原不在此处，1990年4月，天门市政府将古雁桥按原样迁建于此。桥长14.2米、宽5.9米，两侧石雕古朴典雅，东边为龙头，西边为龙尾，宛如一条飞龙跨水而来。

陆羽的汉白玉雕像达3米之高，是一位左手持杯胸前、右手背后、头裹幞头巾、宽袍飘逸、风流倜傥、踌躇满志的青年才俊形象，极容易让人联想到李白或周瑜，很难与静心煮茶、闭关对书、刻苦治学的陆处士联系在一起。也许创意者认为，“安史之乱”前尚在家乡的陆羽，年方20多岁，多才多艺，意气风发，有何不可？但在吾辈的心目中，“茶圣”“茶神”的形象，总让人想起孤行于汨罗江边、俯身观鱼、昂首问天的屈原模样。何况，陆羽在自传中也描述自己“仲宜、孟阳之貌陋，相如、子云之口吃”，起码其貌不扬吧。

西塔寺即原来的龙盖寺，是陆羽幼时成长之地。晚唐寺内就辟有桑苎庐，设陆公祠，以为敬祀。历代许多著名文人墨客游历其间，如皮日休、裴迪、李维祯等都莅临瞻仰，撰文赋诗铭碑。只是现在亮煌煌的西塔寺乃重建之物，自然少了古朴沧桑感。

明嘉靖年间，西塔寺主持僧曾清首次勘刻《茶经》，后人又于1919年、1922年刊刻，1933年为了纪念陆羽1200年诞辰，寺主持僧新明又重刻，名桑苎庐藏本《陆子茶经》。1940年7月，日本学者诸冈存专程到天门参拜陆羽遗迹，时任县长胡雁桥（这名字与陆羽真有缘分）赠其桑苎庐藏本《陆子茶经》。诸刚存回国后撰写了50多万字的《茶经评释》。1986年5月13日，诸刚存67岁的女儿诸冈妙子，专程来天门，将父亲遗留下来的《陆子茶经》（当时国内外最完整的一个刊本），郑重奉还给天门市。她说：“陆羽先生出生在天门，《陆子茶经》是天门的，不应该由我保存，应该归还给中国人民，让陆羽著作永远保存在天门。”

距陆羽故园不远处的文学泉，也是著名文化遗迹。史载，东晋高僧支遁游历于此，掘得三眼井，少年陆羽，一直汲三眼井水，为智积禅师烧水煮茗。因陆羽曾诏拜太子文学一职，后人念其品泉问茶功绩，遂改名“文学泉”。后湮没，明代嘉靖年间，旧址建陆子茶亭。清乾隆年间，再掘井使胜迹复生。令人欣喜的是，1957年，在周恩来总理过问下，天门市政府修复毁于兵燹的古迹。如今，文学泉、陆子茶亭和涵碧堂也已成为茶人寻源究根的胜地。

天门人以陆羽为骄傲，以名人为品牌，正在进一步斥巨资打造“世界茶文化发源地”，规划中陆羽故园周边布局茶博会、多功能会展中心、陆羽茶市等。这种发展架势，让人一眼看出地方党委政府的决心，就是要把茶圣故里的名人效应不断放大，搞活茶业经济和茶文化旅游，推动天门市快速发展。这在理论上似乎大有可为。

自从陆羽的《茶经》问世，新唐书曰：“言茶之源、之法、之具尤备，天下益知茶矣。”就是说陆羽之后，天下方知有茶。

天门市一定不想辜负陆羽老人家。

千羡万羡西江水，源远流长。

2013年盛夏

附录

文化行者的追求与快乐

邱景华

近些年，唐颐的人和文，让我真切地感到：文化行者与文化学者的不同。

文化学者所研究的是文献里的历史文化，他们多半是在书斋里做学问，皓首穷经；而文化行者所关注的则是当代“活”的文化，他不是在书斋里研究，而是在大地上风尘仆仆地行走，看大地上的自然景观和人文景观。但文化行者又不是一般的旅行者，他能在自然景观和人文景观中，深入探究和挖掘积淀在其中的文化内涵，辨析各地文化的独特性、差异性和多元性。

如果说，“行万里路，读万卷书”是古代士人学习的传统方法，那么这种传统的学习过程，行与读常常是分开的，即分阶段完成的。而对文化行者来说，行与读是不可分开，必须融合在一起。行，就是旅行中的实地考察；读，就是读所到地域相关的文化史料和文献资料。“行读”还与“写”结合在一起，就是把边走边读过程中的所见所闻所思，写成系列的雅俗共赏的文化游记。

这样，作为一个旅行整体的边走边读边写，就成就了一个文化行者的追求与快乐。

一

远方有诗，诗在远方，去追寻远方的诗，是许多文学青年的梦想。唐颐认为："诗与远方"是潜藏在每个人的基因里，关键在于如何把它激发出来。

1981年秋，作为福建师范大学中文系学生的唐颐，来到永安一中实习。桃源洞是永安著名的自然名胜，400多年前，徐霞客曾来到桃源洞探险，并在游记中写下桃源洞的奇景。永安一中的老师带着唐颐游览了桃源洞，并推荐他阅读《徐霞客游记》。这一看，他就入迷了。他后来写道："永安实习之后，《徐霞客游记》摆上我的案头，从此成了一直跟随左右的读本。"

《徐霞客游记》是对唐颐"诗与远方"梦想的激活，从此一个志向在他心中暗暗形成：做一个当代的徐霞客。他生性好动，年轻时喜欢爬山，热爱大自然，喜欢自由地行走，不怕旅途的艰险和困苦，有冒险精神，这些都是旅行家的基本素质。他说："徐公每一次户外考察，几乎都有探险经历。他似乎与生俱来就有一种无历险不快乐、无探险不过瘾的行为。"

唐颐也具备这种探险爱好和冒险精神。他在《自古华山一条路》中，以自己亲身历险经历，弥补了《徐霞客游记》对华山过于简略的记录。到华山北峰的棋盘台，必须攀爬一段名曰"鹞子翻身"的险道。那险道在悬崖上，只有一条铁索凌空，不见路径，唯有面壁挽索，以脚尖探寻石窝，有如鹰鹞一般左右翻转身子才下得去。400多年前，徐霞客下去；400年后，追随徐公足迹的唐颐，也下去了。

"华山天险"号称华山第一险道，它开凿于南峰山腰之间，上下皆是刀削般的悬崖峭壁。"分为三段栈道，均需手挽铁索，面壁贴腹而行，望之森森，登之危危。"《徐霞客游记》中没有记载徐公是否攀登。

唐颐说，他要替徐公一试，冒险下去了。那一年唐颐 41 岁，同行的年轻人手脚发软，只能坐着看老大哥施展敏捷的身手，在悬崖峭壁上上下下，叹为观止。

具备这样的胆识、体力和冒险精神，才能做一个不畏艰险的旅行家。

从读大学开始，唐颐就喜欢文学和历史。工作后，他从不间断地阅读和积累，形成比较深厚的文史修养。他喜欢对所在地域文化的收集和研究，并且四处走动，把地方文献与旅行考察结合起来，这样他就不同于一般的旅行者。特别是退休后，自驾游成了他的最爱，他开始全国性地边走边读边写。徐霞客的精神早已在他心里扎根，又得益于现代社会交通便利，他的足迹大大胜过徐公，走遍华夏并走向世界……

唐颐退休后的十多年间，在不停地边走边读边写中，视野更加开阔，感觉更加敏锐，气魄也更加雄健。他经历了长期旅途的艰辛，但途中的夜晚再累，也要坚持写日记；每次出发前和回家后，都要伏案研读史料……如今，一路上的风风雨雨都过去了，彩虹却留在文字里，他捧出《唐颐行读文存》8 册，200 多万字，洋洋大观……

一个文化行者的追求与快乐形象，跃然而出！

二

《唐颐行读文存》（以下简称《文存》）其中两册是《边走边读徐霞客》《边走边读苏东坡》。这两册是《文存》重心所在，也是作者用力最多的。唐颐是在重踏徐霞客和苏东坡走过的路上，边走边读边写。这其实是一种对历史名人的综合性研究。前者厚厚的一册，凝结着作者的多少心血。对徐霞客旅行路线的考察，对他旅行中所经历事件的考证和分析，都超过一般学者的论述。花这样大的工夫，不仅仅是对文献的梳理，而是通过重踏徐霞客旅行的足迹，与《徐霞客游记》结合起来，深入探究徐霞客丰富和复杂的内心世界，重新塑造这个大旅行家有温度有情感的奇志和性格。其二，这种重踏，把《徐霞客游记》中相关内容与唐颐的实地考察，进行古今对比，形成他笔下游记新的内容，既有历史沧桑感、文化感，又有时代感。唐颐充满深情的抒写，提供了一个新的角度，让今天的读者更好地理解400年前的奇人徐公。

除了徐霞客，唐颐还痴迷苏东坡。很多人喜爱苏东坡，主要是通过阅读他的诗文去认识他。而唐颐却是重踏苏东坡走过的路，追踪苏公一生的足迹，在边走边读中，去接近一个从生存困境乃至绝境中超脱出来的伟大的自由心灵。唐颐年轻时也喜欢秦观的词，但不喜欢秦观忧愁的性格，认为他不能像苏老师那样豁达开朗。唐颐也有近似苏东坡的性格，具有明智通达的特点，自然有诸多的相通和共鸣。所以，他也是苏东坡的“粉丝”。

但许多人都写过苏东坡，唐颐还能写出新意吗？

唐颐崇拜苏东坡，还有一个重要原因，就是苏东坡曾几次任太守，在为官任上为百姓办实事办好事。因为唐颐也曾是基层官员，特别关注苏东坡的政绩。他认为，苏东坡与白居易、李白相比，他的行政能力最强，白居易次之，李白最差。唐颐这样写道：“民情、民意、民生，似乎无关风雅，但能时刻挂在心头，应是地方官最大风雅。”（《扬州风雅贯古今》）苏东坡的风雅，并不只是文才的盖世，还有为官留下的政绩。所谓“政声人去后”。

比如，苏东坡任定州太守，时间虽短，但做了诸多好事，却在定州任上被贬。百姓自动组织起来，堵住城门，不让苏公走，也不让皇差走，要讨个说法；还做了一把万民伞，在伞上签名请愿。后来在苏东坡的一再劝说下，老百姓才让皇差出城，仍然不让苏公走。相传第二天黎明，苏东坡悄悄离开，但还是被百姓发觉，不让他走。苏东坡苦口婆心说服大家，最后，老百姓要求苏知州扒下老靴子，穿上百姓赠送的新靴子上路。那双老靴子被供奉在城门楼上，作为纪念。这便是定州流传至今的“苏东坡扒靴”的故事。写到这里，唐颐还对苏东坡的无奈，作了更深一层的分析：“在政治斗争面前，民意算什么呢？老百姓拥戴又算什么呢？弄不好，老百姓自发的场面会被认为是你鼓动教唆的，这不是违抗圣命，罪上加罪吗？”苏东坡的悲剧，得到了深刻的揭示。

唐颐不仅关注苏东坡和徐霞客这样的历史名人，关注传统文化留在大地上的“文脉”，而且对所到之处的现代科学文化倍感兴趣。换言之，对科学知识和理性精神的热爱和展示，为《唐颐行读文存》增添了鲜活的新文化形态。

《腾冲有一条“胡焕庸线”》，写得特别新奇，富有启示。许多人不知道，腾冲是中国一条著名的人口地理分界线。这条看不见的中国人口地理分界线，被国际人口地理学界命名为“胡焕庸线”。“1935年，36岁的胡焕庸用一把尺子，在中国地图上，画下这条大致倾斜45度的直线。就这么神奇一画，画出了中国人口密度的对比线：线的东南方36%国土居住96%人口。”后来的研究者不断发现，“胡焕庸线”也是一条自然地理分界线。它基本上和我国400毫米等降水量线重合，两边地理、气候迥异，是半湿润与半干旱地区的标志。它还是一条历史地理分界线，这条线几乎成了中原王朝控制疆域的边界线，是汉民族与其他民族战争与和平的生命线。近些年，有许多人不断发现“它”的西面是唐代边塞诗歌吟的大漠落日、古来征战地；东面则是田园诗人笔下的江南风光。社会学研究者发现，它的东部是农耕的、宗法的、科举的、儒教的；而它的西部是游牧狩猎的、部族的、崇武的、多元信仰的……

这条神奇的“胡焕庸线”，400年前的徐霞客是不可能发现的，它需要现代的科学知识。今天，唐颐把它写出来，而且作为文存中一册《行读“胡焕庸线”西面风景》。他从腾冲自驾车出发，沿着川藏线一路前行，进入西藏，又顺着青藏线，到格尔木，再进入新疆、内蒙……有了“胡焕庸线”作为背景，对它西面辽阔而奇异的地域和风景，就有了另一种的理解和认识。

到了甘肃，唐颐专程参观酒泉卫星发射中心的航天城。这里是我国综合性导弹卫星的发射中心，是唯一的载人航天发射场。2003 年 10 月 15 日中国第一艘载人飞船——“神舟”五号，乘载着航天员杨利伟，在酒泉发射成功。现在，“把‘神舟’五号送上天的发射塔，现已成为文物，专供游客参观。浅蓝色的巍巍高塔矗立在戈壁滩上，与作为底色的蓝天几乎融为一体，由远及近走向它，显然比电视上逐步推进的镜头真实”。

酒泉中国航天历史展示馆里珍藏着杨利伟着陆的返回舱，“一个直径 2.40 米的球状体，舱壁上有两个圆形窗口，银灰色，外表斑驳陆离，明显火燎烟熏过的痕迹。令人联想起孙悟空被太上老君投入八卦炉冶炼的场景”，杨利伟就藏身在这个小小的球舱，从太空飞回到大地。

《唐颐行读文存》记录了许多红色文化，描述了留在各地的英雄故事和足迹。

2019 年，唐颐与妻子一起瞻仰红军长征突破湘江烈士纪念园。1934 年冬，中央红军长征到湘桂边界，国民党集中了 30 万兵力，欲凭湘江天险，全歼红军。经历浴血奋战的七个昼夜，红军将士以牺牲过半的沉重代价突破湘江防线，继续北上抗日。唐颐细细地记述了他们在纪念馆里，所看到的可歌可泣的悲壮历史。

湘江之岸浯溪，是革命家陶铸的家乡。唐颐夫妻拜谒了浯溪公园的陶铸坐像，参观了陶铸纪念馆。他想起年轻时读过的陶铸名篇《松树的风格》《理想、情操、精神生活》，为陶铸的思想境界和才情所折服。特别是看到陶铸在动荡年代写给夫人曾志的诀别诗里的名句“心底无私天地宽”，他再一次为之感动。陶铸和曾志曾是闽东苏区的开创者，作者还写了曾志和陶斯亮一家与闽东的革命情缘。

《行读五洲万象》是一册域外游记。唐颐记述在非洲、亚洲、欧洲等各国的游历。在非洲的肯尼亚大草原，他看到角马奔腾的壮观无比的大场面。他仰望海明威笔下的乞力马扎罗的雪山，沉迷于这个“赤道雪山”的奇观。在伊斯坦布尔，他细致地写下在本地大巴扎购物的经历和奇闻。在意大利，他坐着翘尾的彩船，穿过一座座形状各异的小桥，欣赏水城威尼斯的奇特风光。

唐颐笔下最有特色的写法，是将自己经历中与外国文化有关的内容，结合起来写，在两者之间建立起文化交流的桥梁。比如，写布拉格，从自己早年收藏的与布拉格有关的邮票说起，再写到出生在布拉格的作家卡夫卡，接着写根据米兰·昆德拉小说改编的电影《布拉格之恋》。又如到匈牙利的布达佩斯，他从早年读过的中国诗人殷夫用格律诗所译的裴多菲诗“生命诚可贵，爱情价更高”写起，再说到1957年“匈牙利俱乐部”的纳吉……这样写来，因为有了这些中国读者熟悉的人文内容，原本陌生的外国，不再陌生，而且有了亲切之感。

《唐颐行读文存》8册，内容繁复多样，展示了作者视野的开阔和精神世界的博大。他从闽东写起，扩大到福建，再写到全国各地，最后是五洲万象，展示了一幅幅万象纷呈、五彩缤纷的长卷。人在大地上旅行，就是不断走出边界、走出国界的隔离，不断进行不同文化之间的交流和融合，才会有人类文化的共同体验。

三

从唐颐的散文创作历程上看，2006年出版的《树犹如此》散文集，让原本熟悉他的人，惊奇地看到一个陌生的散文作家的新面孔。随后的《二十八个人的闽东》《闽东纪事》，从文化视角，通过闽东历史人物，对地域的历史和文化作了深入的探寻。善于对所处地域“文脉”的梳理和挖掘，成为他散文创作的一个特点。

但他的散文创作并不局限于闽东，2016出版的《寻找苏联记忆》，是他旅游散文的开端之作。它不同于一般的域外游记，因为作者这一代人曾经接受“苏联文化”和俄罗斯古典文学的教育，现在他通过20天的俄罗斯行旅，来寻找记忆中的俄罗斯文学和苏联印迹。

同年出版的《山水有道》散文集，是八闽采风的游记，也是“行读”的开始。

“行读”作为唐颐一种新的创作方式，它与文化学者在书斋里的“神游”是大不一样的，也没有那种掉书袋的学究气。后者关注的是文献所记录的史实，而前者则是通过实地考察，把眼见的“实物”与历史文献的相关内容，进行对比、联想和思考，产生一种理性分析。这得益于他丰富的人生阅历，对人性深刻的理解。即使是对他所崇敬的徐公和苏公，也同样是用他的慧眼来观照来分析，并不盲目崇拜。

他专门写了《徐霞客与静闻和尚》，通过两人的关系，来探究徐霞客的内心世界。静闻和尚是虔诚的佛教徒，曾刺血写一部《华严经》，想供奉大理鸡足山寺迦叶菩萨道场，所以与徐霞客同行。在一次旅途中，乘船在江中遇强盗时，他用性命保存了徐霞客的手稿，自己身负重伤。但他性格执拗、迂腐，是一个书呆子。在长途旅行中与徐霞客产生过误会和冲突。静闻负伤后，抱病跟随徐公离开桂林，身体越来越差，渴望早日朝拜鸡足山，献上血经，以偿夙愿。“但徐公一进向粤西，似乎完全沉醉在喀斯特地貌之中”，在桂林考察五十多日。但此时的静闻已经不能再等待，在病榻上再三向徐公索求布鞋和衡山茶，就是准备痊愈后，独自上鸡足山。徐公虽然明白静闻的心思，但考察喀斯特地貌是他的重要事业，不可能放弃，只能对不起静闻了。“伟人对认定的事业永远执着，或者也可以理解为偏执。”待他75天后回到南宁，静闻已经不幸在暂住的寺庙抱恨病逝。徐霞客感到愧疚、自责、悲痛，写下泣血之作痛悼静闻，并历尽艰难，从寺庙讨回静闻的遗骨，护送到鸡足山寺下葬佛塔。这篇佳作，在史料基础上真实地刻画和分析了徐公与静闻的各自性格、两人不同信仰的错位而产生的悲剧，感人至深，表现了唐颐的理性穿透力。

又如，唐颐到惠州，专程拜谒朝云墓。当年苏东坡万里投荒到惠州，已年近花甲，身边的丫头和家仆纷纷离开。只有三十出头的王朝云，不离不弃始终陪伴在苏东坡左右。不幸的是一场瘟疫夺走了她34岁的如花生命。王朝云的忠贞和痴情，感动了一代又一代的惠州百姓，感动了一代又一代的文人墨客。当然，最感动的应该是苏东坡，写诗称赞她是患难与共的知己，是慰藉他心灵伤痛的天上仙女……

可是，如此感动如此深爱朝云的苏公，为什么生前和死后都不给她“扶正”？

当唐颐看到王朝云墓碑上写着“苏文忠公待妾王氏朝云之墓”，他对“待妾”提出质疑：“王朝云死后仍没有夫人的名分，让人弄不明白，苏东坡为何如此？从礼仪上说是没有障碍的，因为王闰之夫人已去世多年；从感情上说，朝云于苏东坡心目中是实际上的夫人加仙女。这也许是个千古之谜吧。”作者没有给出答案，而是用含蓄的质疑，把读者引向对苏东坡内心复杂性的思考。

这样独立思考的理性分析，源自史料又大大超越了史料，是唐颐散文中最为精彩最为闪光的内容。正因此，使他超越了“粉丝”的低层次，表现出一个文化行者的思想高度。

《唐颐行读文存》不是追随那种曾经流行的学者长篇文化散文的写法，而是承继《徐霞客游记》的日记体，精短、简洁，追求纪实性和审美性的融合。在他的笔下，简练古朴的句式，和当代流行的口语融合在一起。也像徐霞客一样，不用过多的抒情和文采。文中引述《徐霞客游记》时，还把其中一些古奥难懂的段落，译成现代语言。可见，他是写给热爱“文旅”的普通读者看的。所以他的语言讲究浅白、朴实、生动，充盈着一种新鲜活泼的情趣，追求一种雅俗共赏的艺术效果。这样，就形成《唐颐行读文存》“好读”和“好看”的艺术特点：“好读”，就是上面所说的语言特色；“好看”，是书中的内容，是旅途所见所闻的美丽山水和新奇有趣的故事。这就是唐颐游记散文的艺术魅力。

唐颐退休前，只能利用节假日外出旅行。2013年退休后，他成了专业的旅行家。生命不但没有因为退休而衰老，反而爆发出令人惊叹的活力。他年近七旬，还自驾游到西藏，在世界屋脊驰骋。他的生命力更加充沛，胆识和气魄更大。与此同时，他走到哪里，也写到哪里，游记散文创作出现了“井喷”，写出了8册的《唐颐行读文存》。退休后的唐颐，那种充满青春激情的再出发，那种焕发着生命力的豪情和喷涌而出的灵感才华，让众人惊讶，令文友们羡慕。

2025年的春天，这位年过七旬的“三游斋老夫”，又与妻子一起“自驾游”。坐在副驾驶位的永远是他的爱妻。这是唐颐旅行的一个特点：与妻子同行。他称为“余生伴侣逍遥游”。在高原山风的吹拂下，他手握方向盘，兴致勃勃地驰骋在川西大地上……一路上，他们是多么欢畅，那是一种能按照自己的理想生活，从内心涌出的真正快意！

记得2016年，唐颐赠我新作《寻找苏联记忆》，那次我正好乘动车从宁德到厦门，就在车上展读。伴随着动车轻微的节奏感，我仿佛也是乘着列车，追随唐颐到俄罗斯旅游，去寻找我们这一代人的“苏联记忆”。那种美好的读书场景，一直留在我的记忆中……

我与唐颐同龄，但很少出门，是个孤陋寡闻的文弱“宅男”。唐颐的勇气、胆识和生命的活力，是我望尘莫及的。这一次在家中通读《唐颐行读文存》，我感到又是一次跟随着他去快乐地“神游”，而这一次的文化之旅，时间更长，路途更遥远、更美好……

2025年盛夏